Auteur inconnu

Bulletin de la Société de littérature wallonne

Anatiposi

Auteur inconnu

Bulletin de la Société de littérature wallonne

Réimpression inchangée de l'édition originale de 1860.

1ère édition 2023 | ISBN: 978-3-38270-173-4

Anatiposi Verlag est une marque de Outlook Verlagsgesellschaft mbH.

Verlag (Éditeur): Outlook Verlag GmbH, Zeilweg 44, 60439 Frankfurt, Deutschland
Vertretungsberechtigt (Représentant autorisé): E. Roepke, Zeilweg 44, 60439 Frankfurt, Deutschland
Druck (Imprimerie): Books on Demand GmbH, In de Tarpen 42, 22848 Norderstedt, Deutschland

BULLETIN

DE LA

SOCIÉTÉ LIÉGEOISE

DE

LITTÉRATURE WALLONNE.

TROISIÈME ANNÉE.

LIÉGE

J.-G. CARMANNE, IMPRIMEUR

1860

STATUTS ET RÈGLEMENT.

CHAPITRE PRÉLIMINAIRE.

Art. 1. Il est constitué à Liége une Société dans le but d'encourager les productions en *Wallon liégeois*; de propager les bons chants populaires; de conserver sa pureté à notre antique idiome, d'en fixer autant que possible l'orthographe et les règles, et d'en montrer les rapports avec les autres branches de la langue romane.

CHAPITRE II.

Titre et travaux de la Société.

Art. 2. La Société prend le titre de *Société liégeoise de littérature wallonne.*

Art. 3. Elle institue un concours annuel de poésie wallonne entre les poëtes du pays de Liége.

Un concours pourra également être établi sur les questions historiques ou philologiques relatives au wallon.

Art. 4. Le sujet du concours, ses conditions, les récompenses à donner aux lauréats (1) sont déterminés chaque année par la Société dans le courant du mois de novembre.

La distribution des prix pourra avoir lieu en séance publique (2).

Art. 5. La Société réunit les matériaux du dictionnaire et de la grammaire du wallon liégeois. Elle détermine, autant que faire se peut, les règles de la versification.

Art. 6. La Société s'assemble de droit au local ordinaire de ses séances, à six heures du soir, les 15 des mois de janvier, février, mars, avril, mai, juin, juillet, novembre et décembre.

Dans le cas où ces dates tombent un jour férié, la réunion a lieu le lendemain. L'assemblée générale est celle du mois de janvier.

Art. 7. La Société s'assemble aussi sur toute convocation du secrétaire ordonnée par le président. La convocation contient l'ordre du jour.

A la demande de trois membres titulaires, le président doit faire convoquer la Société.

Art. 8. L'assemblée délibère sur les objets à l'ordre du jour lorsque cinq membres titulaires sont présents.

En cas d'urgence reconnue par l'assemblée, il peut être statué sur tout autre objet non prévu à l'ordre du jour.

Art. 9. Sur demande de trois membres, le vote a lieu au scrutin secret.

Toute élection a lieu au scrutin secret.

Art. 10. Toute discussion politique ou religieuse est interdite.

(1) Toute mention honorable donne droit à une médaille en bronze. (Séance du 15 mars 1858.)

Toute personne ayant obtenu une médaille dans un concours de la Société recevra le bulletin de l'année de ce concours (séance du 15 février 1859).

(2) Cet article a été ainsi modifié par une décision de la Société prise le 15 février 1858.

CHAPITRE III.

Des fonctionnaires et du bureau.

Art. 11. Les travaux de la Société sont dirigés par un bureau composé d'un président, d'un secrétaire et d'un bibliothécaire-archiviste.

Art. 12. En cas d'absence du président, le membre le plus âgé en remplit provisoirement les fonctions.

Si le secrétaire est absent, le président choisit un des membres pour le suppléer.

Art. 13. Le président, le secrétaire et le bibliothécaire-archiviste sont nommés tous les ans dans la séance du 15 décembre; ils entrent en fonctions dans la séance qui suit celle du 15 janvier.

Art. 14. Le président règle l'ordre du jour et dirige les discussions; il veille à l'exécution du règlement; il rend le compte des travaux de l'année écoulée à l'assemblée générale du 15 janvier.

Art. 15. Le secrétaire tient le procès-verbal des séances et la correspondance; il exécute les décisions de la Société. Il opère les recettes, fait les paiements et en rend le compte à la fin de l'année; le tout sous la surveillance du président. Il est dépositaire du sceau.

Art. 16. Le bibliothécaire-archiviste conserve et classe la bibliothèque et les archives.

CHAPITRE IV.

Des membres de la Société.

Art. 17. La Société se compose de membres honoraires, de titulaires, d'adjoints et de correspondants.

Art. 18. Les membres honoraires sont ; *a.* le bourgmestre de la ville de Liége; *b.* le président du Conseil provincial ; *c.* les personnes qui ont rendu des services éminents à la Société et à qui cet honneur est décerné par les votes des trois quarts des membres titulaires présents.

Art. 19. Les membres titulaires de la Société sont au nombre de trente.

Ils ont seuls voix délibérative et consultative.

Art. 20. Les personnes présentées par trois membres titulaires sont inscrites comme membres adjoints. Les présentants sont responsables du paiement de la cotisation de la première année due par le membre adjoint qu'ils ont présenté.

Art. 21 Les membres correspondants sont nommés à la majorité des membres titulaires présents; ils se tiennent en relation avec la Société.

Les membres honoraires, adjoints et correspondants ont le droit d'assister aux séances fixées par le règlement.

Art. 22. Les membres titulaires sont choisis parmi les membres adjoints à la majorité des votes des membres présents.

Art. 23. Les membres titulaires signent les Statuts avant d'entrer en fonctions.

Art. 24. La démission donnée par un membre titulaire ou adjoint ne le libère pas du paiement de la cotisation de l'année dans le courant de laquelle la démission est donnée.

Le défaut de paiement de la cotisation pendant deux ans entraîne la démission. Le démissionnaire n'en est pas moins tenu au paiement de ces deux années.

CHAPITRE V.

Des publications.

Art. 25 La Société fait imprimer :

a Les pièces couronnées dans les concours et celles non couronnées qui méritent cette distinction.

Ces pièces deviennent sa propriété. Les auteurs ne peuvent les réimprimer qu'avec l'autorisation de la Société. Tout manuscrit envoyé au concours est déposé aux archives.

b. Les pièces anciennes dont la rareté et le mérite nécessitent la conservation.

c. Les pièces adressées à la Société lorsqu'elles en sont jugées dignes ([1]).

Dans toutes ces pièces, les convenances devront être respectées tant dans le fond que dans la forme.

ART. 26. Le secrétaire est chargé de remplir les formalités voulues par la loi pour assurer à la Société la propriété de ses publications.

ART. 27. Un exemplaire numéroté de toute publication est de droit remis sans rétribution à chaque membre honoraire, titulaire et adjoint.

La Société peut décider l'envoi d'un exemplaire aux correspondants.

Un exemplaire est adressé aux Sociétés qui accordent la réciprocité, à la bibliothèque royale de Bruxelles et à celle de l'Université de Liége.

CHAPITRE VI.

Des recettes et des dépenses.

ART. 28. Les recettes consistent : en cotisations ordinaires

([1]) L'insertion au Bulletin d'une œuvre quelconque est accompagnée du tirage à part de vingt-cinq exemplaires offerts par la Société à l'auteur (décision du 15 mai 1858).

payées par les membres titulaires, fixées à dix francs ; en cotisations payées par les membres adjoints, fixées à cinq francs ; en cotisations extraordinaires que la Société s'impose ; en dons volontaires ; en subsides éventuels de la Commune, de la Province, de l'État ; et en produits de la vente des exemplaires des publications livrées au commerce.

ART. 29. Les dépenses ordinaires sont celles pour frais d'installation et de bureau ; elles sont ordonnées par le bureau.

ART. 30. Les dépenses extraordinaires sont celles occasionnées par les publications de la Société et les prix à décerner aux lauréats des concours. Elles ne peuvent être votées qu'à la majorité des trois quarts des membres titulaires présents.

CHAPITRE VII.

De la révision du règlement et de la dissolution de la Société.

ART. 31. En cas de nécessité reconnue par la majorité des membres titulaires présents et absents, les Statuts peuvent être modifiés.

Aucune résolution ne peut être prise à ce sujet qu'après avoir été discutée dans deux des réunions de droit.

En cas de dissolution, laquelle ne peut être décidée qu'à la majorité des trois quarts des membres titulaires présents et absents, la bibliothèque, les archives et le sceau de la Société sont déposés à la bibliothèque de l'Université de Liége et deviennent la propriété de la ville ; le solde restant en caisse est acquis en tous cas au bureau de bienfaisance de la ville de Liége.

Liége, le 27 décembre 1857.

Pour copie conforme :

Le Secrétaire,

F. BAILLEUX.

TABLEAU

DES

MEMBRES DE LA SOCIÉTÉ.

BUREAU.

GRANDGAGNAGE (Charles), *Président.*
BAILLEUX (François), *Secrétaire.*
CAPITAINE (Ulysse), *Bibliothécaire-Archiviste.*

MEMBRES TITULAIRES.

BAILLEUX (François), avocat et conseiller provincial.
BORMANS (J.-H.), professeur à l'Université, membre de l'Académie royale de Belgique.
BOVY (Henri), docteur en médecine.

CAPITAINE (Ulysse), fabricant.
CHANDELON (J.-T.-P.), professeur à l'Université, membre de l'Académie royale de Belgique.
CHAUMONT (Félix), fabricant d'armes.
COLLETTE (Victor), fabricant d'armes et conseiller communal.

DEFRECHEUX (Nicolas), boulanger.
DEJARDIN (Joseph), rentier.
DUMONT (B.-A.), notaire.

GALAND (Walthère), avoué.
GRANDGAGNAGE (Charles), membre de la Chambre des représentants.

Henrotte (N.), chanoine honoraire.
Hock (Auguste), bijoutier.

Kirsch (Hyacinthe), avocat.

Lamaye (Joseph), avocat et conseiller provincial.
Le Roy (Alphonse), professeur à l'Université.
Lesoinne (Charles), membre de la Chambre des représentants.

Macors (Félix), professeur à l'Université.
Martial (Epiphane), avocat.
Masset (Gustave), négociant.
Michels (J.-L.), lieutenant-colonel d'artillerie.
Minette (Adolphe), avocat.

Neef (Alphonse), sénateur.

Peetermans (Nicolas), avocat et bourgmestre de Seraing.
Picard (Adolphe), juge au tribunal civil.

Stappers (Adolphe), homme de lettres.
Stecher (Jean), professeur à l'Université.

Thiry (Michel), chef de station.

Wasseige (Charles), docteur en médecine et conseiller provincial.

MEMBRES HONORAIRES.

Le Bourgmestre de Liége.
Le Président du Conseil provincial.
Forir (Henri), ancien président de la Société liégeoise de littérature wallonne.
Georges (Henri), président de la Société des Vrais Liégeois.
Grandgagnage (Joseph), président à la Cour d'appel de Liége.
Polain (Mathieu), administrateur-inspecteur de l'Université de Liége.

MEMBRES CORRESPONDANTS.

Alexandre (A.-J.), professeur à l'Ecole moyenne de Gosselies.

Bidaut (Eugène), secrétaire-général au ministère des travaux publics, à Bruxelles.
Borgnet (Jules), conservateur des archives, à Namur.
Bovie (Félix), peintre et homme de lettres, à Bruxelles,

Chalon (Renier), membre de l'Académie royale de Belgique, à Bruxelles.
Clesse (Antoine), homme de lettres, à Mons.
Coune (Joseph), préfet des études, à Anvers.
Coussemaker (E. de), président du Comité flamand de France, à Dunkerque.

Dechristé (L.), à Douai.
Delgotalle, pharmacien, à Dalhem.
De Noue (A.), docteur en droit à Malmedy.
Desrousseaux (A.), chef de bureau à la mairie, à Lille.
Dinaux (Arthur), membre du Conseil général, à Montataire (Oise).

Fuss (Théophile), snbstitut du procureur général.

Hoffmann (F.-L.), homme de lettres, à Hambourg.

Jaubert (comte), membre de l'Institut de France, à Paris.

Lagrange (Philippe), négociant à Namur.
Leray (Eugène), teinturier à Tournai.
Letellier, curé à Bernissart (Hainaut).
Lobet (Martin), rentier à Verviers.

Regnier (J.-S.), peintre à Verviers.
Renard (M.-C.), vicaire à Genval (Brabant).

Tarlier, professeur à l'Université libre, à Bruxelles.

Vermeire (Auguste), docteur en médecine à Beauraing.

Warlomont (Charles), inspecteur de l'enregistrement, à Tournai.
Werotte (Charles), à Namur.

Xhoffer (J.-F.), rentier à Verviers.

MEMBRES ADJOINTS.

Alvin (A.), préfet des études à l'Athénée.

Baatard (Frédéric), maître de carrière à Beaufays.
Bayet (Emile), ingénieur.
Beaujean (Eugène), négociant.
Bellefontaine (François), négociant.

Bernard (Félix), notaire à Montegnée.
Berryer (Charles), rentier.
Beuret (Auguste), fabricant.
Blankart (Henri), graveur.
Bodson, vicaire.
Boioux (L.-G.), échevin.
Borguet (Eugène), avocat.
Borguet (L.), docteur en médecine.
Boseret (Charles), avocat.
Bronne (Louis), inspecteur des postes.
Bury (Auguste), avocat.

Capitaine (Félix) fils, fabricant.
Carlier (Florent), entrepreneur.
Carlier-Dautrebande, conseiller provincial à Huy.
Carmanne (J.-G.), imprimeur.
Cartuyvels (A.), conseiller provincial à Blehen.
Caurin (Martin), professeur de musique.
Chaudoir (Léon), fabricant.

Dambiermont (L.), propriétaire.
D'Andrimont (Julien), ingénieur.
Dardenne, fabricant bijoutier.
Dejardin (Adolphe), capitaine du génie.
Delbouille (Louis), notaire.
Deleval (André), négociant.
Delfosse (Eugène), directeur de houillère.
Delheid (Louis), docteur en médecine.
De Macar (Ch.), avocat.
Del Marmol (baron Ch.), avocat.
Demonceau (A.), notaire et conseiller provincial à Herve.
De Reume (A.), capitaine d'artillerie, à Bruxelles.
De Rossius (Ch.), fabricant.
De Rossius (F), avocat.
De Sélys-Fanson (baron), rentier.
Desoer (Auguste), avocat.
De Terwangne (baron P.), consul général, à Anvers.
De Thier (Léon), homme de lettres.
De Thier (Charles), juge de paix, à Seraing.
Devaux (Louis), avocat.
De Vaux (Emile), ingénieur.
Donckier-Jamme (Ch.), membre de la Députation permanente.

DORET (V.), conseiller provincial à Verviers.
DRION, greffier de la justice de paix.
DUBOIS (François), rentier.
DUPONT, professeur au Conservatoire.
DUVIVIER-STERPIN (L.), libraire.

ÉLOIN, ingénieur à Bruxelles.

FALLISE (Louis), rentier.
FALLOISE (Alphonse), juge au tribunal civil.
FASTRÉ (J.), avoué à la Cour d'appel.
FESTRAERTS (Auguste), docteur en chirurgie.
FLECHET (Guillaume) entrepreneur.
FORGEUR (Georges), secrétaire de légation.
FRÈRE (Walthère) fils, à Bruxelles.

GAEDE (H.), docteur en médecine.
GALAND (Lambert), notaire et conseiller provincial à Glons.
GALAND (Georges), négociant.
GAUTHY, professeur à l'Athénée de Bruxelles.
GÉRARD (Frédéric), avocat.
GÉRARD (Denis), entrepreneur à Ans.
GERMEAU (F.), avocat.
GILET, juge de paix à Huy.
GILMAN (Alphonse), juge à Dinant.
GILON, ingénieur.
GOFFART (E.), rentier.
GOTHIER, libraire.
GOUT (Isidore), conseiller communal.
GRANDJEAN (M.), sous-bibliothécaire à l'Université.
GRANJEAN (Édouard), directeur de houillère.
GUILLAUME, colonel, à Bruxelles.

HALKIN (Emile), lieutenant aux pontonniers, à Anvers.
HANSSENS (L.), avocat.
HELBIG (Jules), peintre.
HELBIG (Henri), à Seraing.
HERMANS (L.-J.), juge de paix et conseiller communal.
HEUSE-LAHAYE (G.), fabricant à Olne.
HOCK (Félix), capitaine pensionné.
HOUTAIN, ingénieur.
HUBERT DE PONDROME (R.), à Chênée.

Hymans (L.), membre de la Chambre des représentants.

Jacob (Werner), fabricant.
Jamar (Émile), conseiller provincial, à Ans.
Jamar (Gustave), propriétaire à Ans.
Jamar (Paul).
Jamar (Léonard), notaire à Beyne.
Jamme (Émile), commissaire d'arrondissement.
Jeunehomme (E.-L.-J.), avoué.

Keppenne (F), président du tribunal civil.
Kuppferschlaeger (Isidore), professeur à l'Université.

Lagasse (Laurent), fabricant.
Lambert, notaire à Saint-Georges.
Laport, fabricant et conseiller communal.
Lecureux, négociant.
Lelotte, négociant à Verviers.
Lemille (Joseph), fabricant d'armes.
Lepaige (Constantin), avocat.
Lhoest (Auguste), lieutenant-colonel d'artillerie.
Loix (P.-G.), major au 7e de ligne.

Macors (Joseph), professeur à l'Université.
Maquinay (Victor), fabricant.
Marchot (Émile), négociant.
Martinowski (J.), professeur à l'Université.
Masset (Oscar), avocat.
Masset (L.), bourgmestre conseiller provincial à Herstal.
Masson (Lucien), avocat à Verviers.
Masson (Henri), fabricant à Verviers.
Mathelot-Debruge, négociant.
Minette (Victor), rentier.
Minette (Léopold), rentier.
Morren (Édouard), professeur à l'Université.
Mottard (Jules), négociant.
Mottard (Gustave), avocat.
Muller (Clément), membre de la Chambre des représentants.

Nagelmackers (Edmond), banquier.
Nicolaï (Denis), fabricant d'armes.

NIHON (L.-A.), avocat.
NYPELS (J.-S.-G.), professeur à l'Université.

ORBAN (Eugène), fabricant.
ORBAN (Ernest), fabricant.

PÉTY (Léon), étudiant à l'Université.
PÉTY-DE ROSEN (Jules), rentier à Tongres.
PIRLOT (Félix), fabricant d'armes.
PROST (Victor), capitaine d'artillerie.

RAYEMAECKERS (E.), conseiller provincial à Neerhespen.
RENARD (Fernand), éditeur.
ROBERT (Antoine), de Tilleur, avocat.
ROLAND (Jules), négociant.
ROSE (John), fondeur.

SIMON (H.), docteur en chirurgie.
SOPERS (Théodore), négociant.

TILMAN (Gustave), rentier.
TOMBEUR, conseiller provincial et notaire à Verlaine.
TRASENSTER (Louis), professeur à l'Université.
TROKAY (J.-P.), conseiller provincial à Saint-Georges.

VIOT (Théodore), rentier.
VIOT (Léon), rentier.

WASSEIGE (Henri), étudiant.
WÉRY (Pierre), rentier.
WITTERT (Adrien), rentier.
WODON (Eugène), avoué.

ZIANE (Eugène), fabricant et conseiller communal.

Arrêté le 1er novembre 1859.

Le Secrétaire,
F. BAILLEUX.

DISCOURS

PRONONCÉ

PAR M. ADOLPHE PICARD

AU NOM DU BUREAU

DE LA

SOCIÉTÉ LIÉGEOISE DE LITTÉRATURE WALLONNE

DANS LA SÉANCE DU 24 JUIN 1859,

A l'occasion de la distribution des médailles aux lauréats des concours de 1858.

MESSIEURS,

Les circonstances qui ont empêché notre honorable président d'assister à la séance de ce jour, m'ont valu l'honneur d'être appelé à y prendre la parole. Je n'aurais certes pas hésité à décliner la mission qui m'a été confiée par le Bureau, si chacun de nous, quelque modeste et restreinte que soit la sphère où il se meut, n'avait, quand la chance lui en est offerte, le devoir de faire connaître sa pensée et de contribuer, dans la mesure de ses forces, à éclairer le public sur le but que s'est proposé la Société de littérature wallonne. Je n'ai pas une idée nouvelle à émettre; je ne veux que redire, avec moins d'élévation dans le style, avec moins de bonheur dans l'expression, mais avec non moins d'ardeur et de conviction, ce que chacun de ceux qui ont eu l'occasion de parler en votre nom n'a cessé de proclamer. Non, Messieurs, les succès qui ont signalé nos premiers pas, les adhésions nombreuses qui nous sont parvenues, n'attestent pas, dans le pays de Liége, la naissance de ce qu'on pourrait appeler un mouvement wallon. — Non, personne n'a conçu l'absurde projet de substituer à une langue littéraire, admirable de clarté, de précision et d'élégance, les ressources problématiques d'un patois, les balbutiements d'un dialecte à peine formé. Non, personne ne veut abaisser le niveau des intelligences, ni s'opposer à l'invasion bienfaisante et civilisatrice de la langue française.

Qu'on le sache bien! nos aspirations sont tout autres. Initier peu à peu le peuple aux idées littéraires, mettre à sa portée des œuvres moins grossières que celles qui seules arriveraient jusqu'à lui, s'il était abandonné à lui-même; lui inspirer le désir de s'élever jusqu'à une autre littérature : voilà où tendent, avant tout, nos efforts.

Nous ne pouvons point faire que le peuple n'ait un parler qui lui est propre. Ceux qui veulent lui communiquer leurs idées, et qui veulent lui apprendre la langue des lettrés, doivent lui prouver qu'ils comprennent un peu la sienne.

Mais ce n'est là qu'un des points de vue auxquels il faut se placer.

Les travaux de la Société ont un côté plus incontestablement favorable aux études littéraires proprement dites.

Qu'est-ce qu'un patois, après tout?

A en juger d'après une étymologie, aujourd'hui très-accréditée, ce n'est rien d'autre que la langue maternelle elle-même : *patrius sermo.*

Mais si même le patois n'est pas complètement le langage de nos pères, il en conserve au moins des traces nombreuses et vivaces. N'est-il donc pas intéressant de recueillir le vocabulaire de tous les mots qui ont eu cours parmi nous ? Et peut-on s'en faire une idée exacte et complète, si l'on n'a pas sous les yeux quelques œuvres au moins, écrites dans le langage dont on veut conserver le souvenir ? Sans doute, ce ne sont là que les matériaux d'un travail plus sérieux. Mais ces matériaux ne sont-ils pas indispensables aux savants laborieux qui cherchent, dans l'origine et la formation des langues, une des phases les plus intéressantes de l'histoire ?

Les linguistes les plus distingués de tous les pays n'ont eu garde de dédaigner ces ressources, et les Burguy, les Diez, les Dieffenbach, les Génin, les Chevallet, etc., ont consacré la meilleure partie peut-être de leurs travaux aux divers patois de la langue d'oil. Ce sont des recherches de ce genre qui ont valu à notre honorable président une légitime notoriété.

Aussi, Messieurs, ne croyez pas que l'étranger reste indifférent à nos efforts. Partout, et notamment en Allemagne et en Suisse, les encouragements de la presse ont accueilli notre première publication.

Je ne veux point accorder au wallon une importance exagérée. Je ne prétends pas, comme le faisait Le Brigant pour son patois, celtique ou non, de la Basse-Bretagne, qu'on puisse, à l'aide de notre vieil idiome, expliquer toutes les langues de l'univers, et je ne m'écrierai pas, comme lui, que nier le wallon, c'est nier le monde : *negatâ Celticâ, negatur orbis* (1). Je suis bien loin de vouloir imiter les rêveries de Goropius Becanus, dont Juste-Lipse a fait justice ; ou celles du comte de Grave, qui, dans notre XIXe siècle, en Belgique, a voulu expliquer, par la langue flamande, toutes les origines grecques et toutes les traditions homériques (2). Mais je dis que, sans aucun doute, il faut ranger les wallons au nombre des dialectes primitifs du langage français, et qu'en faire l'objet de ses études, c'est rendre à la langue de La Fontaine et de Molière un nouvel hommage.

Je cite à dessein ces deux noms. La Fontaine et Molière ont su prêter une nouvelle vie à des mots et à des tournures qu'on aurait pu croire à jamais oubliés. Il n'y avait pas chez eux parti pris de recourir à l'archaïsme, et l'on peut affirmer qu'avant d'avoir retrouvé ces piquantes

(1) M. Chevallet, t. 2, p. 37, rapporte une mystification dont le Brigant aurait été l'objet. Ses amis se seraient concertés pour lui ménager dans une réunion assez nombreuse, un entretien avec un naturel de je ne sais quelle île de l'Océanie, fraîchement débarqué en France ; et notre excellent Breton de traduire, aux assistants, sans sourciller, les paroles ainsi échangées. Or, le prétendu sauvage n'était qu'un Parisien du faubourg St-Marceau, à qui l'on avait donné ce rôle, et qui baragouinait, au hasard, des sons inintelligibles.

(2) Voir les articles de M. Alph. Le Roy, insérés dans le journal de l'*Instruction publique*. (Tirlemont), 1845, p. 36.

locutions dans Rabelais et les vieux conteurs, ils les avaient entendues autour d'eux dans la foule.

Walter Scott, dans son admirable roman d'*Ivanhoé*, nous fait assister au spectacle de la formation de la nation anglaise. C'est, au témoignage d'Augustin Thierry, le premier livre qui atteste des études profondes sur l'influence de la conquête de l'Angleterre par les Normands.

Une nouvelle langue est créée; elle emprunte son vocabulaire aux deux races. Le saxon était la langue populaire, celle de la race conquise : le français était la langue aristocratique, celle des conquérants. Est-ce qu'aucun de ces deux éléments peut être négligé?

Non, Wamba le fou va nous donner sa théorie, qui en vaut bien une autre. A l'en croire, le mot saxon est conservé pour tout ce qui tient au labeur du pauvre; mais s'agit-il de désigner les plaisirs du riche, c'est l'expression française qui lui est substituée.

« Comment s'appelle cet animal immonde qui marche
« à quatre pattes? — *Swine*, sans aucun doute. — *Swine*
« est du saxon le plus pur. Mais quel nom prend le même
« animal, quand il est abattu, dépecé et pendu par les
« pieds comme un traître? — Porc (*pork*)! — Porc est
« très-bon français. Donc, si l'animal est vivant, s'il est
« confié aux soins d'un esclave, il reste saxon; mais il
« devient normand et s'appelle porc, quand il est porté
« dans la salle du château au festin des nobles... Notre
« vieil Aldermann *Ox* conserve aussi son appellation
« saxonne, lorsqu'il est sous la garde du pâtre; mais il de-
« vient bœuf (*beef*) et vaillant cavalier français quand il pa-

« raît devant les respectables mâchoires auxquelles il est « destiné. C'est de la même façon que Mynheer *Calf* de« vient Monsieur du Veau. Saxon, tant qu'il exige des « soins, il s'empresse de se faire Normand dès qu'il peut « contribuer aux jouissances du riche. »

On pensera tout ce qu'on voudra de ce plaisant système; mais on y peut facilement découvrir une observation assez sérieuse : c'est que le langage populaire a une valeur incontestable; et, s'il doit un jour disparaître, c'est faire chose utile à tous que d'en arrêter quelques mots au passage. Les linguistes auraient, à coup sûr, une tâche plus facile, si la langue vulgaire de ce peuple de la Péninsule qui, à la fin des temps antiques, a fait la conquête du monde, avait été recueillie autrefois et transmise jusqu'à nous. On s'imagine bien que ce n'est pas tout-à-fait la langue de Cicéron que les soldats et les colons romains ont importée dans nos contrées.

Le but de la Société wallonne est donc bien caractérisé; il n'y a pas d'équivoque possible : elle veut encourager les études sérieuses ; elle veut contribuer, pour une part, si faible qu'elle soit, aux travaux de la philologie française.

C'est animée du même esprit que, voulant compléter l'œuvre de Snakenburg, elle s'est adressée à tous ses correspondants, et à toutes les personnes compétentes qui lui ont été désignées, et qu'elle leur a demandé une traduction de la parabole de l'Enfant prodigue dans les divers patois du pays et des contrées voisines; venant ainsi au secours des savants qui, pour l'éclaircissement de certains problèmes philologiques, aiment à comparer les divers vocables et les diverses formes grammaticales.

Aussi, lorsque M. Ulysse Capitaine a bien voulu fouiller nos archives et faire la recherche des premiers documents liégeois écrits en français, elle a accueilli avec empressement la proposition qui lui était faite de réserver, dans son Bulletin, une place pour la publication de ces pièces intéressantes.

Sur la proposition de M. le professeur Bormans, elle a réclamé des mêmes personnes les renseignements nécessaires pour pouvoir dresser une carte exacte de la Wallonnie, et fixer, d'une manière certaine, les limites des territoires que se sont assignés chacune des deux races et chacune des deux langues du pays.

Vous ne l'ignorez pas, nos historiens sont loin d'être d'accord sur l'origine des populations qui se sont partagé le sol belge.

Les Wallons ont-ils subi plus particulièrement l'influence latine ou l'influence celtique? Les Celtes eux-mêmes diffèrent-ils des Germains? N'en diffèrent-ils que par le nom, comme le soutiennent énergiquement Holzmann et quelques-uns de nos académiciens de Bruxelles?

Questions intéressantes, point de doute, mais qui, pour être bien élucidées, devraient avoir pour base un travail préalable. Et d'abord, où commence et où s'arrête le wallon? Où commence et où s'arrête le flamand? Voilà des problèmes dont la Société, en ce qui la concerne, tient à hâter la solution.

La Société, pour mieux prouver encore qu'elle ne se

laisse pas influencer par des idées étroites, a décidé que les livres qu'elle possède, et ceux qu'elle acquerrait dans la suite, seraient déposés à la bibliothèque de l'Université, et pourraient même être mis à la disposition de personnes étrangères à notre cercle, connues pour s'occuper de travaux philologiques.

Une dernière mesure fait mieux connaître encore nos tendances.

Nous avons résolu de publier successivement dans notre Bulletin une série de glossaires technologiques. La Société tient à faire connaître aux ouvriers les termes français servant à désigner les outils, les matières premières, les opérations qui concernent leur profession, et qu'ils ne connaissent que sous les dénominations wallonnes. Elle tient à leur faciliter la lecture des livres qui leur dévoileront les secrets de leur art, et qui les feront arriver sans peine aux perfectionnements parfois inutilement tentés par eux. Loin de les détourner de l'étude du français, elle veut augmenter la somme de leurs connaissances en cette langue, et les doter d'un vocabulaire qui leur est indispensable ; elle veut, en un mot, affranchir leur intelligence ; elle veut qu'il soit en leur pouvoir de n'être plus ces hommes incomplets que Schiller, le poète qui a chanté la Cloche, déclare dignes de mépris, parce qu'il n'ont jamais réfléchi à ce que leur main exécute.

Notre appel a déjà été entendu. — Plusieurs des personnes à qui l'on s'était adressé se sont acquittées de leur tâche avec un louable empressement, et notre prochain Bulletin pourra commencer cette utile publication.

Dois-je ajouter que les rapporteurs des jurys que vous avez nommés se sont rendus les interprêtes de la pensée qui préside à nos réunions, lorsque, analysant l'œuvre d'un jeune homme plein d'avenir, ils l'ont averti qu'il faisait fausse route, et que c'est en français qu'il devait écrire?

J'ai cru nécessaire d'insister sur la direction imprimée à nos travaux; il ne m'a pas paru superflu d'attirer sur ce point l'attention bienveillante de tous.

Qu'on ne se méprenne pas pourtant sur la portée de ces observations.

Qu'on ne s'imagine pas que les œuvres que nous avons couronnées ont pour seul mérite d'avoir sauvé de l'oubli quelques parcelles du langage populaire.

Il y a dans les productions du génie local d'une ville ou d'une province quelque chose qui charme et qui attire. Elles inspirent cette sorte d'intérêt qui s'attache aux proscrits.

Les grands romanciers et les grands poètes s'en sont bien aperçus. Ce n'est pas eux qui affectent pour les patois et la couleur locale un mépris de grand seigneur.

Michel Cervantès, en créant *Sancho Pança*, s'est bien gardé d'altérer, par une prétention littéraire mal placée, les dictons populaires qu'il met dans la bouche de ce représentant du bon sens et de la saine raison.

Walter Scott, en faisant revivre à nos yeux les anciens clans des Highlands, nous initie à quelques-unes de leurs expressions favorites. Burns n'a pas hésité à orner ses poésies d'une foule de mots écossais. Goëthe lui-même n'a pas jugé indigne de son génie d'écrire dans le dialecte suisse quelques-unes de ses plus gracieuses compositions.

Qui n'a éprouvé un plaisir indéfinissable à la lecture des romans berrichons de Madame Sand et des Nouvelles génévoises de Töpffer? L'Allemagne n'applaudit-elle pas, de son côté, aux tentatives du même genre entreprises par Berthold Auerbach?

La France, si fière à juste titre de sa gloire et de son unité littéraires, ne s'effraie pas de ce que de temps en temps l'esprit provincial prend un nouvel essor. Elle prêtait naguère une oreille attentive et bienveillante aux chants de Jasmin; elle encourage aujourd'hui la renaissance de la littérature provençale, et les productions du Marseillais Mistral sont analysées et admirées par quelques-unes des Revues littéraires de Paris le plus en renom (1).

Nos poëtes ne sont pas restés en arrière. La lecture du Bulletin pourra vous en convaincre bientôt.

M. Remouchamps, auteur du *Saveti* (2), a arrangé pour le théâtre une de nos traditions populaires déjà racontée avec esprit et avec une grande facilité de versification par l'un de nos collègues, M. Épiphane Martial. Si cette donnée n'est pas tout-à-fait digne de la scène, il faut reconnaître que M. Remouchamps en a tiré tout le parti désirable, qu'il y a fait entrer des traits de mœurs

(1) Depuis que ces lignes ont été écrites, M. Saint-René Taillandier a publié, dans la *Revue des deux Mondes*, un nouveau travail historique et critique, fort intéressant, sur la *Renaissance de la poésie provençale*.— L'éditeur Charpentier, de Paris, vient de faire paraître, de son côté, une édition du *Mirèio* de Mistral, avec traduction française (1 vol. in-12, 1859).

(2) 2e Concours : — *Accessit* : Médaille en vermeil.

très-piquants, et que le style en est généralement excellent.

M. Alexandre nous a donné, en patois de Marche, une très-agréable comédie ([1]).

Li Pèhon d'avri atteste chez son auteur le sens littéraire, l'esprit d'analyse, en même temps que la fécondité de l'imagination. Cette œuvre est également écrite avec verve. Ce qu'elle trahit, c'est une certaine inexpérience de la scène ; mais les défauts de ce genre sont de ceux dont on se corrige.

M. Xhoffer, de Verviers, a eu l'heureuse idée de renouveler une des créations les plus fécondes du moyen âge, que Goëthe n'a pas cru devoir laisser tomber dans l'oubli. Dans la comédie des *Biesses* ([2]), les personnages sont, il est vrai, des animaux ; mais il est facile de reconnaître que les passions qui les font agir sont bien les passions humaines. Grandville, dont le spirituel crayon a illustré les mêmes sujets, n'aurait pas dédaigné quelques-uns des traits dont la comédie de M. Xhoffer est parsemée.

Les concours relatifs à la poésie lyrique n'ont pas été moins heureux.

Le chant patriotique intitulé *Vive Liche*, dû à notre honorable secrétaire, M. F. Bailleux, contient d'excellentes strophes, et se distingue par l'allure franche de son rhythme ([3]).

Vous lirez avec un vif intérêt les *Vîs Messèches*, pous-

([1]) 2e Concours. — *Accessit* : Médaille en vermeil.
([2]) Id. — *Mention très-honorable* : Médaille en argent.
([3]) 3e Concours. — *Mention honorable* : Médaille en bronze.

selette d'histoire, par M. Hock (1), qui a su, dans un style simple et facile, et non sans éloquence, évoquer les souvenirs de quelques-uns des grands événements dont nos pères et nous-mêmes avons été témoins. M. Hock a su garder la juste mesure, il a su, sans bruit et sans emphase, communiquer à ses lecteurs ses patriotiques sentiments.

M. Léop. Vandervelden a remis au jour une des pages les plus sanglantes des annales liégeoises : *la Mal St-Martin* (2). Ce n'est ni la poésie ni l'ardeur juvénile qui font défaut à cette œuvre. M. Vandervelden n'a besoin que de se contenir, ce qui est un heureux défaut.

Le terrible accident arrivé en 1811 à la houillère de Beaujonc et le dévoûment de Hubert Goffin, déjà chanté par Millevoye, ont inspiré la troisième pièce jugée digne d'une mention honorable dans ce concours.

Le récit est vif ; il émeut, il intéresse. Personne ne s'en étonnera en apprenant qu'il est dû à l'ingénieux auteur du *Galant dè l'Siervante*, à M. André Delchef (3).

Enfin, une bonne fortune toute particulière était réservée au dernier concours. *Ine Copenne so l'Mariège*, de M. Thiry, prendra certes rang parmi les productions les plus originales et les plus heureuses de notre vieux langage (4).

L'auteur, on s'en aperçoit, est un esprit cultivé. En faisant parler *Gèrâ*, l'accusateur public du sexe féminin,

(1) 4e Concours. — 1re *mention honorable* : Médaille en bronze.
(2) Id. — 2e *mention honorable* : Id.
(3) 4e Concours. — 3e *mention honorable :* Médaille en bronze.
(4) 5e Concours. — Prix : Médaille en vermeil.

il s'est souvenu de Boileau et de Juvénal, comme il semble avoir eu en vue Lucrèce ([1]), si bien interprêté par Molière ([2]), lorsqu'il fait parler *Bietmé*, avec toute l'infatuation d'un amant passionné, des qualités incomparables de sa fiancée. Mais il n'est pas imitateur servile ; il donne à ses pensées une allure tout-à-fait nouvelle et tout-à-fait imprévue; et lorsqu'il met à son tour *Gèrá* sur la sellette, qu'il passe en revue toutes les funestes habitudes de l'ouvrier, qu'il se livre à la peinture fidèle et vivante des mœurs populaires, on reconnaît aussitôt l'observateur sérieux et perspicace, et riche surtout de son propre fonds.

Oui, Messieurs, c'est ce qui fait le mérite de la plupart des productions wallonnes ; il y a là un certain caractère tout prime-sautier, tout spontané ; il y a là ce je ne sais quoi qui vous captive, qu'on trouve à un haut degré dans les productions flamandes de M. Henri Conscience, et qui parfois fait défaut aux écrits français publiés dans notre pays. On emprunte trop souvent à nos voisins du Midi autre chose que leur langue et leurs procédés de style. Il faudrait, au contraire, qu'on n'eût pas trop peur de laisser percer, dans ce qu'on livre au public, un certain goût de terroir, et que chacun au moins pût s'écrier :

Mon verre n'est pas grand, mais je bois dans mon verre !

Le Bulletin que nous publions cette année ([3]) procurera

([1]) Liv. 4, vers 1147 et suiv.
([2]) Misanthrope, acte 2, sc. 5.
([3]) Ecrit avant la distribution du tome II.

donc bien des loisirs agréables au lecteur. On se convaincra que les jurys, dans l'appréciation des œuvres qui leur ont été soumises, ont déployé une sévérité, une rigueur même qu'on ne peut blâmer et qui rend plus précieuse chacune des récompenses qui ont été accordées.

Signalons, pour n'être pas ingrat, quelques-unes des autres pièces insérées dans notre recueil.

M. Defrecheux — nom également populaire et aimé — a bien voulu nous communiquer, pour être publié dans les *Mélanges*, un petit récit dans lequel sont artistement groupés nos proverbes les plus piquants et les plus usités.

M. le docteur Vermeire, de Beauraing, nous a adressé une fort jolie chanson, écrite en patois de son pays, sur les misères du médecin de campagne.

On a réimprimé deux pièces anciennes, qui ne manquent certainement pas d'intérêt, et qui sont empruntées à la collection si précieuse de M. Bailleux.

M. Ulysse Capitaine, enfin, nous a fait un rapport très-détaillé sur la situation de notre bibliothèque, à la fin de l'exercice 1858.

Vous verrez, Messieurs, que ce n'est pas un simple catalogue qui a été dressé, et qu'il s'agit d'un travail de bibliographie extrêmement curieux.

Vous connaissez les rapports présentés par MM. Le Roy et Stappers, au nom des jurys des concours. La presse s'en est occupée. Ajouter aux éloges dont ils ont été l'objet, ce serait en affaiblir l'effet.

Je ne puis omettre ici l'expression de la gratitude de la Société envers l'honorable M. Baze, qui, dans une de ses épîtres, a bien voulu, en signalant à l'attention du public lettré les œuvres de nos poètes populaires, encourager les émules de son compatriote Jasmin.

J'ai terminé, Messieurs, cette revue un peu sèche et aride de nos derniers travaux. Telle qu'elle est, elle aura été instructive; elle aura dessillé bien des yeux, dissipé bien des préventions. On ne se trompera plus, il faut l'espérer, ni sur les élements dont la Société de littérature wallonne se compose, ni sur le but qu'elle veut poursuivre.

De terribles commotions ont ébranlé le monde depuis une dizaine d'années, et nous avons été assez heureux pour en être les tranquilles spectateurs; nous avons continué à pratiquer en commun, Flamands et Wallons, nos libérales institutions. Notre unité nationale est désormais un fait acquis à l'histoire. Ce ne serait pas faire preuve de sagesse que de chercher à transporter nos anciennes divisions sur une autre arène. Une scission quelconque, ne fût-elle que littéraire, serait une tentative plus puérile encore que regrettable. Pour ce qui concerne notre cité, on connaît, depuis longtemps, les sentiments qui l'animent.

Nous tenons à rester Liégeois, mais avant tout nous voulons être Belges.

SOCIÉTÉ LIÉGEOISE DE LITTÉRATURE WALLONNE.

CONCOURS DE 1860.

En exécution des articles 3 et 25 de son règlement, la Société, dans sa séance du 15 décembre 1859, a arrêté, pour les concours de l'année 1860, les dispositions suivantes :

Premier concours.

Un Mémoire sur l'histoire de la langue et de la littérature wallonne, avec la bibliographie de tous les ouvrages ou brochures qu'on peut attribuer aux différents dialectes wallons usités en Belgique.

Prix : Une médaille d'or de la valeur de cinq cents francs (quatre cents francs donnés par M. Charles Grandgagnage, Président de la Société, et cent francs alloués par celle-ci).

Dans le cas où aucun des mémoires envoyés ne serait jugé digne du prix, le fondateur du concours désire qu'il soit accordé, à titre d'encouragement, un accessit de deux cent-cinquante francs au meilleur des mémoires présentés ; ou, s'il n'y en a qu'un, à ce travail unique, pourvu qu'il offre un certain intérêt. (Les 250 fr. de cet accessit sont fournis, 200 fr. par M. le Président, 50 fr. par la Société).

Deuxième concours.

M. Charles Grandgagnage, fondateur de ce concours, demande une grammaire élémentaire du patois Liégeois. Les conditions principalement requises sont : que l'orthographe adoptée soit à la fois rationnelle et conforme, autant que possible, à la tradition et à l'analogie des langues romanes littéraires ; qu'il soit donné une attention spéciale à la conjugaison, particulièrement à celle des verbes irréguliers ; enfin qu'il y ait un chapitre consacré aux idiotismes grammaticaux, c'est-à-dire aux constructions de phrases propres à l'idiome wallon.

Prix : Une médaille d'or de la valeur de trois cents francs.

Troisième concours.

La collection la plus complète possible des proverbes, adages, etc., (*spots*), usités en Wallon. La Société tient surtout à recueillir les dictons particuliers à cet idiome. Les concurrents auront soin d'en donner une traduction française et d'y joindre, s'il y a lieu, des indications historiques.

Prix : une médaille de vermeil.

Quatrième concours.

Une pièce de théâtre en vers.

Prix : une médaille d'or de la valeur de deux cents francs.

Cinquième concours.

Une pièce de cent vers, au moins, présentant la peinture d'un type wallon (par exemple, la *boteresse*, le houilleur, la *cotiresse*, le batelier, le portefaix, l'amateur de pinsons, de pigeons, etc.).

Prix : une médaille de vermeil.

Sixième concours.

Une vingtaine d'épigrammes ne dépassant pas dans leur ensemble une étendue de deux cents vers.

Il est bien entendu que les concurrents devront s'abstenir de toute allusion personnelle. La Société tient beaucoup à ce que chacune de ces petites pièces ait une certaine portée morale.

Prix : une médaille de vermeil.

Septième concours.

Un crâmignon.
Prix : une médaille de vermeil.

Conditions générales de ces concours.

Art. 25 du règlement. — « La Société fait imprimer :
» Les pièces couronnées dans les concours et celles non couron-
» nées qui méritent cette distinction.
» Ces pièces deviennent sa propriété; les auteurs ne peuvent les
» réimprimer qu'avec l'autorisation de la Société ; tout manuscrit
» envoyé au concours est déposé aux archives.
» Dans toutes ces pièces, les convenances devront être respectées
» tant dans le fond que dans la forme.

Dans la séance du 15 mai 1858, la Société a résolu que l'insertion au Bulletin d'une œuvre quelconque serait accompagnée du tirage à part, à ses frais, de vingt-cinq exemplaires destinés à l'auteur de la pièce.

Pour obtenir un prix, les concurrents devront obtenir au moins la moitié du nombre de points fixés par le jury pour un travail parfait.

La Société pourra décerner de simples mentions honorables. La mention honorable donne droit à une médaille en bronze, et, s'il y a lieu, à l'impression de tout ou partie de la pièce mentionnée.

La Société désire que les concurrents, tant dans leur intérêt que pour faciliter les travaux des jurys, fassent connaître si les sujets qu'ils ont traités sont complétement de leur invention. Dans le cas contraire, ils désigneraient la source étrangère quelconque à laquelle ils en auraient emprunté l'idée.

Les pièces destinées aux concours devront être adressées, franches de port, à M. Charles Grandgagnage, Président de la Société, ou à M. F. Bailleux, Secrétaire, avant le 15 novembre 1860. L'auteur désignera sur l'enveloppe le concours auquel il destine son œuvre.

Les dites pièces ne porteront aucune indication qui puisse faire connaître les auteurs. Ceux-ci joindront à leur manuscrit des billets cachetés contenant leur nom et leur adresse.

Ces billets porteront pour suscription une devise répétée en tête du manuscrit. Il est interdit, sous peine d'exclusion, de faire usage d'un pseudonyme.

Il est extrêmement désirable que les manuscrits ne soient pas d'une écriture déjà connue.

Les jurys seront nommés par la Société, dans la séance du 15 novembre 1860.

Les billets accompagnant les pièces qui n'auront obtenu aucune distinction seront brûlés immédiatement après la proclamation, en séance de la Société, des décisions des jurys.

Les journaux sont priés de reproduire le présent avis.

Liége, le 24 décembre 1859.

Le Secrétaire,
F. BAILLEUX, avocat.

SOCIÉTÉ LIÉGEOISE DE LITTÉRATURE WALLONNE.

CONCOURS DE 1859.

RAPPORT SUR LE CONCOURS N° 2.

MESSIEURS,

La vogue de nos concours dramatiques se soutient, et le jury vous annonce avec satisfaction, par l'organe de son rapporteur, que la lutte qui vient de finir l'a emporté en éclat sur les précédentes. Cinq joûteurs sont entrés en lice, avec des armes différentes et sans doute avec des forces inégales : trois d'entre eux ont mordu la poussière, non sans avoir combattu avec quelque honneur ; des deux vainqueurs, enfin, l'un a mérité la plus belle palme que nous ayons encore décernée, et l'autre, en créant pour ainsi dire un genre nouveau en wallon, n'a perdu haleine et ne s'est laissé distancer qu'à la fin de sa course. Félicitons-nous, Messieurs, d'un tel résultat; félicitons-nous en d'autant plus que le concours de l'année dernière n'avait pas mis en relief des œuvres tout-à-fait hors ligne, et que nous avions lieu de craindre, après la première effervescence, de voir l'inspiration de nos auteurs populaires se ralentir ou se fourvoyer.

Nous n'entendons pas dire que ni pour le fond, ni pour la forme, les pièces que le jury vous propose de couronner aujourd'hui soient comparables à celles dont s'enorgueillissent les grandes littératures. Leur mérite est relatif, et se renferme dans les limites que le bon sens assigne aux efforts de ceux qui emploient « le parler naïf » de nos pères. Nous nous sommes déjà expliqués à cet égard, et nous sommes heureux d'avoir été compris, par quelques-uns du moins. Puisqu'on en est là, qu'il nous soit permis d'ouvrir un instant la soupape que nous avions pris tant de soin de fermer l'année dernière, et, sans exalter outre mesure l'esprit wallon, d'encourager, comme il convient, sa libre et franche expansion.

Est-ce l'effet de la grandeur des événements contemporains, absorbant témoins et acteurs, au point de ne leur laisser le loisir ni de penser ni seulement de rester maîtres d'eux-mêmes? Est-ce peut-être qu'on est saturé d'émotions ou qu'on a honte de se laisser toucher, à une époque où la parodie accueille, de son rire grimaçant, tout ce qui demande du respect et tout ce qui tient aux sentiments intimes de l'homme? Toujours est-il que la littérature française, en particulier, se débat aujourd'hui, à peu d'exceptions près, dans une agitation stérile qui rappelle les mauvais jours de Rome. A l'âge des héros succède l'ère des Epigones, ou pis encore. C'est dans les bas-fonds d'une société blasée et corrompue qu'on va chercher des types pour la scène, et la prostitution y affiche son cynisme aux applaudissements du monde élégant. Hors de là les pastiches et les habits d'Arlequin font fureur; au moins la grosse gaieté de l'ancien théâtre de la foire n'était ni empruntée ni maladive. Ne trouvant rien à inventer, l'on opère la vivisection du vice ou l'on blanchit des sépulcres. Plus vous serez audacieusement corrupteur, plus vous serez applaudi. Ce n'était pas assez de travailler à la désorganisation de la famille : on se croit Athénien parce qu'on brûle de l'encens aux pieds des hétaïres. Naguère on se bornait à des paradoxes justificateurs de fautes passagères; à présent on met sur le pavois l'avilissement érigé en système ou en profession. Qui n'a de nos jours, comme Mithridate, le palais plus ou moins habitué au poison? La conséquence de tout ceci (laissons de côté le point de vue moral), ce n'est rien moins que la complète oblitération du sens littéraire. Oui, la vie littéraire; oui, ces nobles et fécondes préoccupations des cœurs désintéressés, ces généreux débats des champions de l'art et de la poésie; oui, ces heures consacrées au culte de la fantaisie gracieuse et aux aimables provocations de l'esprit, tout cela disparaît, s'évanouit peu à peu, pour laisser le champ libre aux machinistes préparant les tréteaux où trôneront l'égoïsme sordide, l'impudeur en dentelles et l'ivresse frissonnante en son délire. Ceci est un fait, Messieurs, non pas une page d'homélie ; nous constatons, rien de plus ; et quant à côté de ce fait nous en aurons cité un autre, vous verrez jaillir, de ce rapprochement, des conclusions de la plus haute importance, quant au sujet dont nous avons l'honneur de vous entretenir.

Le second fait, le voici : c'est que, dans tous les pays de langue française, il s'opère actuellement une réaction manifeste au profit des dialectes locaux. C'était hier Jasmin aux bords de la Garonne ; c'est aujourd'hui Mistral à Marseille ; sur tous les points de la vieille Gaule, de Metz à Rouen, de Lille à Toulouse, trouvères et troubadours préludent sur leur lyre si longtemps muette, et chaque province revendique son poète, comme l'Écosse revendique son Burns et la Forêt-Noire son Hebel. C'est là un grand fait, Messieurs, à notre sens, et il faudrait être aveugle pour n'en pas découvrir la gravité. Ce qui, dans un pays aussi libre que le nôtre, est un effet naturel de l'activité du sentiment populaire, activité qui doit partout, c'est une loi universelle, avoir son moment d'éclosion littéraire ; ce qui, disons-nous, s'accomplit ici spontanément ou aussi un peu par l'influence de l'exemple, prend au sud de la Belgique le caractère d'une réaction de l'esprit gaulois tendant à se décentraliser, par cela même qu'il y a centralisation politique très-absolue et essentiellement appuyée sur des forces matérielles. On rêve à Paris fortune et honneurs : tout est là ; la contagion gagne sans doute les provinces ; mais on y a conservé de bonnes vieilles habitudes ; on y est encore assez arriéré pour croire à quelque chose, pour rêver, pour aimer, pour se laisser émouvoir enfin ; puis aussi le léger trait de satire s'y lance plus aisément : pourquoi s'en inquiéterait-on à Paris ? Il a perdu sa force quand il y arrive, si tant est qu'il franchisse une si grande distance. Donc la France, et nous disons la France qui a de l'esprit, n'est plus toute entière à Paris, tant s'en faut ; et la splendeur intellectuelle de la grande ville n'éblouissant plus les yeux, les petits lustres ne sont plus honteux d'être allumés ; et les auteurs parisiens tombant insensiblement en guenilles, les auteurs de province se hasardent à montrer leur frais costume de la vallée ou de la forêt. C'est une transition sans contredit, ou plutôt c'est une crise ; mais il ne faut pas songer à lutter contre le torrent ; qu'on l'endigue s'il se peut ; mais qu'on ne se hâte ni de se voiler la face, ni de prononcer *ex cathedrâ* l'excommunication des patois.

Assurément la littérature populaire doit s'interdire certains genres nobles et certains sujets où il entre autant de haute philosophie que de poésie ; nous n'avons pas changé d'opinion à cet égard. Mais ces genres mêmes, ces sujets d'un ordre supérieur ne sont guère abordés par les lettrés proprement dits, par le temps qui court, que de manière à convaincre le public de la pauvreté de leur imagination et de la dépravation assez générale de leur goût. Il s'écrit peu de livres qu'on puisse relire ; et d'autre part la rage de faire des livres est devenue si fréquente, que toutes les formes possibles semblent avoir été essayées ; toutes les situations imaginables, imaginées ; tous les problèmes esthétiques résolus de mille façons différentes. Du neuf, du neuf ! Eh, Messieurs ! c'est le tonneau des Danaïdes ; vous avez beau vous épuiser à le remplir, il est sans fond. Oui, c'est bien cela, le fond, c'est la vérité ; et l'art contemporain manque de vérité. On n'est pas vrai parce qu'on est grossièrement réaliste ; il faut, pour être vrai, qu'on pénètre jusqu'à l'âme, jusqu'au cœur des choses, et qu'on démêle dans la vie humaine ce qui est toujours vieux et pourtant toujours jeune. A cette condition on est vrai, à cette condition on peut être neuf ; mais c'est précisément cette condition qui est si rarement remplie, que blasé, fatigué d'émotions factices et rassasié de monstruosités, le public se détourne à la fin de l'art et se matérialise, et les écrivains se fatiguent de tourner la roue d'Ixion, roulant folle et n'avançant pas.

Voilà la décadence, et nous ne craignons pas, au contraire, de signaler la littérature provinciale comme un symptôme de régénération. Tout en restant naïve, modeste et pittoresquement hardie, elle plaît aux esprits restés sains, tant par le tour imprévu qu'elle donne à la langue, que par le charme qui s'attache à tout ce qui porte le cachet du lieu natal. Elle ne se propose pas d'atteindre en elle-même une perfection idéale, mais elle amuse et elle excite une curiosité salutaire. Elle conduit à une féodalité spirituelle momentanée, soit ; mais elle entretient du moins la vigueur des esprits originaux, pour qui une langue usée et frelatée serait un fétu de paille, quand il faut une arme énergique. Utile donc pour ranimer le goût des choses de l'esprit, malgré son apparence grossière, elle servira de plus, par son influence croissante, à retremper la langue littéraire elle-même. Loin de comprimer l'essor de nos écrivains wallons, accueillons avec joie leurs tentatives, parce qu'elles sont du moins sincères et vigoureuses.

Nous convenons que l'ivraie est mêlée au bon grain, en proportion assez forte ; nous convenons que faute de savoir garder la mesure, beaucoup d'écrivains populaires conduisent leur char à la manière de Phaëton. Inutile de revenir là-dessus ; mais saisissons l'occasion de leur dire sérieusement : étudiez. Etudiez ! Non pas pour substituer la réflexion qui dessèche à l'inspiration qui transporte ; mais étudiez parce que, tout wallons et tout populaires que vous êtes et que vous voulez être, vous appartenez pourtant à ce siècle et à une civilisation avancée. Etudiez pour profiter de l'expérience des âges, et aussi pour savoir d'où vous venez, de quelle nourrice vous avez sucé le lait, et ce qu'ont fait les autres qui ont chanté avant vous. Instruisez-vous pour acquérir une conscience plus claire de votre force et des ressources de l'instrument que vous maniez. Pour ne parler d'abord que d'une pure question de forme, le petit vers qu'employaient nos ancêtres ou les ancêtres de nos frères de France dans leurs compositions dramatiques, tel qu'on le trouve dans la farce de Pathelin, par exemple ; tel encore que Goethe a su l'approprier, plus vivant et plus rapide que l'iambe des anciens, aux situations si variées de son immortel Faust ; le vers de huit syllabes, en un mot, ne conviendrait-il pas mieux à votre théâtre que l'alexandrin français, interminable en wallon à cause des élisions, monotone et fastidieux souvent dans les tirades? Et que d'études à faire quant au fond même de la composition? Lisez le vieux théâtre français ; lisez, si vous êtes en état de le faire, le théâtre espagnol du bon siècle ; vous trouverez là des merveilles de bon sens et de finesse, et une faconde narquoise, et des combinaisons subtiles et des imaginations singulières qui vous frapperont tantôt par leur analogie, tantôt par leur contraste avec votre propre tournure d'esprit. Vous apprendrez aussi comment on évite les longueurs, comment on se fait entendre à demi-mot, et ce que c'est qu'un caractère, et comment on rattache une intrigue privée à un grand événement, sans détruire l'unité d'intérêt. Dirons-nous quelle précieuse familiarité ce serait pour vous que celles des grands dramaturges anglais, depuis Shakespeare jusqu'à Sheridan? On haussera les épaules, on dira qu'il s'agit de pur amusement ou même de pur caprice ; que la littérature populaire est un grand mot pour désigner une petite chose. Non, ne vous y trompez pas, dédaigneux aristarques : la littérature polie, dans les pays de langue française, ne reprendra originalité et vigueur que sous l'influence de l'essor des dialectes provinciaux. Nous ne verrons peut-être pas refleurir l'arbre aux fruits d'or de la grande et saine poésie ; mais nos enfants le verront, quand la sève populaire y aura circulé de nouveau, quand l'ancien régime aura aussi cessé pour la langue et qu'elle sera redevenue franchement honnête et sincère au lieu d'être prude et fardée. Écrivains wallons ! Lisez surtout les vieux auteurs, car ce sont leurs libres allures que vous continuez ; ne vous exagérez pas votre mission, mais songez que vous en avez une et qu'il faut être dignes de la bien remplir.

Ne vous mettez point en tête que vous composez des œuvres qui marqueront dans les annales de la République des lettres; votre public sera toujours restreint, et vous ne dépasserez pas un certain niveau. C'est à la langue commune, à la langue de la société polie qu'on reviendra toujours ; le peuple lui-même, à qui vous vous adressez, sera le premier à vous abandonner quand les temps seront venus. Le peuple ne se présente à beaucoup de gens, dit Béranger, que comme une tourbe grossière, incapable d'impressions élevées, généreuses, tendres. C'est une erreur profonde. Napoléon Ier le jugeait autrement, et il avait raison. « Il voulait, par exemple, ajoute le grand poète que nous venons de citer, il voulait que le spectacle des représentations *gratis* fût composé de chefs-d'œuvre de la scène française. Corneille et Molière en faisaient les honneurs, et l'on a remarqué que jamais leurs pièces ne furent applaudies avec plus de discernement. » M. de Lamartine a déclaré, de son côté, que ses plus grands triomphes oratoires, lorsqu'il s'adressait aux masses, devaient être attribués à l'élévation de son langage. Le public vous ramènera forcément à la langue littéraire; c'est pour celle-ci que vous travaillez, à votre insu le plus souvent. Quelque jour un homme se rencontrera, ici ou ailleurs, génie secondaire peut-être, mais écrivain clairvoyant et d'un goût exquis, et cet homme transportera dans des écrits destinés à tous la quintessence de cette sève encore exubérante chez vous, et trahissant aujourd'hui sa verdeur par des pousses désordonnées. Il restera dans la langue un reflet de votre influence, et alors peut-être, sur notre sol comme sur le sol génevois, où des causes différentes, mais analogues, ont puissamment agi, naîtra une littérature française qui sans être une littérature d'imitation, méritera un rang élevé sur le Parnasse gaulois. Pour concourir à un si grand résultat, tâchez donc, sans vous dissimuler la modestie de votre rôle et sans vous tromper sur le but, de sacrifier au bon goût sans cesser d'être naturels; pour mettre de l'art dans vos écrits, pénétrez les secrets des maîtres de l'art, puis alors livrez-vous en toute liberté à vos inspirations. La langue française s'habitue pour la troisième fois, depuis trois siècles, à la miévrerie et à l'afféterie, ou s'abandonne à un réalisme effréné; ne soyez pas complice de ces erreurs de la mode. Soyez simples et vrais, et pourtant soyez artistes; ainsi vous serez indirectement utiles en vous amusant, et plus tard, de ces efforts ainsi tentés sur tous les points, sans préméditation, naîtra une forme plus noble et plus vraie de la pensée, et la chrysalide brisera son enveloppe, et Psyché s'envolera encore une fois vers les hauteurs où son céleste amant déplore à présent sa longue léthargie.

Les progrès que nous constatons chaque année nous obligent de parler ainsi. Notre devoir est d'encourager et d'avertir en même temps, et nous pensons qu'il n'y a point de région intellectuelle si humble, où il soit permis de perdre tout-à-fait de vue les grandes choses. Nos poètes progressent, disons-nous; ce qui va suivre en fournira la preuve, nous l'espérons; et pourtant nous ne dissimulerons pas plus leurs faiblesses que leurs mérites.

Nous étions, en 1858, en présence d'un essai de drame

historique, essai manqué parce que l'auteur ne s'était pas fait une juste idée du rapport étroit qui doit exister entre la forme et le fond. Le même défaut de tact se fait remarquer dans deux des cinq nouvelles pièces concurrentes ; c'est là, selon nous, l'effet d'études littéraires insuffisantes et trop peu mûries. Nous reviendrons là-dessus ; nous voulons déclarer tout de suite, au contraire, que le drame verviétois *J'han-Joseph et l'Maule Anneie*, malgré toutes ses imperfections, offre un heureux exemple de cette difficulté vaincue, dans un ordre de sujets jusqu'ici étranger à nos auteurs wallons. Le discernement, en pareille matière, est le fruit de l'expérience et de l'étude aussi bien que la marque d'un heureux naturel. L'œuvre d'art que nous signalons est bien imparfaite sans doute, si imparfaite qu'elle ne pourra voir le jour si elle ne subit des modifications profondes, une refonte pour ainsi dire ; et cependant c'est une œuvre d'art, simple et vraie, et si pâle, si terre à terre qu'en soit le style, nous n'avons pu la lire, et nous croyons qu'on ne saurait la lire avec indifférence.

L'auteur ne s'est pas fait illusion sur la hardiesse de son entreprise : un drame sérieux, un drame touchant en wallon ! Nous nous plaisons à constater qu'il a très-bien vu l'écueil. Dans une courte préface qui mérite d'être signalée comme morceau de prose wallonne, il reconnaît la justesse des observations formulées par notre jury au sujet de Henri de Dinant, mais il nous prend au mot quand nous disons que si l'on ne peut guère discuter en wallon les grands intérêts politiques des nations, on peut très-bien, en revanche, peindre la vie bourgeoise dans l'intérieur de la famille ou dans la rue, et laisser entrevoir comment les événements privés subissent le contre-coup des révolutions. Notre écrivain a fait en outre preuve de sagesse, en plaçant ses héros dans une condition et à une époque où le dialecte wallon devait être leur parler naturel ; et nous devons ajouter que « le simple langage de Franchimont » convient à merveille au milieu où ils s'agitent, et contribue pour sa part à l'intérêt de l'ensemble.

Au lieu d'un drame en cinq actes, *J'han-Joseph et l'Maule Anneie* serait pourtant plus convenablement désigné comme une pièce historique en plusieurs tableaux. Le premier acte est essentiellement un prologue ; le dernier, un épilogue. Analysons brièvement : les réflexions viendront après.

Nous sommes dans le bureau d'un respectable fabricant de draps, à Verviers. Le chef de la maison, Alexandre, touche au dernier terme de sa carrière, d'une carrière d'honneur et de prospérité due au travail. Son fils Edmond est digne de lui, actif, bienfaisant, adoré des plus humbles travailleurs ; il habite la même demeure, avec son excellente compagne et Jean-Joseph, leur unique rejeton, l'espoir de la famille, cœur généreux par excellence, brûlant d'amour pour son pays autant que dévoué à ceux qu'il aime. Les mauvais jours commencent pour Verviers ; les troupes étrangères passent et repassent, levant des contributions de guerre ; les ouvriers sont sans travail, et les Etats font la sourde oreille aux réclamations populaires. Alexandre médite sur la situation ; il a des devoirs à remplir à deux titres, car il est bourgmestre de Verviers. Ses ouvriers sont sans pain : il faudra vendre à perte, pour leur en donner. Edmond et son père se sont rencontrés dans la même pensée. Survient un marchand de Francfort, une sorte de Shylock dont les propositions et le cynisme révoltent le digne vieillard. Il sort éconduit, et Alexandre entretient son fils et sa belle-fille d'un désir qui le préoccupe sans cesse. Il faut rattacher de plus près Jean-Joseph à la vie de famille ; qu'il se marie, et Alexandre mourra en paix. Angéline, la fille du cousin Jacques, serait son fait; s'ils pouvaient s'aimer ! — Je crois qu'ils s'aiment, s'écrie la mère du jeune homme ; laissez-moi faire ; je le saurai bientôt. Vous n'êtes pas aussi habiles que nous en affaires de cœur. — Un bruit sourd se fait entendre dans la rue : on sonne ! C'est un officier allemand qui vient sommer le bourgmestre d'écraser de nouveau les habitants de contributions, au profit de ses troupes. Le vieillard s'indigne et chasse l'officier ; mais son émotion a été trop forte ; il tombe sans connaissance au milieu des siens ; c'en est fait, ses jours sont comptés, il ne reverra pas sa patrie et sa famille heureuses.

En mourant, son dernier vœu a été l'union de Jean-Joseph et d'Angéline. Edmond a suivi de près son père ; la veuve est là, dans la maison vide, évoquant de tendres et douloureux souvenirs. Le tableau de la misère d'une pauvre femme, qui a souffert tout ce qu'une mère peut souffrir, la rappelle à elle-même. Le second acte est consacré tout entier à des scènes d'intérieur ; Angéline et Jean-

Joseph s'aimaient sans avoir jamais osé se le dire ; l'œil clairvoyant d'une femme les devine, et son habileté déliée en même temps que son impatience maternelle, brusquent le dénouement; les romans, au surplus, ne pouvaient être bien longs à cette époque, et les choses se passaient sans doute ainsi, presque toujours, dans le monde où l'auteur nous fait vivre.

Cependant, Jean-Joseph a gagné un grand procès politique contre les Etats, et les citoyens de Verviers, reconnaissants, l'élèvent à la dignité de premier magistrat de la cité. Son premier acte est la construction de l'Hôtel-de-Ville; ensuite, il pourvoit à l'éclairage des rues, jusque là peu sûres la nuit. Le peuple est en liesse au commencement du troisième acte. *Vive notre Bourgmestre*! Les chants et les danses ne finissent pas, et Jean-Joseph, sa femme au bras, circule au milieu des groupes, heureux, redisant longuement à Angéline de quels sentiments son cœur est plein, ce qu'il rêve pour son pays et comment il entend son devoir. Nous assistons aussi aux conversations des gens du peuple; on voit poindre les dissidences des partis; les idées françaises ont fait du chemin au pays de Liége, et même parmi les amis de la liberté, il y a vieux et jeunes. — Quel est ce bruit! Rentrez, Angéline! C'est un homme qu'on poursuit! Qu'a-t-il fait? C'est un traître! Henri, c'est toi! Henri, c'est Henri, dont Jean-Joseph a sauvé un jour l'enfant, au péril de ses jours (nous le savons depuis le premier acte); c'est Henri, qui a fait preuve de reconnaissance et de dévouement en vendant un ami, un sauveur; car il s'est chargé de dresser une liste de proscription, il fait l'espion au profit des réactionnaires! C'est indigne! — Sauvez-moi, sauvez ma famille! — Déjà la hache vengeresse est levée sur sa tête : tu vas mourir! — Non : Jean-Joseph te sauvera une seconde fois, il protégera les tiens... Hélas!

Au quatrième acte, tableau de misère et de larmes : Angéline est seule avec sa petite fille; Jean-Joseph est banni, caché; un serviteur de la vieille roche, Lambert, vend ses derniers objets de valeur pour apaiser la faim, l'horrible faim de la mère et de la fille; l'épidémie, fille de la disette et de la guerre, décime Verviers : que devenir? Jean-Joseph reparaît; il est revenu nuitamment, il porte un uniforme militaire; son dernier ami a été pris et vient d'être exécuté sur la place; en route, en route, sur le champ! Sa femme le regarde et balbutie : elle est folle... Désolation!

Les années s'écoulent. Deux hommes sont attablés; une bouteille de vin de Bourgogne se vide verre à verre entre eux deux. La scène se passe dans la chambre où nous avons vu se dérouler le premier acte. Ce sont les mêmes meubles, vieillis et moins soigneusement entretenus. Le vin est vieux aussi : bien sûr il a vu *l' maule annaie*. — Ah! Henri! Tu t'en souviens, de cette époque, dit l'acquéreur de la maison d'Alexandre. Moi aussi, je m'en souviens. Que d'événements! Que de gens à double face! Je me suis laissé dire que tel qui avait sauvé la vie à un ami, a été trahi, renversé, ruiné par celui-ci! — Henri vide son verre et change de conversation. — Mais, Henri! Tu as vécu en ce temps-là! As-tu connu Jean-Joseph! —

Guères ! (Henri remplit son verre). — On m'avait dit... (Henri vide son verre d'un trait). — Votre cave est sans pareille à Verviers. — Et la famille ! — Nouvelle libation de Henri. — Mais, tu parais gêné : qu'as-tu donc ? Es-tu malade ?.. Entre Lambert, qui vit encore sous le toit de ses anciens maîtres, dont on ne sait plus rien depuis longtemps. — Une jeune fille, Monsieur, est là en bas : elle désire parler à Madame. — La jeune fille entre : pauvre enfant ! Elle reconnaît cet appartement où elle a joué toute petite, où elle a été si choyée, et à présent... elle a dû quitter sa mère mourante, elle cherche à vendre, pour lui apporter quelque dernier secours, une petite pièce de dentelle d'un dessin suranné... Henri reste un instant seul avec elle, et se montre une fois de plus insolent et sans cœur... Entre la femme de l'industriel : que vous dire ? Il est trop tard, les mauvaises nouvelles arrivent plus tôt que les bonnes : Angeline était mourante, elle est morte... Les angoisses du désespoir s'emparent de la pauvre enfant ; une paire de ciseaux lui coupe une artère ! Henri ! Henri !.. Sache-le bien ! Il y a un Dieu, et Dieu est juste !

Oui, nous avons besoin de cette pensée en présence du sort d'une famille où la probité, l'honneur, la charité et le patriotisme sont traditionnels, et qui pourtant semble poursuivie par la fatalité antique. Est-ce là le ressort que fait jouer l'auteur? Est-ce ainsi qu'il entend inspirer la terreur et la pitié? Il y a en tous cas quelque chose de hardi et de vraiment dramatique dans sa conception, et nous dirons même dans la marche de la pièce, plutôt graduée d'après le système du théâtre anglais, que d'après les errements de la scène française. Malheureusement la réalisation d'un plan en général assez heureux, laisse beaucoup à désirer. Le style... A peine peut-on parler ici de style; tout est vrai d'une vérité triviale, à force de vouloir être simple; tout est honnête, mais sans passion, et il en résulte une certaine monotonie. On signalerait des détails pleins d'intérêt sur l'industrie verviétoise, et des tableaux que leur sujet même et la gravité des situations mettent en relief, comme la scène du juif et la visite de l'officier étranger, l'apparition de Henri et surtout la scène première du cinquième acte; mais tout cela est déparé ou terni par une phraséologie prolixe, par des superfétations extrêmement fatigantes pour le lecteur et surtout pour le spectateur. Bien que le mariage de Jean-Joseph soit un peu un mariage de raison, ce qui déjà n'est pas très-favorable à l'effet théâtral, on voudrait voir dans les deux futurs des amoureux moins transis, et enfin quelque obstacle à l'accomplissement des vœux de leur famille serait le bien venu. Le second acte de la pièce ressemble un peu trop à un acte... de l'état-civil. Henri, qui aurait pu être un amoureux évincé, n'est qu'un envieux à titre gratuit; il y a peut-être de ces monstres-là dans la nature, mais sur les planches, il n'est pas permis d'être aussi exclusivement odieux, sans un bon prétexte quelconque. La vanité de Yago, dans Shakespeare, avait du moins été blessée. Enfin, le rôle principal n'est pas assez saillant; la mission politique de Jean-Joseph est peu clairement expliquée, et de là les sympathies ne sont pas péremptoirement revendiquées en sa faveur; de plus, l'attention s'éparpille, les personnages trépassent tour à tour d'un acte à l'autre, et nous avons plutôt devant nous une chronique de famille en dialogues, que le drame de la vie d'un héros. Le dénouement, nous l'avons dit, est un épilogue; c'est presque un hors-d'œuvre, et l'effet en est manqué. Ce suicide d'une enfant innocente et qu'on ne connaît que pour avoir partagé, toute petite, la misère d'une mère abandonnée, ce suicide fait mal, et sort des limites que le plan même de l'œuvre assignait à l'auteur. Nous en avons dit assez pour faire comprendre que dans l'état actuel de cette pièce, le jury n'a pu songer à lui décerner un prix; en la récompensant par un *accessit* (médaille en vermeil), il a voulu témoigner surtout l'estime dans laquelle il tient un essai tenté non sans quelque succès, et plus que cela, avec un tact souvent habile dans le contraste et la gradation des effets scéniques, en un genre où désormais, la preuve en existe, on pourra réussir tout-à-fait avec non moins de simplicité, mais plus de nerf dans le style et plus de soin de l'élégance. L'auteur dont il s'agit, en un mot, a montré plus de bon sens que de vigueur, et il a été plus observateur que poète; sa trame est relâchée en quelques endroits, son dénouement fait tache et surprend comme une expression déplacée au milieu d'une conversation sérieuse. Nous n'en applaudissons pas moins à ses efforts, et nous espérons avoir un jour à le louer sans restriction, s'il se rend bien compte de ce qui lui manque encore, et si, se laissant alors emporter par un souffle plus ardent et plus inspirateur, il donne aux qualités qu'il possède sans contredit, tout le développement dont elles sont susceptibles.

Nous regrettons, en revanche, de n'avoir presque pas de bien à dire d'un autre drame intitulé : *Honneur et Famille*. L'auteur est évidemment dupe de sa facilité à tourner le vers, facilité qui se révèle en dépit de la connaissance très-imparfaite qu'il semble posséder de notre dialecte liégeois. Il s'exalte aisément à propos d'une idée générale, si banale qu'elle soit, ce qui est un heureux don de la jeunesse, l'âge de toutes les générosités ; et il va, il va sans prendre garde aux convenances de la scène et quelquefois au caractère de ses personnages. Nous comparerions son style à celui de l'auteur de *Henri de Dinant*, n'était l'affectation de locutions wallonnes dans la nouvelle pièce ; seulement la manière dont elles sont employées inspire du doute, comme nous venons de le dire, sur l'aptitude de l'écrivain à se servir de cet idiôme.

Laissant de côté la forme, aurons-nous à louer l'invention, la charpente de la pièce, le développement des caractères ? Hélas ! nous renonçons même à tenter l'analyse de cette conception. François est précepteur dans la maison d'une baronne, laquelle a une fille à qui elle voudrait faire épouser un certain comte. Le baron est absent depuis longtemps ; on ne sait où il est ni quand il reviendra. Mais il reviendra à point nommé, n'en ayez souci, pour dire que sa fille n'est pas sa fille et que François est son fils. Or, la noble dame, d'ailleurs criblée de dettes, avait envie de se remarier aussi, et d'épouser un ex-amant, prétendûment pour compenser des pertes éprouvées par celui-ci à la bourse. Dans l'intervalle de ces événements où un *Deus ex machinâ* prévient heureusement une bigamie, il y a 1° des déclamations de François, qui est folliculaire et s'attribue lui-même la noblesse du talent parce qu'il écrit des articles où il n'épargne personne; 2° des déclamations du comte qui vante la vieille souche dont il est issu et débite des médisances d'un goût très-contestable; 3° des déclamations d'un certain Vassor qui joue là, on ne sait trop pourquoi, un rôle d'intermédiaire; 4° l'entrée du notaire Hossekowe, venant pour un contrat. Çà et là un trait heureux, un vers assez bien tourné ne compensent pas l'insignifiance de l'ensemble, la fausseté des caractères et des situations, et la brutalité du dénoûment, où la jeune fille qui n'en peut mais, en définitive, est gratuitement victime des coupables folies de la vanité de sa mère. Est-ce ainsi qu'on établit une différence entre la noblesse du talent et celle des titres? L'auteur nous paraît avoir été, lorsqu'il a pris la plume, sous l'empire de lectures mal digérées de toutes sortes de livres contemporains, où les paradoxes coudoient les illusions d'une fantaisie sans frein. Il est anti-réaliste, et surtout il paraît peu au courant de la vie réelle; qu'il se défie de lui-même, qu'il étudie, qu'il réfléchisse; il a du feu sacré, de la verve, du sentiment poétique, mais il est sujet au cauchemar.

Il y a néanmoins, dans cet essai imparfait, quelque élévation et quelque poésie. Lisons, au contraire, la comédie intitulée : *Piette avou si bai jeu*, si nous voulons tomber à plat dans la vulgarité. Quel dommage pourtant, avec un si beau titre! Un pareil titre est une trouvaille précieuse, une riche veine, un trésor : nous laissons à l'imagination du lecteur le soin de se représenter tout ce que pourrait broder là-dessus un vaudevilliste quelque peu exercé. Mais pas du tout : c'est à la lettre qu'il faut le prendre ici. On dira que Molière a lui-même consacré une scène des *Fâcheux* à l'explication d'un coup de piquet :

> C'est au jeu que l'on voit les plus grands coups du sort,

et que d'ailleurs il faut voir la pièce. Mais quant à Molière, c'est dans la bouche d'un fâcheux qu'il met ce récit impatientant ; et quant à la pièce, la voici : Grand'mère *Ailí Tontaine* est fâchée de voir une sienne nièce Louise tourner autour de son petit-fils *Mathí* ; elle interdit donc sa maison à la jeune fille, puis elle s'endort, et comme elle parle haut en rêvant, il n'est pas difficile à *Mathí*, qui rentre sur ces entrefaites pour lire les journaux, de découvrir les secrets de la vieille. Il enfonce crânement son chapeau sur l'oreille, *Mathí*; il entend qu'*Ailí* invite sa préférée pour le soir même (on fait tous les soirs la partie de cartes, chez *Ailí*). La matrone est grondeuse, mais elle idolâtre *Mathí*, elle ne saurait rien lui refuser; elle s'en va donc caqueter dans la rue avec ses voisines, puis elle est censée avoir fait la commission ; cependant, interpellée, elle avoue qu'elle n'a pas eu un seul instant envie de se donner pareille peine. *Mathí*, qui a lu pendant ce temps les journaux de la ville, et qui s'est livré à cet égard à diverses réflexions quelquefois, disons-le, assez amusantes, *Mathí* lui-même ira chercher *Louise*. Cependant les partenaires d'*Ailí* font tour à tour leur entrée ; on se met à table, les deux amants comme les autres, et on joue jusqu'à ce que la toile tombe. L'enjeu de la dernière partie est *Louise* elle-même; elle se prête de bon cœur à cet arrangement brusquement approuvé, au préalable, par *Mathí*. Le dernier coup est douteux ; *Mathí* perdrait avec beau jeu, mais son adversaire aussi : *Mathí* épousera-t-il *Louise*? Décidez, parterre : voici un couplet final à votre adresse.

Le réalisme est bien décidé, cette fois, et nous devons avouer que l'auteur est doué, à un degré éminent, de l'esprit d'observation. Pas un détail ne lui échappe, et tout vrai Liégeois déclarerait que chaque scène est exacte comme une photographie. Un autre mérite doit être relevé ici : c'est qu'il y a de l'entrain dans le dialogue, et que certains types ne sont pas trop mal caractérisés. Mais faites donc discuter en scène, pendant un quart-d'heure, sur les péripéties du jeu de cinq lignes, des personnages ridicules et sans esprit, et n'ayez avec cela aucun nœud à débrouiller ! Ce serait abuser de votre temps, Messieurs, que d'en dire davantage. Quant au style, la pièce est bien wallonne et le vers quelquefois habilement troussé; encore un auteur, croyons-nous, qui dans des conditions tout autres que le précédent, se laisse éblouir par la facilité de sa plume et se dispense de réfléchir à ce qu'il écrit. Eh! même dans les œuvres littéraires les plus légères, il faut une idée quelconque, un but quel qu'il soit, puisqu'il s'agit d'art. Traitez des sujets vulgaires tant que vous voudrez, les

Flamands l'ont fait en peinture; mais alors du moins, cherchez à plaire par la magie de vos couleurs et par la disposition de votre lumière. Et encore....

Mais au lieu de nous lancer dans les discussions théoriques, choisissons un exemple dans la comédie en deux actes intitulée : *Li bonheur vole*. Nous ne pouvons accorder à cette composition, non plus qu'aux deux précédentes, une distinction quelconque, mais nous devons reconnaître que, sous le rapport de la grâce et de l'élégance du style, qui n'en est pas moins naturel pour cela, elle l'emporte peut-être sur toutes ses rivales. L'opinion du jury, à cet égard, est suffisamment exprimée par le nombre de points accordés à cette pièce. Citons quelques vers sans y ajouter aucune réflexion :

> ... Dispôie treus meus ji d'vins triss', ji m'annôie;
> Sins mes quéqu' camèràdes, ji n'âreus pus noll' jôie;
> Et qu'on dèie çou qu'on vout, à l'ag' di quarante ans,
> Ji creus qu'on-z-a passé l'bai boquet di s'roman.
> On n'a pus comme à vingt li tiess' plintt' di sottrèies;
> L'ag', tot fant mawri l'homm', fait mawri ses idèies;
> Et c'est à plein d' l'hivier, qwand i sint l'màva timps,
> Qu'i r'kwir li douce odeur des bais joûs di s' prétimps.
> Ossi mi minm', à c'theur', màgré qu'on veut so m'tiesse
> Rilûr' les pâlès fleûrs dè l'coronn' dè l'vîesse,
> Ji sins po l'prumîr feye l'idèie di m'établi;
> Pac' qui, si ji m'lais co on pau pus avîli,
> I n'vâret pus les pôn', et si ji d'meur' jôn' homme,
> Baicôp d'mes héritîrs sohait'ront qu'on m'assomme
> Ou qui ji moûre étique, po v'ni chal rakoï
> Co pu d' quatt' cint mèies francs, qui m'fâreut l'z'y leï.

Un certain sentiment poétique se révèle dans ces vers.

Si l'invention et le développement de l'intrigue ne laissaient pas tant à désirer, nous applaudirions des deux mains à cette comédie. Ce serait insister mal à propos sur des taches insignifiantes que de rappeler à l'auteur combien il eût été difficile, en 1614, de chanter l'air : *Où peut-on être mieux*! puisque le *maëstro* liégeois, à qui nous devons *Lucile*, ne vit lui-même le jour qu'en 1741. Si la mélodie : *Valeureux Liégeois!* est antérieure à ce siècle, il est douteux qu'elle fût populaire au commencement du règne de Ferdinand de Bavière. On ne comptait guère non plus à Liége, alors, par francs et centimes, et nous ne savons trop si l'on pouvait dire : je cours à la *permanence*. Mais ce sont là des peccadilles. Seulement, une fois pour toutes, disons à nos auteurs que s'ils déterminent précisément la date des événements que leur baguette magique évoque ou crée, un peu, nous disons un peu de couleur locale ne messiérait pas ; les anachronismes ne sont complètement pardonnables que dans les légendes ou les parodies. Mais nous avons autre chose à regretter ici. Le premier acte de *Bonheur vole* intéresse et fait rire, mais... c'est un pastiche du *Galant de l' Sièrvante*. La donzelle se cache ici dans un coffre, tandis que dans la pièce de M. A. Delchef, le Crispin en bonne fortune s'était blotti dans une armoire. Encore serions-nous indulgents pour ces analogies, si le 2e acte avait quelque valeur. Mais il est difficile d'imaginer quelque chose de plus faux et de plus incohérent. Un vieux comte qui veut se marier, qui invite ses amis à venir choisir, parmi les noms des dames qu'il a remarquées au bal, le nom de celle qui doit le mieux lui convenir; les invités qui n'arrivent pas, parce que le domestique, ayant perdu les lettres en route, mais ayant trouvé une tablette sur laquelle son maître a inscrit les noms des cinq ou six beautés qui l'ont séduit, a invité verbalement ces demoiselles au lieu des personnes attendues; le père de l'une des dites demoiselles qui vient, en style de Don Quichotte, demander raison au comte, au moment même où un ami de ce dernier lui montre une miniature trouvée par hasard dans la rue, et portant les traits de la demoiselle même pour qui on réclame vengeance; — et là-dessus, le père accordant la main de sa fille, sans que celle-ci soit informée de rien, et le maître unissant son domestique à l'héroïne du coffre, sans qu'on y prenne garde, et sans que le valet amoureux soit bien content de cet arrangement!

Voilà : deux pièces en une, une imitation quelquefois heureuse et une demi-conception manquée; ah! qu'on nous permette de le dire, il faut des ficelles plus solides pour faire tenir le masque comique! Ces caractères sont incomplets, ce thème vous égare à mesure qu'il se développe, et l'auteur n'a réussi qu'à nous donner raison, quand nous crions par dessus les toits : étudiez, méditez!

Nous arrivons enfin au morceau capital du concours. Nous ne sommes point aveugles; défauts et qualités se montrent encore ici; mais la balance penche si décidément du côté des qualités, que le public s'écriera comme nous : qui en douterait? Bravo! Et encore : bravo! *Les deux neveux!* Vous tenez enfin une bonne pièce destinée à un véritable succès, l'auteur n'eût-il pas employé le wallon. Comment n'en pas voter à l'unanimité la publication (sauf des corrections de détail)? Comment ne pas lui décerner le prix? Faisons comme pour Jean-Joseph : analysons avant de juger.

Il y avait une fois un oncle, qui était l'oncle de deux neveux et d'une nièce : le dit oncle était tout spécialement prédestiné à être tuteur, car ses deux neveux et sa nièce étant cousins et cousine, et non pas frères et sœur, il fallait évidemment que trois frères ou beaux-frères de notre vieux garçon se fussent donné le mot pour mourir presque en même temps et lui imposer ainsi une triple surveillance. Terrible charge pour un homme qui aime ses aises ! Aussi l'oncle Durand n'est-il pas toujours de bonne humeur; sa nièce Louise en sait quelque chose. Louise nourrit un penchant secret pour son cousin Henri, que Durand, en revanche, ne peut souffrir. Il faut bien l'avouer : Henri est un peu débraillé, un peu viveur; ses escapades ont quelquefois fait du bruit, et Durand n'aime pas le bruit; enfin les remontrances de l'oncle ont l'air de glisser très-légèrement sur l'épiderme du jeune homme. C'est peut-être à cause de tous ses défauts que Henri est aimé de Louise, à qui du reste il le rend bien, tout en se laissant quelquefois enflammer ailleurs, quand l'occasion, l'herbe tendre.... enfin il est jeune, et les femmes sont inexplicables dans leurs préférences; c'est ainsi que Henri a encore un chaud partisan dans Catherine, une matoise celle-là, une fille avisée, une langue à faire damner ceux qu'elle attaque, enfin une franche soubrette wallonne, à rendre des points à la Jeannette de M. A. Delchef. L'autre neveu, Gustave, ne ressemble guère à Henri ; c'est un étudiant qui ne parle que de ses examens prochains, un garçon bien doux qui vient voir son oncle, le cajole et l'écoute avec respect, sans perdre une occasion d'exprimer l'horreur que lui inspire la conduite de son mauvais sujet de cousin. Gustave vise aussi à la main de Louise, et, soyez-en sûrs, si l'oncle pouvait se mettre à la place de la nièce, le mariage serait bientôt conclu. Mais ne parlez pas des caprices des femmes ! Tenez, au moment même où Durand vient de repéter pour la centième fois un beau sermon à Louise, Catherine vient dire à l'oreille de la timide nièce que Henri l'attend dans la cuisine. — Mais je n'oserais quitter la salle : mon oncle....— Ce sera bientôt fait, dit Catherine : Monsieur ! votre ami Dubois est venu vous prier de passer chez lui... Les oncles sont crédules ; d'ailleurs Durand et Dubois, malgré leurs disputes continuelles, ne peuvent vivre l'un sans l'autre ; Durand prend donc son chapeau et sa canne. Bravo ; le chat est loin : souris, prenez vos ébats !

Henri est venu, parce qu'il n'y peut plus tenir ; si M. Durand lui refuse son consentement, que Louise le quitte pour aller demeurer chez une parente, puis tout s'arrangera. —Et si l'oncle déchire son testament ? — N'importe ! — Non ! dit Louise. — Si ! dit Henri. De grâce !.. — Sauvez-vous, j'entends du bruit ! s'écrie Catherine qui fait le guet. C'est une fausse alerte, mais Louise a disparu. A Catherine maintenant de sermonner Henri :

ce n'est pas bien, Monsieur, Il faudrait faire une fin! Hier encore une jeune fille, une de vos victimes, Monsieur! s'est présentée ici pour parler à votre oncle... Heureusement je l'ai éconduite et je le ferai encore ; mais ne vous exposez plus, et surtout cessez de la voir. On la nomme Julie, je crois.. — C'est Rosalie, se dit à lui-même le coupable, pris la main dans le sac. — Oh Catherine, aidez-moi ! — Oui, chut ! Voici l'oncle qui n'a pas trouvé Dubois. Henri, seul avec lui, n'a pas le temps de parler ; une mitraillade d'injures et de reproches éclate sur lui sans trève. Enfin il parvient à placer un mot, et, ahuri qu'il est, il ne trouve d'autre biais, pour justifier sa présence, que de demander quelque argent à son oncle ; il voudrait aller au bal ; c'est aujourd'hui mardi-gras ; quoi de plus naturel ! Nouvelle bordée à essuyer ; mais que voilà bien les oncles ! Durand s'exaspère et finit par aller à sa poche ; mais c'est qu'il est près d'étouffer de rage et qu'il faut que cela finisse. — Sors maintenant d'ici, vaurien ! Mais Henri, qui veut avoir la réponse de Louise, fait semblant de sortir et se cache derrière un paravent.

De là il entend une conversation fort édifiante entre Durand et Dubois ; après que celui-ci a répété à son ami qu'il ne vaut pas mieux que lui, et rappelé bon nombre de fredaines de jeunesse dont l'évocation met le comble à la mauvaise humeur de Durand, les deux vieux célibataires se réconcilient suivant leur habitude invariable, et, chose inouïe, prodige qui fait ouvrir de grands yeux à Henri dans sa cachette, ils finissent par convenir d'aller ensemble au bal masqué. Peut-être y retrouveront-ils une certaine Jeannette qui... vieux scélérats ! Enfin, Louise et Catherine seront couchées à neuf heures ; Dubois apportera des costumes frais et des dominos de rechange, pour le cas où l'un ou l'autre serait reconnu. On conçoit, en effet, qu'ils tiennent au secret comme à leur peau.

Cependant Henri s'est esquivé, Dubois est sorti à son tour, et Durand en fait autant sous un prétexte banal. Gustave entre d'un air assez embarrassé ; il sonde Catherine pour savoir si Julie est venue ; car c'est lui, l'hypocrite, qui est le vrai séducteur de cette pauvre fille à qui il a promis le mariage. Catherine ne pénètre pas ce secret, l'interrogateur est adroit ; il croit du reste avoir deviné ce qu'il voulait savoir, tandis que la servante, adroite dans un autre but, n'a fait que des réponses évasives, supposant qu'il a voulu lui tirer les vers du nez pour faire tort à Henri. Scène de flagorneries et de bonacité un peu niaise entre Durand et Gustave, lequel a soin, par parenthèse, de décrier son cousin. Ils s'en vont ensemble, au grand contentement de Catherine, prévenue que son maître ne tardera pas à rentrer, mais ayant tout le temps, dans l'intervalle, de s'expliquer avec Henri; celui-ci brûle de son côté de réjouir *ces dames* de sa découverte. Le quiproquo provoqué par Julie n'est pas éclairci : Henri, regardant Gustave comme un espion, veut avoir satisfaction de lui. Gustave entre par hasard ; il avait oublié ses gants sur la table. On veut s'expliquer, et l'on s'embrouille de plus belle, surtout quand Catherine avoue à Gustave qu'une femme est venue. Celui-ci, déçu, inquiet, hors de lui, achète le silence de la servante, qui n'y comprend rien, mais qui réfléchira.. Enfin elle se retrouve seule avec Henri, et le projet de se retrouver tous au bal, y compris Louise, est définitivement arrêté. Louise ne se laisse pas aisément persuader ; elle cède pourtant à la fin. Il se fait tard, on se retire. Dubois et Durand viennent endosser leurs costumes ; Durand reprend ses allures de vingt ans, et vogue la galère ! — Enfin ! dit Catherine. Louise revêtira le domino de Joseph, le *Galant* de Catherine, qui arrive à point nommé pour conduire la donzelle au bal, et fait une longue mine en apprenant qu'il *chaperonnera* une tierce personne. — Je vous régalerai ! fait Catherine : il faut bien céder ; en avant, faisons bonne mine à mauvais jeu !

Au second acte, nous sommes en plein bal masqué, au grand théâtre de Liége. C'est l'heure de la folie : les gais refrains se mêlent au cliquetis des verres, aux fanfares de l'orchestre et aux battements cadencés des pieds des danseurs. Les propos provocateurs, les mystérieuses *intrigues* se croisent et font des feux roulants ; la poussière monte aux lustres et l'ivresse monte aux têtes. Henri est déguisé en femme : Gustave survient, *un peu gai*, son masque à la main (le remettra-t-il ? Il doit être prudent, ce nous semble), lorgne la petite et la poursuit... Voici Durand avec Dubois, deux figures hétéroclites, deux magots embarrassés dans leur défroque. Ils passent. Gustave revient. Il s'échauffe, il veut clore son roman : la belle est farouche, mais peu à peu — enfin elle accepte une bague, qu'elle gardera si son nouvel amoureux n'est pas demain au rendez-vous. Pardonnez, Messieurs : c'est au bal masqué qu'on peut dire : *Hélas! Platon, hélas!* ([1]). Mystification sur mystification : Durand a perdu Dubois dans la foule, et le voilà intrigué par un domino noir qui lui débite un fort beau chapitre, vraiment, au sujet de Jeannette ; et Catherine qui entend tout cela, n'a rien de plus pressé que de lui laisser entrevoir qu'elle est elle-même cette sirène de Jeannette. Henri, à son tour, délivré de Gustave, s'empare de Dubois, qu'il a reconnu, et grâce à la conversation du matin, qu'il a entendue de derrière son paravent, il n'a pas de peine à lui faire croire que c'est Jeannette qui lui parle. Le nœud se resserre de plus en plus fortement. C'est un *imbroglio* à vous donner le vertige, un tourbillon à vous aveugler, un va-et-vient continuel à vous faire voir trente-six chandelles. Tour à tour les deux groupes repassent devant nous : l'une des deux Jeannette discrédite Catherine dans l'esprit du vieux Durand, l'autre de son côté captive le vieux Dubois, qui la reverra le lendemain, c'est convenu. Scène comique entre Gustave et Catherine, en présence de Louise, qui fait tapisserie et est fort gênée de sa personne, la pauvre fille ; puis Dubois reparaît dans son premier costume, ce qui enlève un poids de la poitrine de Durand. Ils se font des confidences : J'ai vu Jeannette ! — Moi aussi ! — C'est celle-ci ! — C'est celle-là ! — Je l'ai reconnue à ses paroles : elle seule savait ce qu'elle m'a dit. — Je l'ai reconnue à l'anneau

([1]) Titre d'un recueil de jolies poésies françaises (par M. Léon Jacques), que vient de publier M. l'éditeur F. Renard, de Liége.

d'or que vous lui aviez donné le jour de sa fête. Je croyais pourtant qu'elle vous l'avait rendu. — C'est étrange ! — C'est inconcevable ! — Mais cet anneau, je l'ai donné à Gustave ! Non, je confonds, c'est impossible. — Nous verrons bien demain : s'il vient quelqu'un... Holà ! hé ! La foule se presse aux portes ; Durand et Dubois sont bousculés ; lourde chute de Durand, qui laisse tomber son paquet de clefs : Henri, qui le suit de l'œil, est là pour les ramasser : la leçon sera complète. Il se fait tard, rentrons : bonsoir !

Pauvre Durand, son nez est gonflé, un de ses yeux est poché, il paie bien cher ses folies de la veille ! Que va-t-on penser de lui dans le voisinage ? Et d'abord que diront Louise et Catherine ? Au beau milieu de ses réflexions peu récréatives, survient Catherine, portant deux cartons. — Que signifie ?.. — Monsieur, je vais vous quitter : réglons nos comptes, s'il vous plaît. — Vous perdez la tête ! — Du tout, Monsieur : mais quant à vous, vous agissez très-mal. Je souhaite seulement que ma remplaçante... — Mais me prenez-vous pour un fou ? Qui vous a fait croire... — Allons donc ! Hier soir, vous avez rencontré cette femme... bien tard ! — Bien tard ! mais j'étais couché à neuf heures ! — Catherine (*à part*) : Vieux menteur ! — Je vais trouver Henri, dit la rusée ; et elle laisse le pauvre Durand meurtri au moral comme au physique, tremblant que Jeannette n'ait jasé, se voyant déjà la risée de tout le monde... Oh Dubois, Dubois !

Comme Samiël dans Freyschütz, Dubois répond à l'appel de Durand, qui lui fait une grosse querelle. Leur discussion est interrompue par Julie, qui vient se plaindre de son séducteur, lequel avait promis de la conduire hier au bal, et qui, puisqu'il n'est pas venu la prendre, l'a par conséquent tout-à-fait abandonnée ! Elle fournira des preuves de la perfidie de son amant : ses lettres... — Apportez-les moi, ma fille, et tranquillisez-vous. Indigne neveu ! — Dubois rit dans sa barbe, et après le départ de Julie, prend même la défense de celui qu'on soupçonne. Cependant Durand voudrait sortir, et il n'a pas ses clefs : maudit bal ! Dubois, mon ami, aidez-moi à forcer ma garderobe. Maudit bal ! Cependant Gustave vient pour savoir si Julie s'est montrée. Son insistance pour qu'on l'empêche d'entrer met la puce à l'oreille de Catherine ; mais elle n'y voit pas encore clair. Entre Durand. — Quoi, Gustave ! que va-t-il penser en voyant mon œil ? — Il faudra un serrurier, dit Dubois sur la porte. — C'est contre la table, dit Durand. — Pauvre oncle ! Gustave l'embrasse et verse des larmes, Catherine rit aux larmes. — Comment vont les études, Gustave ? — Hier à minuit j'étudiais encore ! — Quelle différence avec Henri ! Suit l'histoire de Julie, que Henri devait conduire au bal. — Au bal ! mon oncle ! — *Qué fâ Pilâte* ! murmure Catherine. Pauvre Henri ! On te déchire encore à belles dents. Cependant Durand craint la visite de Jeannette, et Dubois voudrait bien partir, parce qu'il attend chez lui la même visite. Voici Henri. — Comment, infâme, tu oses paraître ici !.. Sans Dubois, Henri passerait un mauvais quart d'heure. — Sors d'ici, vaurien ! — Mais laissez-le donc parler ! — Enfin, que veux-tu ? — Moi, pas grand'chose :

seulement vous dire que je me rends chez le commissaire ; j'ai trouvé hier, au bal, vers minuit, un trousseau de clefs. — Chassez-le, mon oncle, dit tout bas Gustave. — Un moment, dit Durand, qui commence à trembler. Voyons les clefs. Ha ! Durand ne les reconnaît que trop bien ; Henri veut partir ; l'oncle s'époumonne à le retenir ; Gustave s'épuise en conjectures. Durand tombe en syncope ou fait semblant : on sonne ! L'oncle se redresse en sursaut : C'est Jeannette ! — C'est Jeannette ! pense Dubois. — C'est Julie ! — C'est Rosalie ! — Allez voir ! — Oui ! — Non ! — Que faire ? que devenir ?

C'est Julie... Et voici Louise, dont la présence ne sera pas inutile. Coup de théâtre : on s'explique, on se méprend, puis on finit par comprendre... C'est Gustave qui est le suborneur ; le voilà, l'infâme hypocrite... L'oncle Durand est saisi d'horreur, il le chasse ; Gustave ose encore en sortant implorer Louise, mais elle se détourne avec dédain. — Il faut pourtant bien, s'écrie Henri, que j'aille trouver le commissaire. — Mais Dubois a deviné qui jouait avec lui le rôle de Jeannette ; il le dit tout bas à Durand, qui, n'ayant causé qu'avec l'autre fausse Jeannette, n'en croit pas un mot. — Mais, que se passe-t-il donc? se demande Louise : ils sont tous pâles et n'osent parler haut ! — Allons, qu'on joue cartes sur table : c'est toujours le mieux. — Henri, promettez-vous de vous amender ? — Oui, mon oncle. — Garderez-vous le secret sur les événements d'hier soir? — Mais, je dois d'abord savoir... — Allons, je changerai mon testament, et vous pourrez dès demain venir voir votre cousine... — Que Catherine surtout ne sache rien... — Mais, mon oncle, elle sait tout...—Qui le lui a donc dit?—Vous-même. Catherine était l'autre Jeannette. Deuxième évanouissement de Durand. — Mais Louise! —Louise était au bal. Troisième évanouissement. Enfin, qu'y faire? Revenez à vous, bon vieux; voici votre ami Dubois qui a pris son parti en brave. — Nous avons été au bal, eh bien, soit! Nous irons encore si l'envie nous en vient. Et à bas les réticences, les hypocrisies et les perfidies! Louise aime Henri, Henri aime Louise : n'allongeons point la corde; unissez-vous, mes enfants! Et vous, Catherine, ne peut-on vous marier aussi? — L'oiseau s'est encore envolé, répond la bonne fille; en revenant du bal, il a voulu faire le méchant, et je l'ai planté là, en pleine rue.—Plaindrons-nous Joseph? Jugez-en, Messieurs; en attendant, rendons à Durand ses clefs, et ajournons, avec Henri et avec l'auteur, les explications que Durand a encore à demander : car il a perdu la tête ou peu s'en faut, et il semble que *l'imbroglio* du bal masqué ne sera jamais bien clair pour lui.

Sous ce tissu léger, trop léger souvent, et malgré quelques traits un peu lestes, sous ce tissu si mince se cache un enseignement moral sérieux, qui a rappelé involontairement au jury l'*Ecole de la médisance* (*The School for scandal*) de Sheridan, et les imitations françaises de cette comédie célèbre, les *Portraits de famille* de M.-J. Chénier et le *Tartuffe de mœurs* de Chéron. Mais le *Joseph Surface* de Sheridan est un hypocrite profondément vicieux, un coquin déterminé, à l'égard de qui le public ne saurait rester indifférent, tandis que le *Gustave* des *deux Neveux* n'est guère plus mauvais que son cousin Henri, du moins à le juger par ses actes plutôt que par certains traits de son caractère, appréciables seulement d'après sa manière de parler. Nous conseillons à notre auteur de prendre connaissance de la pièce anglaise, soit dans le texte, soit dans l'élégante traduction de M. Villemain, pour se faire une idée du relief qu'il convient de donner à un type, lorsqu'on veut faire quelque chose de plus qu'une comédie d'intrigue. La pâleur du rôle de Gustave est rendue plus frappante encore par deux défauts assez graves que le poète devra chercher à atténuer autant que possible, s'il ne parvient pas à les faire entièrement disparaître. Nous formulons ces conseils, parce que nous voudrions assurer à sa pièce un succès durable ; car pour un succès de vogue, nous croyons pouvoir le lui prédire. D'abord il s'agit de Rosalie, qui paraît être exactement dans la position de la jeune fille séduite par Gustave : peut-être l'auteur a-t-il entendu que c'est là une ancienne passion de Henri ; mais il ne faudrait pas du moins qu'elle eût l'air d'occuper ses loisirs à l'époque même où il paraît sérieusement épris de sa cousine. Henri est un peu libertin, beaucoup si vous voulez ; mais il y a une limite à garder ; si l'on veut que le public s'intéresse fortement à lui, il faudrait en faire surtout un étourdi, un jeune homme dissipé, mais incapable d'une action déloyale, et victime de sa franchise jusqu'au dénouement, plutôt que dissimulé sur le même chapitre, qui seul est un sujet de reproches pour son frère. Ensuite nous regrettons deux ou trois expressions peu convenables, de Henri à son oncle, ou parlant de son oncle, et nous sommes surtout peinés de le voir enjoindre lui-même à Gustave de quitter le domicile de leur tuteur commun. Ce seraient là des fautes importantes, si la pièce ne devait pas être revue ; mais nous espérons que l'auteur, qui fait tant de cas de la franchise, saura gré au jury de les lui avoir indiquées, et nous pensons qu'il ne lui sera nullement difficile de faire droit à nos observations. La versification et le style auront aussi besoin d'un dernier poli (1). Il n'en est pas moins vrai que même telle qu'elle nous a été présentée, la comédie des *Deux Neveux*, de l'avis unanime du jury, est la meilleure œuvre qu'ait produite le théâtre wallon moderne. L'analyse que nous en avons esquissée, donnera une faible idée de l'habileté des combinaisons scéniques que nous y admirons ; on y trouve quelques longueurs, mais pas de redites ; chaque caractère conserve sa nuance ; l'intérêt va croissant jusqu'à la fin, et après être devenue un véritable nœud gordien, l'intrigue se dénoue le plus aisément du monde, grâce à la dextérité déliée de l'artiste, qui sait tirer parti, à point nommé, des circonstances en apparence les plus insignifiantes. N'ajoutons rien à ces observations ; répétons seulement ce que nous disions il y a deux ans, en proclamant le triomphe du *Galant de l'Sièrvante* : « Nous sommes impatients de voir le public partager notre avis. »

La tâche du jury est remplie ; c'est avec une nouvelle confiance dans l'avenir qu'il vient vous faire part de ses conclusions. Aux considérations par lesquelles débute

(1) L'auteur s'est empressé de tenir compte des observations du jury.

le présent compte-rendu, et à celles que nous avons fait valoir dans nos précédents rapports, nous croyons, pour le moment, ne devoir rien ajouter. Cependant, peut-être sera-ce rendre un service réel à nos poètes wallons, que de les engager à méditer soigneusement les conseils qu'un critique distingué de notre temps, écrivant en Belgique, adresse aux poètes Belges en général :

„ C'est un besoin de la poésie de s'accommoder aux exigences de la foule, tant qu'elles ne sont pas destructives des conditions nécessaires de l'art...

„ Soyez à votre guise idéaliste ou réaliste ; mais que la vérité générale se retrouve même dans vos personnages en apparence les plus exceptionnels...

„ Bien écrire est une loi pour tous les poètes. Elle est particulièrement obligatoire pour les poètes de Belgique (suspects de châtier peu leur style ; et cette loi s'impose aux écrivains wallons comme à ceux qui manient la langue française)... Il n'y a presque plus de sujets neufs au théâtre, et tous les moyens de pathétique sont vulgarisés. La beauté de l'expression peut être sans cesse rajeunie et faire aimer, par les savantes variations du langage poétique, la vieille, l'éternelle histoire des sentiments.

„ On dirait que beaucoup de poètes craignent, en se corrigeant, en supprimant avec courage les redondances et les inutiles superfétations qui déparent un premier jet, de paraître moins vigoureux.

„ Cette illusion doit disparaître et faire place aux soins les plus soutenus. Un poète n'est pas dans ce monde pour son plaisir, mais pour créer de belles œuvres ; et si l'on nous permet de finir par un mot de ce Platon qui fut si rude à tous les poètes, principalement à ceux du théâtre, mais qui comprenait si bien les véritables conditions de leur fortune, souvenons-nous que toutes les choses belles à voir, sont difficiles à faire. » (1)

Après mûr examen de l'ensemble et des détails des cinq pièces ci-dessus analysées, le jury a résumé son appréciation comme suit :

1° *Les Deux Nèveux*	29 1/2 p. sur un m.	de 36.
2° *J'han-Joseph et l' Maule anneie*	21 1/2 p.	id.
3° *Li Bonheur vole*	18 p.	id.
4° *Piette avou si bai jeu*	11 p.	id.
5° *Honneur et famille*	10 p.	id.

En conséquence, le jury estime qu'il y a lieu de décerner un prix à l'auteur des *Deux Nèveux*, et de faire imprimer cette pièce dans le *Bulletin* de la Société, après qu'elle aura été revue par l'auteur.

Les pièces nos 3, 4 et 5 ne sont jugées dignes d'aucune distinction.

La pièce n° 2, intitulée *J'han-Joseph et l'maule anneie*, mérite un accessit, qui pourrait être représenté par une médaille en vermeil. Toutefois, comme ce drame, à côté des qualités éminentes qui le distinguent, laisse à désirer sous le triple rapport de l'unité d'intérêt, du développement de certains caractères et surtout de la convenance du

(1) Baron, *Histoire de l'art dramatique*, chapitre final.

dénouement, l'auteur sera invité à modifier, à abréger ou même à supprimer entièrement certaines scènes. S'il consent alors à soumettre son œuvre à l'appréciation définitive du jury, celui-ci pourra, s'il y a lieu, en proposer la publication dans le *Bulletin* de la Société.

Toutes ces décisions ont été prises à l'unanimité.

Au nom de ses collègues du jury,

MM. H. Bovy,
U. Capitaine,
G. Masset
et A. Picard,

Liége, le 2 janvier 1860.

Le rapporteur,
Alphonse Le Roy.

Lecture ayant été donnée du présent rapport, dans la séance du 16 janvier 1860, il a été procédé à l'ouverture des billets cachetés qui accompagnaient les pièces intitulées *Les deux Nèveux* et *J'han-Joseph et l'maule annaie*. L'auteur de la première est M. André Delchef, de Liége; la seconde est l'œuvre de M. Jean-François Xhoffer, de Verviers.

Toutes les propositions du jury ont été accueillies par la Société.

Le Secrétaire, F. BAILLEUX.

Le Président, Ch. GRANDGAGNAGE.

Liége, le 16 janvier 1860.

LES DEUX NÈVEUX

COMÈDEIE È TREUX ACTES

PAR

M. ANDRÉ DELCHEF

(Le théâtre est le miroir de la société).

(**Médaille d'or de 200 francs. — Concours dramatique de 1859**).

A MONSIEUR

ALPHONSE LE ROY,

Professeur à l'Université de Liége,

FAIBLE TÉMOIGNAGE

DE LA

RECONNAISSANCE DE

L'AUTEUR (1).

(1) Le billet cacheté accompagnant la pièce des *Deux Nèveux*, ouvert après la lecture du rapport de M. Le Roy, en séance du 16 janvier 1860, contenait l'offre par M. Delchef de la dédicace de son œuvre à l'honorable rapporteur.

Le Secrétaire,
F. BAILLEUX.

PERSONNÈGES.

MM. Durand, rintî.

Dubois, rintî, camèrâde da Durand.

Hinri Durand, nèveû da Durand.

Gustâve Dèprez, ètudiant, nèveu da Durand.

Jôseph, galant da Cathrène.

Mmes Louise Durand, nèveuse da Durand.

Cathrène, siervante da Durand et crapaude da Jôseph.

Julie, crapaude da Gustâve Dèprez.

Li scène si passe à Lîge, è 1840, è l'rowe Féronstrêie.

LES DEUX NÈVEUX,

COMÈDEIE È TREUX ACTES.

(Li théiâte riprésinte ine plèce borgeûse, des chèyîres, deux tâves, ine poite è fond et eune à chaque costé, in écran jondant d'l'ouhe, etc.)

ACTE I.

SCÈNE I.

LOUISE *qui brosdêie;* DURAND *qui lét l'gazette, et puis* CATHRENE.

DURAND (*léhant*).

Ah! c'est todi l'mêm' sope, et c'est todi l'mêm' gosse!
I promettet di v'fer magnî dè souk à l'losse
Qwand c'est po les loumer! I n'y sont nin d'dix joûs,
Qui s'fet à vos deux oûie' in' vaute avou vos oûs.
Lïbéràls, cléricâls, vos estez tots pareies :
Int' vos aût' c'est à l'ci qu'jow' li mî l'comèdeie!...
(*A s'nèveuse*).
Eh bin! qui fez-v'don là? I m'sônn' qui v'n' ovrez pus....
Ji wag' qui vos pinsez èco bin sûr à lu.....

LOUISE.

Nenni, mon onk'....

DURAND.

Taihîz-v', vos n'houtrez mâie personne !
Ji sé bin qu'vos riez des conseies qui ji v'donne,
Et qu'po m'fer mâgryî, vos aimez voss' Hinri ;
Min vos ârez tot l'timps pus tard di v'ripinti
Di l'avu préfèré à voss' cusin Gustâve,
Qu'est todi avou vos on n'sareût pus aimâve.
Ossi, j'a pris m'pârti, vos frez çou qu'vos vôrez :
Ji n'dis pus rin ! v'beurez vos bîr' comm' vos l'bress'rez.
Ji sos bin décîdé à c'ste heure à n'pus rin v'dîre ;
Ji veux qui j'piéd' mi timps. Vos frez-t-à voss' manîre.
Seûlmint si vos v'mariez, sins avu m'consintmint,
Ni v'chôkîz nin è l'tiess' qui j'lairè m'testamint
Comme il est po l'joû d'houie. Ji frè ossi di m'tiesse.
C'est qui, si par hasârd, vos m'pinsez assez biesse
Po ployî sin rin dir' dizo tot' vos voltés,
Vos estez bin trompêie !

LOUISE.

Mon onk, vos v's èpoirtez
A toirt ! Avez-v' roûvi qui ji v's a fait l'promesse
Di v'houter....

DURAND.

J'el sé bin ! Si çoula poléve esse !
Min volà si longtimps qui vos m'el promettez
Qui ji n'pous creûr' !...
(*I tosse*).

CATHRENE (*tot z'intrant*).

(*A pârt*). Vo-l' là co 'n' feie à barboter !....
Ah ! mon Diu ! les vîs homm' !!...

DURAND (*qui finihe li phrâse interrompowe par si tosse*).

qui vos sèrez d'parole.

LOUISE.

Sia !....

CATHRENE.

Si n'el fait nin toûrner à caracolle ,
Elle âret dè bonheur.....

DURAND (*respondant á dièrain mot da Louise*).

Enfin ! nos l'veurans bin.

(*Cathrene qui vint d'intrer po l'poite di gauche est èvôie tot hovetant les poussîres jusqu'à d'lé Louise qu'est d'manowe so s'chèyîre; elle li jâse à pârt et Durand si r'mette à lére li gazette jusqu'à c'qui Cathrene li jâse*).

CATHRENE (*à Louise*).

Mam'zelle ! il est là !

LOUISE (*à part à Cathrene*).

Wiss ?

CATHRENE.

È l'couhène ; i v'rattind....

LOUISE.

Ji n'oisreûs mâie bogî : il est capâb' di m'sûre....
J'a sogn' qui po on rin i n'vinsse à s'aperçure.....

CATHRENE.

V's avez raison ! Eh bin ! lèyîz-m' fer avou l'vi ;
Ji vas so deux minut' avu tot arringî.

LOUISE.

Qu'allez-v' fer ?...

CATHRENE.

Taihîz-v' don ! (*à Durand*) Mossieû !

DURAND.

Quoi ? qui volez-v' ?

CATHRENE.

Hîr, li voisin Dubois, â moumint qui j'sortéve,
M'a rikmandé di v'dir' d'aller hoûie à s'quârtî.

DURAND.

Et vos n'm'el dihez nin !...

CATHRENE.

Min vos estîz sôrti...

DURAND.

D'vè quélle heûre ?..

CATHRENE.

A cinq heûr'....

DURAND.

Et quélle heûr' pout-i esse ?....

CATHRENE.

Quâsî sîh heûr' et d'mêie !....

DURAND.

Vos n'ârez mâie noll' tiesse !
Ji sos sûr' qui nos d'vîz aller essònn' quéqu' pârt ;
I m'âret rattindou.... à c'ste heûre, il est trop târd !
J'îrè todi ! ji m'vas moussî à pus habeie....
Vos n'cang'rez mâie....

CATHRENE.

I fât pau d'choi po qu'on roûveie
De fer in' commission... mi surtout qu'ènn' a tant.....

DURAND.

Jans ! c'est bon... (*i sorte*).

SCÈNE II.

LOUISE, CATHRENE.

LOUISE.

Min, Cathren', ci n'est nin vrêie portant,
Qui l' vî Dubois v's at dit çoula.....

CATHRENE

Nenni, mamzelle
C'est po v'mostrer l'moyin, qui j'a po m'disfer d'zelle;
J'elzî freûs creûr' qu'les poies ni pounet qu'so les sâs;
Et qwand i rinturret, s'i vout fer des râchâs,
È deux mots, ji lî frè veie qui si âgn' n'est qu'in' biesse.
Min vos, vos n'lî mostrez nin co assez dè l'tiesse;
Tot ratt' qwand j'a intré, ji l'a co 'n' feie surpris
Qui v's ennè d'hév' pé qu'pînd' di voss' cusin Hinri.
Ji sé bin qu'vos n'creyez nin tot çou qui v'raconte;
Min mi à fer, veyez-v', ji lî direûs bin s'compte.
I méritév' tot ratt' trop bin d'ess' respondou.
Min cial, veyez-v', di nouk Hinri n'est disfindou.
Mâgré tot ji v'promett' qu'i v's âret è mariège,
Seûlmint mostrez on pau qu'vos avez dè corège,
Qwand voss' mon onk' vis jâs' di voss' grand ènnocint,
Dihez qu'vos aimez l'aûte et qu' lu vos n'l'aimez nin.
J'a bai v'préchî tot fér çou qu'i fât qui vos fèsse,
Et il est pus' qui timps, mamzell', qui vos jâsésse.
C'est qu'affair' di galant vos m'polez bin houter:
Ji k'noh tot' leus manîr' et c'n'est nin po m'vanter;
Comm' vos m'veyez, j'enn'a avu co traze et traze;
Et c'n'est nin mâlâheie, ennè ploût à lavasse,
Et des pus bais portant qu'voss' polak di cusin.
Enfin houtez; pusqui vos d'hez qu'vos n'l'aimez nin,
Vos m'allez leyî fer et so mi âm' ji v'promette
Qui, di cial à pau d'timps, i fât qu'i tross' ses guettes...

LOUISE.

Et Hinri ?.....

CATHRENE.

I rattind....

LOUISE.

Nos lî fans longin feu.
Ji n'voreus nin di m'fât' portant qu'i s'annôyereùt.
Et qu'i polah si plaind' di çou qu'ji sêreus l'câse...

CATHRENE.

Oh ! sèyîz don tranquill' : quî rattind n'at nin hâsse...

LOUISE.

Allez' todi lî dîr' dè v'ni...

CATHRENE.

Allons, j'y vas....
(*A pârt*).
Avou s'boket d'galant fait-ell' des imbarras ?
(*Elle sôrte*).

LOUISE.

Enfin c'est in' bonn' gin..... min elle at in' loquinse !
Ell' sét qu'i fât on rin po qui l'vî nos surprinse
Et elle est cial qu'ell' jâs' desmitant qu'laùt' rattind ;
Si ji n'l'y chessîv' nin èco ell' n'îreùt nin.....

SCÈNE III.

LOUISE, CATHRENE, *et puis* HINRI.

CATHRENE (*tot z-intrant*).

(*A Hinri*).
Ji m'vas mette âs aguèts po qui n'pôie nos surprinde

LOUISE.

Ah ! mon Diu ! si m'mon onk' vinév' mâie à-z-apprinde...

HINRI (*tot z-intrant*).

Cathren' ! c'est inûtil' ; ji n'vous nin ènn' aller
Sin qui ji l'âie veyou !...

CATHRENE.

Quoi ?...

HINRI.

Ji vous li pârler...

LOUISE (*à Hinri*).

Ji trônn' rin qu' dè pinser qu'i v' va v'ni trover ciale !....

CATHRENE.

Oh ! vos polez-t-ess' sûr qu'i fret l'arèg' dè diale !....

HINRI.

Tins ! qu'i faiss' comme on diale et, s'i vout, eco pus.
Avou ses merliflich', ji n'a nin sogn' di lu.
Pa ! vo pinsez surmint qu'i gny' âie todi qu'à braire,
Et fer des hîhâhâs chaqu' feie qu'on m' vout fer taire !
Comme avou lu c'est l'ci qui sét l' mon brair' qu'at toirt,
Nos allans veie tot rat' li ci qu'brairet l'pus foirt.
I sét bin après tot qu'ji n'sos nin in' baguette
Po fer tot çou qu'i voût tot comme in' marionnette....
Leyiz-l' vini !... Jâsans à c'ste heure on pau d'aut' choi
Dispôie lundi v's at-i èco dit in' saquoi ?

(*Cathrene sôrte*).

LOUISE.

Oh ! aoi !... Tos les joûs, i n' mi jâs' qui d'Gustâve.
I n'y at rin à ses oûies di pus doux, d'pus aimâve ;
Por lu c'est on valet qu'at tot' les quâlités....

HINRI (*à pâ*).

Ji v's ârè dai, vî traîte! (*haut*) Eh bin! Louis', houtez ?
I n'y at qu'on seûl moyen po l' fer cangî d'îdeie.
Pusqui d'pôie si longtimps s'volté nos contrâreie,
I fât 'nn'aller foû d'ciale.... Et i d'meûrret tot seû,
Ça l'apprindret mutoi à n'pus ess' si vireûx.

LOUISE.

Et wiss treus-j' ? mon Diu!...

HINRI.

Ni sèyîz nin è pône!
L'aût' joû avou Cathren' n's avans conv'nou essônne
Di wiss qui voste honneur coûrreût li mon d'dangî :
Voss' ma tant' Caroline âreût bin po v'logî,
Et i n'sâreût rin dir' di v'veie âmon 'n 'parinte....
Ainsi vos vèyez bin qui v'polez-t-ess' sin crainte....

LOUISE.

Oh nenni ! ji n'oisreus : j'a sogn' dè l'linw' des gins ;
Et puis si j'èl qwit' maîe, i cangret s'testamint...

HINRI.

Oh! mâdit testamint, fât-i qui ti nos tinsse ?...

LOUISE.

I vât mî qu'nos âyansse èco on pau d'patiince!

HINRI.

Nenni; ji vous fer pett' qui heie; ji n'rattinds pus!
J'enn' a dèjà baicôp trop' vèyou avou lu !
Et bin! volez-v' ? dihez!

LOUISE.

Houtez ...

CATHRENE (*qui raccoûrt*).

Habeie!! sâvez-v'.

Vo-l-cial... i monte les grés....

LOUISE (*tot s'sâvant*).

Oh mon Diu ! s'i m'vèyéve !

HINRI (*tot l'ritenant*).

Respondez-m'.

LOUISE (*tot s'kibatant*).

Lachez-m' don !

CATHRENE (*qwand Louise est sâvêie*).

Ma foi !... ci n'est nin lu !...

HINRI.

Alôrs rihoukîz-l' vit' : j'a 'n' saquoi à savu...

CATHRENE.

Mi ossi j'a 'n'saquoi à savu. Sèpez qu'hîr
A moumint qui j'rintrév' d'avu stu âs pryîres ,
J'a trové in' jôn' feie qui v'dihév' si galant,
Et qu'voléve à tot' foic' jâser à M'sieu Durand !

HINRI (*à pârt*).

Bon ! i m'mâquév' çoula !....

CATHRENE.

Et qui...

HINRI.

Qui ravis'-t-elle ?

CATHRENE.

Pa ! int' li ziste et l'zeste... ell' n'est ni laid' ni belle....
Il est vrêie qui ji n'l'a nin polou bin loukî :
Ji pinsév' tot moumint veie vini in' saquî...
J'esteûs qu'ji n'fév' nou bin, mi, po qu'elle enn' allahe,
Ji tronnév' les balzins qu'voss' mon onke arrivahe....

HINRI.

Et vis at-ell' dit s'no?

CATHRENE.

Aoi... Julie... ji creûs...

HINRI.

Julie !! (*à párt*) C'est Rôsalie ! Ell' si tromp', c'est hureux.

CATHRENE.

V'lî avez promettou qu'ell' divêreût voss' feumme,
Et comm' li pauv' bâcelle at hîr sèpou apreume
Qu'vos hantez voss' cuseunne, elle at vite accorou,
Pinsant veie voss' mon onk' po lî fer on sam'rou...
Mágré mi, ell' volév' lî jâzer à tot' foice.
Hureus'mint qu'tot douc'mint j'el mina foû dè poisse
Tot lî d'hant qu'i n'fallév' nin creûr' li linw' des gins ;
Qu'int' vos et voss' cuseunne i n'y at mâie avou rin ;
Et enfin, p'tit à p'tit, j'èl mina è l' pavêie ;
Min l'pu bai d'tos les jeux, à pône esteus-j' rintrêie
Qui voss' mon onk' riv'na....

HINRI.

Vo n'lî avez rin dit ?

CATHRENE.

Qui v' sônn' ti ! N'a-ju nin todi pris voss' pârti ?..
J'aveus co sogne assez qu'onk ou l'aût' dè l' mohone
Ni l'oyah....

HINRI.

Vos n'avez nin moti à personne ?...

CATHRENE.

A personn', qwand ji v' dis....

HINRI (*à párt*).

Ah ! les feum' ! qués sierpints !

(*Haut*).
Kimint sét-ell' qui j' hant' mi cuseun'!..

CATHRENE.

Ji n' sé nin.
Quî est-c' don leie?

HINRI.

Eh bin! Cathren', c'est in' jôn' feie
A quî j'a tot â pus jâsé treus ou qwatt' feies,
Et qu' s'at mettou è l' tìess' qu'on joû j'èl mariereûs.
Si l' mâlheûr volah mâie qui Louis' l'apprindreût....
Elle est bin affrontêie.... Rattindez qu' j'ènnè vasse,
Ji m' vas-t-aller è s' chamb' lì d'ner in' crân' ramasse.

CATHRENE.

Dè n' nin y r'mett' les pîds, ci sèreût bin mèyeu:
A v's aller disputer vos taprez d' l'ôl' so l' feu,
Vos v's allez èpoirter, vos èvulm'rez l'affaire....
Tandis qui vos n' divez qui sayî dè l' fer taire.

HINRI.

Vos avez co raison; ji n' vous pus y aller......
Min si ell' riv'név' don... qu'ell' vôreut lì pârler,
Ji n' sé nin si chaqu' feie vos l'ârez bin évôie;
Ell' ni s' lairet pus mette è bai mitan dè l' vôie.....

CATHRENE.

Mon Diu! seytz tranquill': ji m' chèg' di s' commission.

HINRI.

Si vos l' veyez?....

CATHRENE.

Ji sos todi là à faction.
I n' sâreut nin intrer on chin sin qui j'el veusse,
Et si ell' vint, v' savez qu' ji n' sos nin paoureuse
Po fer l' compte à 'n' saqui.

HINRI.

Enfin à l' wâd' di Diu!
Qu'ell' rivinss' si ell' vout...

CATHRENE.

Oh! ell' ni r'vêret pus!
Min seul'mint n'allez nin lì fer l' pus p'tit' quarelle!

HINRI (*tot z-allant à s' poche*).

Ji n' pous mâ, v' dis-j'! tinez! volà' n' pitit' dringuelle,
Ji veus avou plaisir qu' vos v's èployîz por mi.

CATHRENE (*tote fîre*).

Certain'mint qu' so vos jott' ji n' pous mâ dè doirmi.

HINRI (*tot lì d'nant*).

J'aim' bin d' payî les gins qui m'aidet d' leus conseies.

CATHRENE (*tote binâhe*).

Deux francs!!!....

HINRI (*à pârt*).

J'ènn'a portant ossi mèsâh' qui leie;
Min houie qui tant des gins risquet dè mori d' faim
Po sayî d'esse âs oûies des aût' çou qu'i n' sont nin,
Ma foi, qu'in' feie à fer, ji pous bin fer comm' zelles...

CATHRENE (*à pârt*).

On n'at nin tos les joûs des pareiès dringuelles.

(*Haut*).

Chut'!.... Hoûtez!

HINRI.

Qui gn'y at-i?

CATHRENE.

I m' sônne oyî dè brut...

HINRI.

Alôrs savéz-v', ji vous ess' tot seû avou lu !

(*Cathrene sôrte*).

SCÈNE IV.

HINRI ET DURAND.

DURAND (*qu'aparçût Hinri*).

Tins!... kimint? c'est co vos?... qui v'néz-v fer è m'mohone?
Grand capon qui v's estez ! Tinez qui Diu m'pardonne
Ca si ji n'mi ratnév'.... ji v'sipeie on vanai....

HINRI (*à pârt*).

Ni d'hans co rin. Leyans passer l'prumî houssai.

DURAND.

Ji v's a dit qu'ji n'volév' pus v'veie divant mes oûies,
Et poquoi oisez-v' co vis y r'présinter hoûie?....

HINRI.

Ji v's el va dir', mon onk ! comm' c'est les carnavals
Ji voreus bin... veyéz-v,' aller... on pau à bal.

DURAND (*à pârt*),

Po beûre et s'eschâffer.... et puis po ess' malâde ! !

HINRI.

Et comm' ji deus m'trover avou des camèrâdes
Vo d'vrîz, po m'fer plaisir, mi d'ner on pau d'ârgint.

DURAND (*tot mâva*).

Tot m'fant in' téll' dimand' kimint n'rogihez-v'nin ?
Kimint polez-v' mi creûre èco assez bonasse,
Po v'riforni voss' poch' po-z-aller batt' carasse... ?
Rôler po tots costés, volà tot voss' bonheûr !
Surmint qu'hoûie vos n'avez pus ni hont' ni bonneûr !

Aller â bal masqué! Sûr avou quéqu' feum'reie,
Qui v' n'avez nin mèsâh' dè sèchî po l'oreie.
Divin m'timps, d'voss' conduit', mi j'âreus s'tu honteux,
Ca les honnètès gins m'ârît mostré â deugt.
J'a todi pâhûlmint passé mi p'titt' jônesse :
In' seûl feie tos les ans, j'allév' danser à l'fiesse;
Et si j'aveus jamâie oisou fer autrèmint,
Mi pére â côps d'baston m'âreut spyî les reins.
Min hoûie à pône estez-v' risouwé drî l's oreies
Qui vos k'mincîz dèjà à fer vos calin'reies.
C'est on mond' ritoûrné! Ji n'y comprinds pus rin;
Ossi dispôie longtimps a-j' dîné m'linwe â chin.
Ah! si vos polîz t'ni deus' treux meus voss' forteune....
Min ji sos voss' mambôr et c'n'est nin po des preunes.

HINRI.

Vos n'polez nin portant m'leyî aller tot d'hâ,
Ca après tot ji sos on jône homm' comm i fât;
Et d' timps in timps si j' vous prind' li plaisir qui j'aime,
Ji creus avou raison qui les aût' ont fait l' même
A mi ag'......

DURAND (*tot foû d' lu*).

Kimint... il est bin affronté! bin mi,
A voste age à noûf heûr' ji d'véve aller doirmi.
C'est qui mi j'esteus t'nou comm' in' pouce int' deux ongues,
Et pi ji n'aveus nin comm' vos on vî mon onke
Qui v's aime et qui fait tot çou qu'i pout po voss' bin,
Tot fant qui d' voss' costé vos n' li fez qu' tos tourmints.
V's avez mâlhèreus'mint s'tu gâté par voss' mére;
Po v' dressî i v's âreut fallou quéqu' timps voss' pére;
Min v' n'estîz nin â mond' qui l' paûvre homme at morou;
Aoi, m' paûv' fré Hinri! si vos l'avîz k'nohou......

Ca vos avîz-t-on pér'......

HINRI.

Qui n' l'a-ju co à c'ste heûre,
Ji n'âreus mâie bin sûr èduré çou qu' j'èdeûre,
Ca i d'vév' certain'mint avu pus d' raison qu' vos!..

DURAND (*tot paf*).

Ah! mon Diu! qué capon!! vos avez des bais mots
È voss' boke, et i fât èco qui j' les ètinsse!
Avou vos ji n' sâreus pus avu noll' patiince.
C'est par trop foirt! Hoûtez : respondez-m', qui v' fât-i?
Di m' mohone, â pus vite, i fât qu' ji veuss' sôrti!
Vos m'allez co mâvler avou vos calin'reies;
Et vèyéz-v' comm' j'enn'a èco plein les oreies
Di l'aût' joû, sèyîz sûr qui ji n' vis houtrè pus!
Qui volez-v'? (*à pârt*). Avou si air, i freut coirci l' bon Diu.

HINRI.

Min, mon onke, i n'y at nin mèsâh' qui vos v' mâvlésse,
Ji n' vins nin cial avou...

DURAND (*tot lì d'nant des sanses*).

Lèyîz vos cont' à résse...
Tinez! volà des sans'!... tinez... tinez... vârin....
Brigand... (*à pârt*) j'a 'n' tiess' qui toûn' comme on molin à vint;
Ji n'veus pus gotte. (*haut*) Eh bin! estez-v' quâsi èvôie?

HINRI.

Aoi... (*à pârt*) L'affaire a s'tu comm' so on coron d' sôie....
Seûl'mint i fât qui j' veûss' Cathren' d'vant d'ènn' aller ;
Po tot' sôrt di raisons j'a co à lì pârler....
Mi cuseun' deût ess' là et j'ârè in' response....
Po l' maliç' voss' neveu vis prouvret qu'i v's èfonce!..
(*Haut*).
Jans! j'ennè vas, mon onke! à r'veie!...

(I mousse drî l'ècran après avu fait les qwances dè serrer l'ouhe).

DURAND.

Allez, capon !...
Enfin c'est on valet qui n'âret mâie rin d'bon
È si âme ! Et dîr' qu'i fât mâgré mi qui j' l'ètinsse...
C'est por mi on fameux sacrèmint d'pènitince...
Min ji m'ènnè disfrè : j'enn' a trop plein les reins ;
Et puis j'ârè bai fer, i d'meûrret on vârin !
Et dir' qui ça vôreut vini hanter s'cuseune
Tot pinsant tot' bièss'mint qui j'vas leyî m'forteune
A ci qu'el marieret.... mêm' s'i n'mi convint nin....
Et bin ! El veûront bin pus târd !....

SCÈNE V.

DUBOIS, DURAND, HINRI *(todi cachî)*

DUBOIS *(tot z-intrant).*

Bonjoû, voisin !
Kimint v'vat-i?..

DURAND.

Ji sos bin mâlhureux, taihîz-v' !

DUBOIS.

Tins ! qu'avez-v'? vos avez-t-on visege... av-v' li fîve?
Estéz-v' malâd' ?

DURAND.

Nenni ! c'est co m'nèveu Hinri
Qui sôrt' foû d'ciale et qui m'at mettou tot foû d'mi.
Ji n'sé pus çou qu'ji fais ; j'a l'songu' qui m'monte à l'tiesse ;
Ossi on joû ou l'aut' ji lî s'peyerè on bresse !

DUBOIS.

Et qui gn'y at-i?

DURAND.

I gn'y at qui c'est bin annoyeûx
D'ess' todi obligî dè r'çûre on s'fait nèveû
Qui n'mett' mâie les pîds cial sin qui ji n'mi mâvele.

DUBOIS (*à pârt*).

Ci n'est nin èwarant; po on rin i s'quarelle....

DURAND.

N'at-i nin avu l' front di m' dimander d' l'àrgint
Po z-aller hoûie à bal avou tot' sôrt di gins?
Ji n'a jamâie veyou miner in' si fait' veie.

(DUBOIS *à pârt*)

Il at surmint rouvî qu'il at fait tot pareie,
Si nin pé!... (*haut*). Jans, veyans, ni v'mâvlez nin ainsi!
Ca enfin, après tot, v's avez s'tu jône ossi...

DURAND.

Tot rate à ç'vârin là, vos m'allez mutoi r'mette!...

DUBOIS.

Oh! nenni? ji sé bin qui c'est in' mâl' haguette
Qui n'at jamâie volou ètinde li bonn' raison.
I d'meûrret on harlak' tot l' timps di s' veie.....

HINRI (*à pârt*).

C'est bon!
Ji v's ârè ossi, vos!....

DUBOIS.

Min portant qwand j'y pinse,
Et qui ji vous pârler avou l' main so l' consciince,
Ji veus qui nos n'avans wèr' li dreut d' hawer d'sus:
È noss' jôn' timps, nos aût', nos 'nnè fîz ottant qu' lu!
Vos avez don rouvî li grand' crolêie Jeannette
Qui v's aminîz sovint à l' cîse amon Toinette,
Qui ji hantéve alôrs?

DURAND.

Mi, ji n' mi sovins d' rin.....

DUBOIS.

Kimint? qui l' fré on joû vis toumat sos les reins ;
Qui vos estîz-t-á bal avou leie amon Maisse,
Et qui.... èco aût' choi.... min i vât mi qu' ji m' taisse ;
Vis sov'nez-v' bin à c'ste heûr' ?..

DURAND.

Ji v' dis qui vos songîz....

HINRI (*à pârt*).

Oh! i n'at mâie rin fait.... il est bin trop cachî....

DUBOIS.

Ah! j'y song'... vis sov'nez-v' portant dè l' grande Hortense
Qui v' sipougn'tat on joû è mitan d'in' rond' danse
Qui n's avîz rescontré à l'intrêie dè palâ ?
Ci joû là, vos avez s'tu splinkî comme i fât !
Ji creus qui v's avez mêm' volou porsûr' l'affaire,
Ca si ji m' sovins bin, v's allîz-t-à commissaire
Qui ria d' l'avinteur'.... (*I reie*).

DURAND (*tot mâva*).

Jans, c'est bon! taihans nos!

DURAND.

Treus joûs à long...

HINRI (*à pârt*).

Ji vas bin sûr savu leûs vrêies.

DURAND (*avou colère*).

Pa, sûr'mint si gn'y enn'at onk' qu'at battou l' pavêie....

DUBOIS.

C'est bin mi, ji l'avowe! oh! ji n' vis el cach' nin ;

Et l'ci qu'avow' frankmint avu s'tu on vârin
Proûv' qu'il est corègi ! (*à pârt*) attrape !...

DURAND.

A la bonne heûre,
J'enn' a quéqueun' è m'manch' qui v'toum'rît on pau deures.

HINRI (*à pârt*).

S'i polît s'apougnî !

DUBOIS.

Jâsez.....

DURAND.

Ji n'les dis nin !
Ennè fâreut nin pus po nos brognî longtimps. (*Dubois reie*).
Aoi, vis sovnez-v'bin di voss' gross' veie ma tante,
Qui v'n'alliz jamâie veie qui po k'picî s'sièrvante ?
Et qu'on joû tot corant après, dizo l'teûtai,
Vos avez piqué 'n'tiesse è mitan d'on seyai
Pleint d'aiw' qui n'sintév' nin, ji creus, li peûs d'sinteûr.
Dihez ?...

DUBOIS.

Çoula, c'est vrèie ! C'esteut d'l'aiw' di savneûre.

DURAND.

Si j' volév' vis rabatt' voss bajow' mî èco,
Ji n'âreûs qu'à v' jâser di l'èseign' dâ solo
Wiss' qui v's alliz sovint chanter d'zo les finiesses.
Vis sov'nez-v' bin ossi çou qu'on v' tapat so l' tiesse ?..

DUBOIS.

Aoi ! min ji n' dirè nin portant çou qu' c'esteût !

HINRI (*à pârt*).

I paret qu' les mon onk' valet bin les nèveûx....
C'est foirt prôp'.....

DURAND.

Vos vèyez qu'à m' tour, si ji voléve...

DUBOIS.

Oh! i n' fât nin v' gèner, allez.... poquoi v' ratnez-v'?
(*A pârt*).
Enn'a jusqu'è fond d' l'âm'!......

DURAND.

Po hoûie c'enn'est assez,
Crèyez-m'?

DUBOIS (*avou moqu'reie*).

I vat co bin qui j' pous m' tranquilliser.
(*Avou malice*).
Vos n' volez nin qui ji v' jâs' dè vantrin da Jeannette,
Dè l' nut' dè l' novel an et d' l'ârmâ âs assiettes?
Et pi, po v' fer plaisir, si v' volez, ji v' dirè
Qui qu'ell' chergiv' todi dè responde âs billets
Qui vos v'nîz souwèiemint lî fer r'mette è cachette?

DURAND (*tot paf et à pârt*).

Ah! l' brigand, c'esteut lu qui lî s'criév' ses lettes!

DUBOIS (*à pârt*).

Il est tot paf! (*haut*) Hoûtez, voisin, ji sos v'nou cial
Po nût' choi! comm' c'est hoûie li grand joû d' carnaval.....

DURAND.

Et bin!!

DUBOIS.

Et bin! volans-gn' fer noss' dièrain' biestreie?
Masquans-nos et n's îrans à bal à l' comèdeie!

HINRI (*à pârt*).

Oh! par eximp'!

DURAND.

Ji creus qui v's estez divnou sot!

DUBOIS.

Hoûtez, ni tournans nin baicôp âtoû dè pot,
Volez-v' ou n' volez-v' nin?...

DURAND.

Vos avez pierdou l' tiesse :
Pinsez-v' qui ji m' vous fer passer po in' veie biesse?
Pa! si on m' riknohév' ji n' sâreûs wiss' moussi......

DUBOIS (*à pârt*).

Il y vèret....

DURAND.

Ji creus qu' c'est l' dial' qui v's at consi
In' pareie atteléie....

HINRI (*à pârt*).

Oh! i s' lêret à dire;
Il at mon sogn' qui mi : c'est po fer des manîres.

DUBOIS.

Et bin! si vos avez si sogn' d'ess' riknohou,
Prindans deux dôminôs...
(*I s'tiernihe*).

HINRI (*à pârt*).

Et qu' sèyess' bin cosous,
Ca si ji v' resconteûre!

DUBOIS.

Et si gn'y at apparence,
Qui n' sèrîz rinohous par eun' di nos k'nohances,
Nos n'ârans qu'à nos l' dir', nos sôrtrans pâhûlmint,
Nos irans hâr ou hot' les mett' so nos mouss'mints,
Et comm' si rin n'esteut, nos rinturrans é l' sâlle.

HINRI (*à pârt*).

C'est co bon à savu.... l'ideie n'est nin si mâle.

DURAND (*qui fait li streût*).

Aoi, min.... et à quoi nos masqu'rîz-gn'?

DUBOIS.

A pierrots!

C'est avou c'costum' là qu'on fait èco mî l'sot:

On n'est s'trindou par rin, on z-est là d'vin sins gene;

Et po bin s'amuser i n' fât jamâie qu'on s'gene.

DUBOIS.

C'est bin vrêie.... mais à ours par eximp'?

DUBOIS.

Mâlhèreux!

A pôn' sèrîz-v' intré à bal qu'on v'riknohreût!

DURAND.

Merci!

DUBOIS à (*pârt*).

A voss' sièrvice!

HINRI (*à pârt*).

I s'ennè d'hct des belles.

S'i savahîz jamâie qui ji sos podrî zelles!

Min ji creus qu'i sèreût bin noss' timps dè filer.

J'ennè sé assez....

DUBOIS.

Jans! à c'ste heur' ji m'vas-t-aller

Qwèri les deux costum'.

DUBOIS.

Ma foi! ji n'sé.... ji trônne....

DUBOIS.

Eh bin! poquoi trônnez-v'? Ni sèrans-gn'nin essônne?

DURAND.

Aoi min... C'est qu'j'a sogn'... qu'on n'el sepp' dèjà d'main!

DUBOIS.

Vos n'avez qu'à n'rin dir', personn' n'è sâret rin.
Et pi, d'hez don : mutoi qu'nos y veurans Jeannette !

DURAND.

Quoi ! mi ! ji n'y pins' pus !

DUBOIS (*avou in air di moquereie*),

Vrèie ?...

DURAND.

Tins, pardiu !..

DUBOIS (*tot lî piçant s'minton*).

I glette?

Allons ? ji m'ennè vas. Ji n'deus pus pièd' nou timps
Si nos volans-t-avu in' saquoi qu'nos convint.

DURAND.

C'est çà, sayîz d'avu on costum' qui seûie frisse
Qui n'âie nin s'tu k'trâgné avâ l'châsseie Vignisse.

DUBOIS.

Sèyîz tranquille. — A c'ste heûr' wiss' irans-gn' nos masquer ?
È m' chamb'? c'est trop dang'reux, on nos pôreût r'marquer.

DURAND.

Eh bin ! savez-v' bin quoi? Po qu'on n' pôie nos surprinde,
Vos vêrez cial' ; ji frè qu'i n'y âret rin à crainde :
Si vit' qui j' rinturrè, comm' ji deus-t-enn'aller ,
Ji dirè-t-âs deux feumm' di s'aller mette è lét ;

(*Hinri s' sâve*).

Ainsi vos porez v'ni hardeiemint vè dihe heûres.

DUBOIS.

C'est ça ! bravo ! adiè...

(*I sorte*).

DURAND.

Adiè et bonne aweûre !

SCÈNE VI.

DURAND, CATHRENE.

DURAND.

Habeie, dispêchans-nos ; ji sos sûr qu'on m' rattind.
(*I houke*).
Cathrene ! (*elle inteure*) Avez-v' pinsé à hov'ter mes mous'mins ?

CATHRENE.

Aoi, mossieu, sôrtez-v'?

DURAND.

I fât bin qu' j'ènnè vasse :
Volà co pus d'hût joûs qui ji n' sé çou qui s' passe
Avou les lôcatair' di m' mohon' dè Lulay....

CATHRENE.

Kimint ? vos chuzihez bin voss' timps !...

DURAND.

I fait bai,
Edon ?..

CATHRENE.

Aoi, mossieu......

DURAND (*tot z-intrant è s' chambe*).

Alôrs poquoi jâsez-v' ?

CATHRENE.

Po rin, mon Diu !... c'esteût ine îdeie qui m' vinéve,
(*A pârt*).
Qué mâladrèt' bourdeû ? c'est po-z-aller cori !
Et Diu sét à quélle heûre, i vat èco riv'ni.
Il at bin sûr à s' deugt quéqu' laid' mâssîte affaire ;
C' n'est nin à l' nut' qu'on vat amon ses lôcataires.
Ah ! mon Diu ! les vîs homm' ! quî les siév', j'el plains bin,
S'il ont in' qualité, il ont trint'-sih mèhains....

SCÈNE VII.

CATHRENE, GUSTAVE.

GUSTAVE (*to z-intrant*).

(*A pârt*),
Veyans si noss' Julie at v'nou. (*haut*) Bonjoû Cathrene.

CATHRENE.

Boujoû, mossieu Gustàv'!

GUSTAVE.

Vos m' fez bin in' seûr' mene !

CATHRENE.

A coup sûr qui por vos, on n' mi l'at nin r'pondou !

GUSTAVE.

(*A pârt*).
Qué poison ! (*haut*) Dihez don est-c' qui personn' n'at v'nou,
Po jâser à m' mon onk' ?...

CATHRENE.

Ji n'a veyou personne ;
Et d'ailleurs, ji n' sos nin l'èpion dè l' mohonne
Po v' dir' tot qui y vint et tot qui n'y vint nin.....

GUSTAVE (*à pârt*).

Ji sins..... si ji m' mâvelle à c'ste heûr' ji n' sârè rin.
Si j'oisév' !....

CATHRENE (*à pârt*).

Qui n'el pous-j' siplinkt à m' manîre....

GUSTAVE.

Vos n'avez nin veyou li jôn' feie qu'at v'nou hîr
Po jâser à mon onk' ?....

CATHRENE (*à pârt*).

Oh! l' calin, i sét tot!
L' paûv' Hinri est pierdou. (*haut*) Qu'est-c' qui ça v' freût, à vos,
S'in' saqui aveut v'nou?...

GUSTAVE.

A mi? oh rin, Cathrene.
(*A pârt*).
J'a todi foû di m' pîd ine èwarêie sipenne.
Julie n'at nin co v'nou.....

CATHRENE (*à pârt è fond dè thèiâte*).

C'est po m' vini k'sinti,
I fâret qu'à pus vit' Hinri seûie advêrti.

GUSTAVE (*à pârt so li d'vant dè thèiâte*).

J'aveus portant bin sogn' qu'ell' ni fourih' vinowe,
Ca, tot v'nant, j'aveûs l' paw' d'el rescontrer so l' rowe.
Ji sé bin qu'à m' mon onke ell' va v'ni raconter
Qui ji d'hév' qui j' l'aiméve et qu'hoûie j'el vous qwitter,
Tot fant qui ji lì a bin promettou l' mariège.
Ji sé bin qu'à ç' mot là, li vî k'minçret si arège,
Enfin, j'ènnè sèrè todi qwitt' po m' sâver;
Ji n' sâreûs-t espêchî çou qui deût arriver;
Vo-l'-cial tot justumint, sayans dè fer l'aimâve.

SCÈNE VIII.

GUSTAVE, DURAND, CATHRENE.

GUSTAVE (*à Durand qu'inteure*).

Bonjoû, mon onk', kimint v' vat-i?

DURAND.

Bonjoû, Gustâve,
I m'vat très-bin, et vos? Est-c' qu'on studeie todi?

GUSTAVE.

Seulmint dispôie deux joûs, ji n'a polou s'tudî.

DURAND.

Oh ho! qu'avez-v' avu?...

GUSTAVE.

J'a-t-avu mâ mes oûies...

DURAND.

Pâuv' Gustâv'....

CATHRENE. (*à pârt*).

Pâuv' biess', va!..

GUSTAVE.

Min comme i m'vat mî hoûie,
I fât qui ji rattrapp' li timps qui j'a pierdou:
C'est qui divin deux meus, l'exâmin sèret v'nou,
Et vos comprindez bin qu'il est timps qui ji tûze,
Si ji n'vous nin cori les riss' d'attraper 'n'bûze.

CATHRENE (*à pârt è fond dè thèiâte*).

Por mi, j'ènn' i sohaite ine èwarêie.

DURAND.

Nèveû,
Vocial seûlmint l'moumint di v'mostrer corègeux.
I n' fât nin vis r'lâker; i fût s'tudî à foice;
Après on-z-at todi si bon qwand on s'rispoise.
Min v'n'avez nin mèzâh' di mes rikmandâtions:
Ji k'noh' dispôie longtimps vos bonnès intentions.
Ji sé qui vos d'vèrez pus târd in' homm' di tiesse (*el rabresse*).

CATHRENE (*à pârt*).

Ah! mon Diu! Rabressîz-l èco... allez.. l'pâuv' biesse.

DURAND.

Vos n'ravis'rez jamâie voss' bai cusin Hinri.

GUSTAVE.

Mon onk ! ji l'espér bin....

DURAND.

I vint èco dè v'ni...

GUSTAVE.

Po quoi fer ?

DURAND.

Po quoi fer ? po m'dimander des çanses,
Po trav'ter avâ l'veie avou tot' ses k'nohances,
Fer les p'tits câbarets, wiss' qu'i sé qu'on fait bal,
Çoula bin sûr avou des feumm' di carnaval.
Aoi, mossieu à c'ste heur' kimince à fer 'n'bell' veie.

GUSTAVE. (*à pârt*).

Porvu qu'i n'mi veuss' nin â bal a l'comèdeie....

DURAND.

Et bin ! qu'ennè dìrez-v' ?

GUSTAVE.

Qui c'est bin mâlhèreux,
Por vos, d'esse obligî dè r'çure on s'fait nèveû.
J'enn' a oyou baicôp des eiss' qu'on d'hév' so s'compte;
Min comm' ji n'creûs todi qui l'qwârt d'çou qu'on raconte,
J'esteûs-t à cint heûr' lon dè l'pinser si calin.

DURAND.

Hoûie ji lî a co dit qu'i n'toun'reût jamâie bin...
Et qu'avez-v' oyou dire ?

GUSTAVE.

Oh rin ! C'est onk et l'aute,
Qui m'ont dit qu'i corév' foirt les p'titès crapaudes.

DURAND.

Cori les feumm' à si ag' ! Kimint s'pout-on rouvî !...
Ah ! mi, è m'timps, nèveû...

GUSTAVE.

I d'vreut portant songî
Qu'il est co pus' qui s'timps à c'ste heur' dè mî s'kidûre.

DURAND.

Qu'i faiss' tot çou qu'i vout, mi ji n'el vous pus r'çure.

GUSTAVE,

Oh ! po çoula, mon onk, ji n'vis sâreut blâmer;
Ji sé qu'c'est on valet qu'on n'pôreût nin aîmer.
In' bell' parol' seulmint i n'l'at mâie sèpou dire,
Et vos n'lî avez mâie veyou in' bell' manîre.
Di s'mèchant caractér' vos 'nnè knohez assez:
Dieraîn'mint vos savez tot çou qui s'at passé
Avoû l'meyeû mutoi di tot ses camèrâdes,
Qu'il at tell'mint battou qu'ennè co hoûie malâde;
Et çoula, m'at-on dit, po l'fcye d'on câbaret,
A quî i vat fer creûr' qu'i l'aim', qu'el marieret.
Alôrs, on m'enn'at co raconté bin des autes
Min comm' ell' sont turtot' co affair' di crapaudes
Et qu'ji n'vous à nou prix dir' li moind' mâ des gins,
J'aîm' mî di m'taire!

DURAND.

Nèveû Gustâv', vos fez très-bin;
C'est ainsi qu'ji riknoh' voss' bonté d'caractére;
Vos, vos n'frez mâie comm' lu, vos n'vis frez jamais hére;
Vos avez-t-on bon coûr; vos estez franc, bon, doux....

GUSTAVE (*tot flatté*)

Mon onk, c'est çou qu'm'ont dit tos les cis qu'm'ont k'nohou,
Tot pareie qu'i v'dihîz in homm' des pus capâbes.

DURAND.

Certain'mint qui personn' n'at mâie polou m'fer l'bâbe
So çou qui ç'seúie... Ji pous frankmint m'ennè flatter.

GUSTAVE.

Ossi tot wiss qui j'vas estez-v' bin respecté....

DURAND.

Pardienn', nèveu! Ji n'sos qui çou qui ji deûs-t-esse...

GUSTAVE.

Rin qu'çoula m'rindret fîr dè sutni voss' vyesse...

DURAND.

Bon Gustâv'! va!.. (*el rabresse*). Tinez... tinez, prindez çoucial
Ji vous qui vos v'sintésse on pau des carnavals.
Ji sé bin comm' tot l'mond' qu'i fât qu'jôness' si passe.

GUSTAVE.

Bon mon onk? va!..

DURAND.

A c'ste heure, i fât qui j'ennè vasse.
C'est qui, tot jaspinant, l'hôrlog' nos attrapreut
Et il est m'timps....

GUSTAVE.

Alôrs nos sôrtrans tot les deux....

DURAND.

C'est ça...

GUSTAVE (*à pârt*).

Décidémint ell' n'at nin v'nou....

CATHRENE (*à pârt*).

Quéll' fiesse!
Si s'âront-i chouftés....

DURAND.

Nèveu ! dinez-m' voss' bresse.

GUSTAVE (*tot li stindant s'bresse*).

Vo-l-là, mon onk, vo-l-là ?

DURAND.

Cathren', ji vas rivni.

CATHRENE

Bon, mossieu ! (*tote seule*) I ll fât si nèveu po l'sutni.
I finihret bin sûr par divni si halcrosse
Qui j'el veûrè-t on joû roter avou des crosses.
Vi vârin ! Vi Hanscrouf ! ! ! Vos n'estez bon à rin
Qui po fer tourmèter, souwer les bravès gins.
Di rin d'bon è voss' veie vos n'sèrez mâie li câse.
Vi rat ! ! C'est m'maiss' portant, i n'fat nin qu'j'el kijâse ;
Mais l'aut', li fâ Judas, kimint at-i appris
Çou qui s'at passé hîr.... ji n' l'a dit qu'à Hinri,
Et lu l'sét ! â pus vite, i fât qui j'èl prévinsse ;
Sin savu çou qu'i s' pass', ji n' vous nin qu'on l' surprinsse.

SCÈNE IX.

CATHRENE, HINRI.

CATHRENE (*à Hinri qu'inteure*).

Vo-v'-là !

(*Essônne*).

Vos n' savez nin ?

CATHRENE.

Sia, et vos ?

HINRI.

Et vos ?

CATHRENE.

Qui vos estez d'hoviért!

HINRI.

Kimint, mi!...

CATHRENE.

I sét tot!

HINRI.

Quî?...

CATHRENE.

Voss' cusin Gustâv'!

HINRI.

Lu?

CATHRENE.

I k'noh' vos affaires,
Mutoi, mî qu' vos mêm'!

HINRI.

Quoi?

CATHRENE.

Et j'ârè bel à m' taire,
Voss' mon onk sâret tot....

HINRI.

Mais po l'amour di Diu
Expliquez-v', ji v's avow' qui ji n' vis comprinds pus.

CATHRENE.

Eh bin! voss' bai cusin at appris d'onk ou d' l'aûte
Tot çou qui s' passe à c'ste heûre int' vos et voss' crapaûde?
I sét qu'elle at v'nou cial' po l' mette à corant d' tot...

HINRI.

Min d'wiss' sét-i çoula?

CATHRENE.

Ji m' donn' cial' à grimot
Po l' savu.....

HINRI.

Vo-m' là gâie ! ! et vos di wiss' savez-v'
Qu'i k'noh' çoula ?

CATHRENE.

J'èl sé qu' c'est à pôn' s'il intréve
Qu'i v'nat tot' souwêiemint sayî di m' fer jâser,
Espèrant savu k'mint l'affair' s'aveut passé ;
Min mi, j'a respondou qu'i n'aveut v'nou personne ;
Et pi, qui j' n'esteus nin l'èpion dè l' mohone
Po dir' çou qu'on z'y fait et çou qu'on n'y fait nin.

HINRI.

Ah ! i m' mâkét-v' çoula, po pôr mi chôkl d'vin !
Min c' n'est rin, ji m' ving'rè ! ènnè sèret nin qwitte
Comme el' pins' bin : qu'est-c' qui ça l' rigard' mi conduite ?
Mi, ji n' dimand' jamâie à personne çou qu'i fait ;
Et qwand ji sé 'n' saquoi qui n' mi r'gard' nin, j'el tais.

CATHRENE.

Comm' mi, c'est tot pareie !

HINRI.

Min si j'èl resconteûre !...
A propos ! dihez don ! j'a in' aûte avinteûre
A v' raconter !

CATHRENE.

Li quéll' ?

HINRI.

Bin, i gn'y at qu'on moumint
Mi mon onk m'at co fait in' quarell' po on rin ;
J'esteûs v'nou lî d'mander on pau d'ârgint d'avance,
Il at co pus vit' brait qu' c'esteût po fer bombance,

Cori avou des feumm' divin les pus p'tits bals,
Et qu' sé-j' mi? et après qu' l'avat miné s' trikbal,
Et qui ji t'név' surtout çou qui ji lî d'mandéve,
Ji lì pria l' bonn' nut' tot comm' si ji sôrtéve;
Min comm' ji volév' veie Louis' divant d' sôrti,
Ji moussa là podrì et i m' pinsat pârti.
A pône esteûs-j' cachî, qui l' vî Dubois inteûre...

CATHRENE

Aoi, min vos-m' jâsîz tot rat' d'ine avinteûre...

HINRI.

Rattindez! leyîz-v' dire in' saquoi comme i fât:
Vos, vos chôkîz todi l' chèrett' divant li ch'vâ.
Li vî Dubois qui vint lì hèrer è l'îdeie
Di s' masquer et d'aller à bal à l' comèdeie.

CATHRENE.

Zell' deux?...

HINRI.

Aoi, zêll' deux; ji sos à corant d'tot.
C'est Dubois qu'va forni deux costum' di pierrots;
Et c'est cial qu'i s'masqu'ront. Min l'pus bell' di l'affaire,
C'est qui comme à k'minc'mint i n' s'accommodît wère,
(I fit semblant) i s'sont dispités comm' deux chins;
Et i parait qu'nos vìs ont stu deux crân' vârins.
I s'sont reproché l'on l'aût' leû conduit' di jônesse;
Mi mon onk' s'at mavlé, Dubois lî at t'nou tiesse....
Min portant leû quarell' n'at nin duré longtimps;
Mi mon onke at veyou qu'i pièrdév' trop' di timps
A voleur fer les qwans'... qui lu... i n'oisreût mâie
Risquer d'aller à bal; et puis il at fait l'pâie:
Et i-z-y vont!

CATHRENE.

Min dihez-m': qui d'hez-v' li vì Dubois

A voss' mon onk'?

HINRI.

Tot rat' tot s'dispitant? Ma foi
Ji m'è sovins à pône.... Il at jàsé d'Jeannette
Qui deût l'avu r'serré è l'ârmâ âs assiettes...
Et pi, i li aveut promettou on vantrin....
Tot' sort d'affair', et pi.... Ma foi! ji n'sé pus rin ;
Seulmint i li at dit qu'á bal à l'comèdeie,
Hoûie à l'nutte, il esteut quâsi sûr d'el riveie.

CATHRENE.

Qui est-c' ciss' Jeannett' là?

HINRI.

Oh! j'ènnè sé nin pus :
Après çoula j'ènn' n'a nin volou pus savu.
Ji m'a sâvé. A c'ste heure i m'fât rinde on siervice :
E l' plec' d'aller cori avâ l'châsseie Vignisse,
Magré qui gn'y âie qui là qui ji pôie m'amuser,
(Ca mi, qwand j'vas-t â bal, ci n'est nin po danser)
J'irè à l'comèdeie les intriguer timpesse.
V'polez-t-ess' sûr' d'avanc' qu'i fâret qu'i s'sâvesse.
Min i fâreut alôrs qui vos, vos m'prustahîz
In' cotte èt in' capott'... çou qu'i m' fat po m'moussî...

CATHRENE.

A quoi v's allez-v' masquer?

HINRI.

Ji m'vas masquer à feumme.

CATHRENE.

Mes hâr', volà seulmint quéqu' joûs qui ji les s'treumme !
Ji n'vis les douret nin po m'les aller k'hyî
Ou m'les coviér po l'mon di treus qwatt' deugts d'brouli.

Min ji v'poreus bin d'ner in' rôb' da voss' cuseunne
Qui n'est nin des pus friss'....

HINRI.

Porveus' qui j'ènn'âie eune
C'est l' principâ ! allez, ni pierdans pus nou timps,
Si ji pous, ji vôreus, l'z-y toumer sos les reins
A moumint qu' l'inturrît ! habeie, jans, dispêchîz-v' !
(*Cathrene sôrte*).
Ji sos div'nou à c'ste heûr' comme in' homm' qu'at les fîves,
Ji broûl' di les avu et di les t'ni d'vant mi.
Ah ! mon onk' ! c'est ainsi qui vos allez doirmi !
Et qu' vos oisez-t-èco m' vini fer des r'mostrances !
De l' lèçon qu' ji v' va d'ner vos 'nnè wâdrez l' sov'nance !
Ca vos m'allez payî tot' les mich' èn'on pan.
Ji n'ârè nin mèzâh' dè rattind' vingt-in an
Po v' dir' voss' compt'.

SCÈNE X.

CATHRENE, HINRI, GUSTAVE.

GUSTAVE (*qui raccourt*).

(*Tot surpris tot veyant Hinri*).
Tins, tins, Hinri !

HINRI.

Kimint Gustâve !

GUSTAVE.

Ji vins r'qwèri mes wants qui j'a rouvî so l' tâve.
Kimint v' vat-i ?

HINRI.

I m' vat foirt bin.

GUSTAVE.

Et mi ossi.

(*Prindant ses wants*).
Vo-les-cial, j'ènnè vas.....

HINRI.

Ni corez nin ainsi !

GUSTAVE.

Poquoi? qu'avez-v' à m' dir' ?

HINRI.

Ji sos contint di v' veie,
J'a justumint deux mots à v' sofler è l'oreie :
On m'at dit qu'à m' mon onk' tos côps vos m' kijâsez.

GUSTAVE.

Kimint, mi! oh! quéll' boûd'! ji n'y a mâie pinsé
Tant seûl'mint...

HINRI.

Hoûtez bin! i n' fât nin m' vini dire
Qui c'est-in' boûd'! ji k'noh' bin vos laides manîres,
Et voss' fâs caractére. Min, portant, ji v' prévins
Qui si vos l' fez -t-èco, ji v' sipyerè les reins ;
Ji v' frè passer l'èveie dè tant k' jâser les aûtes,
Et di v's èbarrasser si sovint d' leûs crapaûdes.

GUSTAVE.

Et bin! l'ci qui v's at dit çoula enn' at minti !

HINRI.

I gn'y at dèjà longtimps qui ji sos advêrti.....

GUSTAVE.

Ji v' dis qui c' n'est nin vrêie. C'est bin sûr quéqu' glawenne
Qu'at inventé çoula... qui est-c' don?...

HINRI (*tot mostrant Cathrene qu'inteure*).

C'est Cathrene ! ! ! !

GUSTAVE (*à párt*).

Elle âret tot hoûté !

HINRI.

Vo-l'-là tot justumint !

CATHRENE (*tote surprise à párt*).

Gustâve !

GUSTAVE (*à Cathrene*).

Est-c' mi qui k' jâs' Hinri, d'hez ?

CATHRENE.

Certain'mint,
Tot rat' vos 'nnè jâsîz comm' dè dièrain des hommes.
Et v's è jâsez ainsi tot' les feies qu'il atome.

GUSTAVE.

Ci n'est nin vrêie....

CATHRENE.

Kimint ? vos n'avez nin volou
Qui ji v' dèrihe ossi si 'n' jôn' feie aveût v'nou ?
D'hez ?... eh bin ! ell' at v'nou !

GUSTAVE (*à párt*).

Ah ! mon Diu ! quélle affaire.

HINRI.

Et loukîz à voss' sogn', si vos n' vis polez taire,
Po çou qu'alòrs, à m' toûr, à m' mon onk' ji jâs'rè.

GUSTAVE.

(*A párt*). (*à Cathrene*).
Gangnans Cathren'. Tinez ! chessîz-l' qwand ell' vêret.
(*I li donne 10 frs.*)

CATHRENE (*tot loukant ses 10 frs.*).

(*A párt*).
Kimint, dix francs !

GUSTAVE.

(*A párt à Cathrene*).

Taihîz-v' ! (*haut*) i fât qui j'ennè vasse,
Ji deus... i va... ji creus, tot rat' ploûre à lavasse.

HINRI (*à pârt*).

Il at téll'mint paou qu'i n' sét pus qu'babouyî ;
C'est qui wiss' qu'i fait frèhe i fait si vit' mouyî.

GUSTAVE (*à pârt*).

J' sos pierdou ! à m' mon onke i vat bin sûr tot dire,
Et qwand i vat savu çou qui s'at passé hìr.....

(*Haut*).

A r'veie Hinri !

HINRI.

Songîz bin à çou qu' ji v's a dit.

GUSTAVE (*è fond dè thèiâte prête à sórti*).

(*A pârt à Cathrene*).

Min Hinri, vos v' trompez. Ji v's ach'têie in habit
Si vos m' sèchîz d'affaire.....

(*I sôrte*).

CATHRENE.

A r'veie, mossieû Gustâve.

SCÈNE XI.

HINRI, CATHRENE.

HINRI (*à Cathrene*).

Il aveût justumint rouvî ses wants so l' tâve,
Et, ma foi, ji n'a nin mâqué di l'akaimer.
I s'âret apperçû qui ji n' deus nin l'aimer.
Et bin, av'-v' çou qu'i m' fât?

CATHRENE.

Comm' si l' bon Diu l' voléve,
J'a s'tu juss' mett' li main so tot çou qu' ji qwèréve.
V' trouvrez è ç' paquet cial çou qu'i v' fât po v' moussl.

HINRI.

Tot à fait y est bin?

CATHRENE.

Seytz tranquill'...

HINRI.

Merci ! !
A c'ste heûr', ji m'ennè vas! et d'main vè les noûf heûres,
Ji vêrè sins mâquer v' raconter l'avinteûre.

CATHRENE.

Ni mâquez nin !

HINRI.

A r'veie !

CATHRENE.

A r'veie, mossieû Hinri.

(*Tote seûle*).

On veut qu'i n' si sint pas; i broûl' po-z-y cori.
A c'ste heûr', veyans on pau; ji k'mince à pièd' li tiesse :
L'aûte è l' plèc' di s' mâv'ler qui m'at v'nou fer dè l' fiesse,
Jusqu'à m' dinner des çanss' po qu' ji n' deie surmin rin
De l' crapaûd' da Hinri. Ji donn' mi linwe â chin ;
Ji n'y veûs pus qu' dè feu. A pus bai dè l' quarelle,
Gustâv' qui m' donn' dix francs po qui j' chess' li bâcelle
Qwand ell' vêret. I gn'y at sûr in' saquoi là d'zo,
Poquoi âreût-i sogn' ?....

SCÈNE XII.

LOUISE, CATHRENE.

LOUISE (*tot z-intrant*).

(*A Cathrene*).

Sont-i èvôie turtos ?....

Cathren' ?

CATHRENE.

Aoi, mamzell', j'a 'n' saquoi à v's apprinde.

LOUISE.

A mi ?

CATHRENE.

Aoi, à vos ; et qui v' vat bin surprinde ;
Vos savez qu' nos estans l' mârdi des carnavals.

LOUISE.

Min certaîn'mint...

CATHRENE.

Eh bin ! voss' mon onk' vat à bal !

LOUISE.

Qui d'hez-v' ?..

CATHRENE.

I va tot rate â bâl à l' comèdeie.

LOUISE.

Kimint savez-v' çoula ?....

CATHRENE.

Vos l' sârez-t-ine aût' feie.

LOUISE.

Ji n' vis creus nin.....

CATHRENE.

Et bin ! s'i fât vis el prover,
C'est bin âheie. C'est cial qu'i s'ont dit di s' trover
Po s' masquer tot les deux, et d'là po l' trô del' sérre,
Vos veûrez-t-à voste âh' çou qu' front les deux compéres ;
Min ji v' vous dire aût' choi : volez-v' vini â bal ?...

LOUISE.

Qui d'hez-v', mâlhèreûs' !

CATHRENE.

Tins ! i gn'y âret personn' cial,
Et vos n' sârîz cori nou riss' d'ess' raccusêie ;
Et, par mâlheûr, si l' vî dihoviév' li potêie,
I n' ois'reût co rin dir' ; vos comprindez foirt bin.

LOUISE.

On trouv' todi in' vèg' qwand on vout batte on chin.
Il âreût cint raisons à m' jeter à l' narenne.

CATHRENE.

On dial', tot dial' qu'il est, n' sâreût cachî ses coines.
Il âreût sogne assez lu-mêm' d'y avu s'tu.

LOUISE.

Nenni, Cathren', nenni.....

CATHRENE.

Chut' ! hoûtans... j'ôs dè brut !..
Oyez-v' roter ?..

LOUISE.

Aoi ! c'est m' mon onk' qui rinteûre..

CATHRENE (*tot z-intrant è leû chambe*).

Eh bin, vos allez veie çou qu' vos n' volez nin creûre ;
S'il arrive in' saquoi, ji prindrè tot sor mi...
Vêrez-v' ?

LOUISE.

Nenni.

(Elles sont intrêies è leù chambe).

SCÈNE XIII.

DURAND, DUBOIS, LOUISE, CATHRENE. *(È leù chambe).*

DURAND *(qu'inteùre patte à patte).*

Ell' sont bin sûr èvôie doirmi.
I fât veie è leû chamb' s'i gn'y at pus noll' loumîre.
(I louke po l' trô dè l' sérre).
Ah! nenni! il y fait comm' divin in' houyire.
Vinez, i gn'y at personn'; n' fez nou brut po-z-intrer.
Habeie, dinez-m'!...
(I prind on paquet foû des mains da Dubois).

DUBOIS *(tot li d'nant).*

Tinez!...

DURAND.

Sayans di nos d'hombrer :
Ji n' vôreûs nin po gros qui m' nèveuse ou Cathrene
Si dotah' d'in' saquoi; *(à párt)* ji sos comm' so des spennes.

DUBOIS.

Cathrene est certain'mint in' lame à deux tèyans.

DURAND

Oh! l'aût' ni vât nin mî, c'est qu'ell' cach' mî ses plans.
Elle est co pus souwêie, et ell' sét co mî s' taire...

DUBOIS.

C'enn'est co eun' qui strônn' li poyett' sins l' fer braire.

DURAND.

Eh bin ! estez-v' moussi?..

DUBOIS.

Ah ça ! on p'tit moumint?...
I m' fât bin prind' li timps d'abotner mes mouss'mins.

DURAND (*tot dansant avâ l' chambe*).

Vo-m' là prèt' ! ji v' prévins qui j' dansrè tot' les danses....

DUBOIS.

Vos frez çou qu' vos vorez ! (*à pârt*) J'ènnè r'tins eun' d'avance
Qui v' fret souwer à gott'. (*haut*) Ji creus qu' vos div'nez sot;
N' veyez-v' nin qui v's allez les dispièrter turtos?

DURAND.

Oh ! c'est vrêie ! sâb' di bois ! !

DUBOIS.

Eh bin ! trossans-gn' nos guettes?

DURAND.

Por mi, qwand vos vorez, dispôie longtimps j' sos prète.

DUBOIS (*tot li d'nant l' bresse*).

Allons , pârtans !

DURAND (*tot 'nn' allant*).

È l' wâd' dè bon Diew et des saints.

(*I sôrtet*).

SCÈNE XIV.

CATHRENE, LOUISE.

CATHRENE (*tot sôrtant dè l' chambe*).

Rattindez qu' nos seyanss' sûr' qu'i sont bin èvôie....,
Volà qu'i sèret l' poite ; i n' si sintet pus d' jôie,

Eh bin ! mamzell' Louis', dihez-m', l'ârîz-v' crèyou ?

LOUISE.

Oh ! nenni, certaîn'mint, si ji n' l'aveûs veyou......
Kimint, à si ag' ?.....

CATHRENE.

I fât portant qu' vos v' décidésse,
Et il est impossib', ji creus, qui vos d'morésse....
Ji n' pous mâ, v' comprindez, dè mâquer d'enn'aller,
Ca ji n' sos wèr' hayette à m'aller mette è lét ;
J' sèrè triss' di v' leyî tot' fî seûle è l' mohone.

LOUISE.

Kimint don ! vos 'nn' allez ! I gn'y âret pus personne...

CATHRENE.

Ma foi ! j'a l' permission po-z-aller hoûie â bal,
Et j'aim' bin comme ine aût' dè fer les carnavals.

LOUISE.

Ah ! mon Diu ! qui vas-j' fer ! mi, po on rin qui trônne !
(*Tot plorant*).
Oh Cathren', vos m' mettez divin in' fameus' pône !
Ah ! mon Diu !

CATHRENE.

Par eximpe ! I gn'y at nin d' quoi plorer ;
Ji comprinds parfait'mint qui vos n' sârîz d'morer ;
I fât v'ni avou mi ; vos n'avez rin à crainde :
J'a m' galant qui m' rattind et qui m' vat vini prinde
Si vit' qui j' lî frè sègne. Il at deux dôminôs.
(*Tot ferant so l' qwârai*).
Tinez ! ji m' vas bouhî so l' qwârai deux p'tits côps ,
Et i vat v'ni ! et comme enn' at-onk' po cheskeune ,
Ji lî frè dinner l' sonk', et vos vos, mettrez l' meune.

LOUISE.

Kimint! et lu alôrs?.....

CATHRENE.

Lu? i n' si masqu'ret nin!

LOUISE.

Pinsez-v'!!....

CATHRENE.

Sèyîz tranquille, i s'ennè pass'ret bin;
Ji n'ârè qui deux mots à dir' po m' fer comprinde.

LOUISE (*à pârt*).

Mon Diu! quéll' pôsition! si on vint à l'apprinde,
Ji sos déshonorêie... Po d'mani, ji n' sâreûs ;
Ji mourreûs d' sogn'!...

(*On fire à l'ouhe*).

CATHRENE.

Vèyez-v'? i n' fait nin longin feu...

LOUISE (*à pârt*).

I fât don mâgré mi qui ji vasse avou zelle.

SCÈNE XV.

JOSEPH, CATHRENE, LOUISE.

JÔSEPH (*à l' gueûie di l'ouhe*).

Eh bin! estez-v' d'aplomb? Quî est-c' don là?

(*Tot apparçûvant Louise*).

CATHRENE.

C'est mamzelle,
N'âyîz nin sogne. I fât qui vos m' fésse on plaisir :

JÔSEPH.

Dihez-m' d'abôrd çou qu' c'est!

CATHRENE.

I n' vis costret nin chîr :
I fât qui vos m'dinéss' voss' dominô por leie ;
Nos allans tos les treûs â bal à l'comèdeie.

JOSEPH (*éwaré*).

A l'comèdeie ! ! !

CATHRENE (*à si oreie*).

C'est mi qui pâie....

JOSEPH (*tot lî d'nant*).

Ah ! certain'mint !
Tinez, tinez vo'l-la....

CATHRENE (*tot l'prindant*).

C'est ça....

JOSEPH (*à pârt*).

Ça n'mi fait rin,
D'abôrd qu'ell' pâie por mi et qu'ell' sèret masquêie.

CATHRENE (*tot mettant l'dominô à Louise*).

Tinez, loukîz... là d'vin, qwand v'sèrez-t-affulêie
Ji creûs qui l'dial' lu mêm' ni sâreût quî v's estez.

JOSEPH (*à pârt*).

Porveus' qu'ell' ni d'meur' nin todi so noss' costé :
Ell' vêreut m'espêchî d'm'amuser à mi ideie ;
Et ça n'm'îreut nin trop.

CATHRENE (*à Louise qu'est mousseie*).

Çoula v' vat à merveie !
A c'ste heur', pusqui pus rin ni nos tint, nos 'nn'irans
I fât bin espèrer qui nos nos amus'rans.

(*A Louise*).

Vos veyez bin qu'ainsi vos n'avez rin à crainde.

LOUISE.

Taihîz-v' !...

CATHRENE.

Poquoi?

LOUISE.

Ji sos comm' so des chaudès cindes.

CATHRENE.

Loukans d'vant d'enn' aller, si nos n'rouvians pus rin (*Tot loukant*).

Nenni... nenni. E l'wâde dè bon Diu.

(*Elle sorte*).

JOSEPH (*à pârt tot l'sûvant*).

Et l' pot plein !!

FIN DÈ PRUMIR ACTE.

ACTE II.

Ine sâlle di bal da l'comèdeie ; des tâves chorgeies di boteyes ; des masqués assious et qui buvet ; des autes qui s'porminet.

SCÈNE I.

Air : *Quand les bœufs vont deux à deux.*

CHOEUR DES MASQUÉS.

Respleû.

Rians, chantans, dansans â bal ;
Di noss' mî fiestans l'carnaval !
Payass', harlikins, pierrots,
Cial li jôie nos rassonn' tos.

ON MASQUÉ (*dèl' prumîre tâve à gauche*).

On veût l'jônesse ècèpêie,
Qui n'bog' mâie foû di s'coulêie,
Dizo l'mass' si disgourdi ;
Li bon vikant, d'vin s'vyesse,
Cachant ses pleûs et s'blank' tiesse,
A bal masqué dit ossi :

Respleû en chœûr. Rians, chantans, dansans â bal, etc.

ON 2e MASQUÉ *dè l'même tâve.*

Qui d'fâs dévôts veût on hoûie,
Qu'è tot timps bahet les oûies,
Qui po des saints s'fet louki !
Dè joû, i jâset d'pryîres,
A l'nutte â bal on les ôt dire,
Di mass' qwand il ont cangî :

Respleû en chœur. Rians, chantans, dansans â bal, etc.

ON 3me MASQUÉ (*dè l'même tâve*).

Li gros hère affamé d'jôie
Qwitt' li grand bal qui l'annôie,
Si d'guise et vint nos veyî ;
Divin ses grandès k'pagneies,
C'est mâlhonnêt', si on reie ;
I dit cial onk des prumis :

Respleû en chœur. Rians, chantans, etc.

ON 4e MASQUÉ (*dè l'même tâve*).

Li rich', li p'tit camèrâde,
Diguisés, fet l'mêm' parâde,
I s'veyet d'zo l'mêm' habit ;
Çou qui fait qu'i sont pareies,
Et comm' les chets d'vin l'nuteie,
A l'oûie i sont turtos gris !

Respleû en chœur. Rians, chantans, etc.

(*Hinri passe moussî à feumme*).

ON MASQUÉ (*dé l'prumîre tâve à droite*).

SO L'AIR : *Mon père était pot !*

Li violon nos at invités
A l'dans' vive et joyeuse ;
Dihombrans-nos, vigreûs d'guisés,
D'y miner nos danseuses.
Fiestans tour à tour
Bacchus et l'amour ;
Vikans di leus caresses.
Po plair', po-z-aimer,
Rire et s'amuser,
Viv' li timps dè l'jônesse !

ON 2e MASQUÉ (*dè l'même tâve*).

On proverb' qui j'ôs dir' sovint,
Qui m'ripass' cial è l'tiesse,
Dit qui li ch'vâ qui s'wâd' polain,
Si r'trouv' divin s'vyesse.
Ji creureus bin mî
Qui qwand on d'vint vî,
On pièd' ses feus, ses foices;
On at bai s'wârder,
Rin n'vât po tot fer
Li chaud timps dè l'jônesse!

ON 3me MASQUÉ (*dè l' même tâve*).

Qwand l' prétimps, so l' mond' vint sèmer
Ses fleûrs friss' et joleies,
N' rattindans nin po les côper,
Tant qu'ell' seyess' flouweies...
Tot n'at qu'in' saison;
Nos bais joûs 'nnè vont,
Sn qu'i raverdihesse;
Et comm' nos n' savans
Si vîs nos d'vèrans,
Profitans dè l' jônesse!

(*Plusieurs masqués ennè vont; des autes si porminet*).

SCÈNE II

(*Hinri, masqué à feumme; Gustâve inteûre on pau après, avou s' masse è l' main*).

HINRI (*tot loukant tos costés*).

Ji n'a co rin veyou; j'a bai loukî, bawî,
I n'y sont nin; ji m'a surmint trop dispêchî.
I gn'y âret, j' creus, bin vite ine heur' qui ji sos ciale
Porsûvou d'on masqué qui m' fait d'ner à grand diale,

Qui m' prind po 'n' feumme... avou des drol' di sintumints...
Et m' sônn' t-i rin qu'à s' voix.... qui jè l' kinoh' foirt bin...

GUSTAVE (*à mitan sô*).

(*So l'air di Robert li Diale*).

Le vin, le jeu, les belles,
Voilà mes seules amours....
La rifla, fla, fla, la rifla la la.

HINRI (*à pârt*).

Kimint... min c'est Gustâve.... et j'èl riknohe apreume.

GUSTAVE (*à pârt, tot loukant Hinri*).

Ji n' mi tromp' nin portant, c'est bin là li p'tit' feumme
Di tot cate !....

HINRI (*à pârt*).

I vat v'ni..... attintion..... ji l'ârè.....

GUSTAVE (*à pârt*).

Ji li vas dir' qui gn'y at in' an qui j' cours après.
Sayans. (*haut*) Bonn' nutt', bai mass'! kimint vîs amusez-v'?

HINRI (*tot fant l' feumme*).

Leyîz-m' tranquill', mossieu, s'i v' plait...

HINRI (*tot l' rat'nant*).

Poquoi v' sâvez-v'?
N'âyîz nin sogn' : ji n' pous mâ di v' fer dè displi.

HINRI (*même jeu*).

Mossieu ! lachez-m'.....

GUSTAVE.

Kimint!!...

HINRI.

Ji v' disfinds di m' ratni.
Ou j' houkrè in' saqui qui v' fret d'morer tranquille.

GUSTAVE.

Houkîz quî vos volez, ji k'noh' tot' voss' famille ;
I gn'y at co pus d'in an qui ji qwîre à v' pârler,
Po v' dir' qui j' n'aim' qui vos......

HINRI.

Ah! lèyîz-m' ènn' aller !....

GUSTAVE (*tot l' rat'nant*).

Aoi ! ji n' pins' qu'à vos tot' les heur' dè l' journêie,
Et par voss' douce imâg' tot' mes nutt' sont troublêies.

HINRI.

Lachez-m' don ! . . .

GUSTAVE.

Voss' douc' voix, i m' sônn' tots côps qui j' l'ôsse.

HINRI (*à pârt*).

Rattindez, rattindez, ji v' va sinti voss' pôsse.
(*Haut*).
Volà l' musiqu' qui k'mince, i fât qui j' vass' danser !

GUSTAVE.

Et après... mi donrez-v' on moumint po v' jâser ?

HINRI.

J'ennè sé rin....

GUSTAVE.

Enfin, acceptez todi m' bresse,
Ji v's irè rèminer.

HINRI.

Merci.... ji n'a noll' plèce.

GUSTAVE (*tot l' sûvant*).

Et alôrs, voss' danseû, ji n' sé k'mint vos l' trouvrez.

HINRI (*tot s' sâvant*).

Seyîz sin pôn', ji sos bin sûr dè l' rescontrer.

(*I sôrtet*).

SCÈNE III.

DUBOIS, DURAND (*masqués*).

DURAND.

Binamé Diu! quéll' foul'!... ji sowe à cint meie gottes!
Avou çoula qu' vola plusieûrs feies ènn-dè-rotte
Qui m' mass' mâqu' dè toumer! quéll' touw'reie! qué disdu!

DUBOIS.

Vos estez d'arèg' vite èwaré po pau d' brut!

DURAND.

C'est on bal qui pout bin avu tant di r'loumêie;
I pochet onk' so l'aût', c'est co pé qu'in' trûlêie.....

DUBOIS.

Jans! taihîz-v', vos allez tot rat' veie çou qu'i v' fât!

DURAND.

Ji n'a wâd' dè danser... kimint... po chawer d' mâ...
Attraper on côp d' pîd qui m' fret in' bonn' muslîre...

DUBOIS.

Ji n'vis èl conseie nin; vos frez-t-à voss' manîre....
(*A pârt*).
Et fâreut-i portant qui j'èl polah' qwitter!

DURAND.

Ni v'sônn'-t-i nin qu'tot l'mond' ni louk' qui d'noss' costé.

DUBOIS.

Oh! c'est totès ideies qui vos v'mettez-t-è l'tiesse.

DURAND.

Eh bin ! porminans nos todi. Dinez-m' voss' bresse.
Sèchans nos foû dè l'vôie ; li dans' vint dè fini,
Et c'est po ç'costé cial qui tot l'mond' va rivni.

(*I sôrtet*).

SCÈNE IV.

GUSTAVE et HINRI (*à cabasse*).

GUSTAVE (*tot z-intrant*).

Vos n'mi crèyez don nin?

HINRI.

Nenni, ji n'creûrè mâie
Qui v'mettrîz voss' bouwèie à des si bassès hâies.
Mi ji n'sos qu'ine ovrîre et ji n'vis covins nin...

GUSTAVE.

Vos v'trompez : ji n'aimrè mâie in' feumm' po si ârgint ;
Ji n'louk' qui ses manîr' et surtout s'caractére :
L'ârgint n'est nin çou qui nos rind hûreux so l'térre ;
Ca mi po tot trésaur ji n' dimand' qui voss' coûr,
Et si vo volahîz, ji v's aimreus comme in' soûr.
Hoûie, ji n'dimand' seûl'mint qui l'moyin di v'riveie,
Po c'bonheûr là, veyéz-v', j'donreûs l'mitan di m'veie.

HINRI.

(*A pârt*).
I n'est nin maladret' (*haut*), ji n'oisreûs mâie risquer;
Ç'sèreût in'jôie por vos, mutoi, qui d'y mâquer
Et dè v'ni rir' di mi tot m'vinant veie rattinde...

GUSTAVE (*tot sèchant ine bague foû di s'deugt*).

Eh bin ! si c'n'est qu'çoula qui vos avez-t-à crainde...
Tinez... prindez çoucial... et vos n'm'el rindrez nin
Si ji n'sos nin d'parol' ; j'espér' qui v' veyez bin
Qui ji n'vis vous jouwer nou tour...

HINRI (*tot prindant l'bague*).

Oh ! aoi ciette !
Et d'main... so les sth' heûr'... à d'divant des fermettes
A l'èclus' Saint Linâ !..

GUSTAVE.

C'est bin sûr?

HINRI.

C'est bin sûr!
(*A pârt*).
J'espér' vis apprind' là çou qu'c'est qui di m' porsûre,

GUSTAVE (*tot 'nn'allant avou Hinri*).

Ji voreûs bin wagî qu' c'est mi qui rattindrè.

(*I sôrte*).

SCÈNE V.

DUBOIS, *en dominô*, JÔSEPH, *sin esse masqué*, CATHRENE et LOUISE, *masquêies*, DURAND, *todi en costume di pierrot*, HINRI, *masqué à feumme*.

(*I z-intret onke après l'aûte*).

DURAND.

Wisse est Dubois? volà ine heûr' qui j' qwire après.
I m' dit qu'i veut passer onk' di ses camèrâdes,
Qui j' rattinsse on moumint, qu' lî vat heûr' si salâde ;
Et j'a belle à rattind' ji n'èl veûs nin rivni.
Ji sos bin sûr' qui l'aût' fait s' possib' po l' ratni
Po sayî dè l' riknoh'!..

JÔSEPH (*tot z-intrant*).

Tinez.... vocial in' tâve...
Assians nos!...

CATHRENE.

Vos n' savez nin si elle est banâve...

JÔSEPH.

Ça n' fait rin! si les gins riv'net co, nos l' rindrans.

DURAND.

Allans co fer on tour, mutoi qui nos l' trouvrans.

DUBOIS (*tot z-intrant qu'apparçût Durand*).

(*A pârt*).
J'èl tins! (*haut*) Bonn' nutt'! mossieu Durand!..

DURAND (*tot saisi*).

Mi?. qui volez-v ?.
Ci n'est nin mi!

DUBOIS.

Nenni? alôrs poquoi v' sâvez-v'?..
Irez-v' co è l'ârmâ?

DURAND.

Mi?...

DUBOIS.

Oh! ji n' dirè pus rin!
Min i fât po çoula qu' vos m' dinésse on vantrin
Comm' li ci da Jeannett'!....

DURAND.

Vos v' trompez dai, bai masse,
Ci n'est nin mi! (*à pârt*) Dubois qui n' vint nin!..

CATHRENE (*à l' tâve*).

J'creus qu'i s' pases
In' saquoi avou l' maisse! i m' sônn' riknoh' si voix.
Kimint s' fait-i qu'i n' seûie pus avou l' vi Dubois?..

DUBOIS (*todi à Durand*).

Dihez, at-ell' jamâie respondou à vos lettes?...

DURAND.

Min leyîz-m' don tranquill'; ji n' kinoh' noll' Jeannette.

DUBOIS.

Kimint! qui racontez-v'? l'âriz-v' déjà roûvî?
Ell' ni v's at pus volou, paçqui v's estez trop vî,
Ca c' n'est nin qu' vos n'âyîss' fait des frais po lî scrîre.
Et qwand ell' respondév', ci n'esteût qu' po fer rire
Di vos, si vrêie galant, à quî vos s'tindîz l' main,
Tot fant qu' cicial, tots côps, vis fév' des hègn' âs rins.

DURAND (*à pârt*).

Si Dubois esteut cial!.....

DUBOIS.

Et ci n'est nin Jeannette,
Qui v's at on joû r'serré è l'ârmâ âs assiettes.
C'est bin leie, ji l'avow', qui v's y at fait aller,
Min ci n'est mâie qui lu qu'at s'tu vit' tourner l' clé,
Po v' tini è l'ârmâ...

CATHRENE (*qu'at qwitté l' tâve*).

(*A Dubois*).

Mossieu, ji v' preie di v' taire;
Tot çou qu' Jeannette at fait ni sont-nin vos affaires.
D'ailleûrs, vos n'estez nin payî po les d'biter;
Et loukîz à voss' sogn' din' pus les rèpèter.

DURAND (*à pârt*).

C'est Jeannett'!

DUBOIS (*à pârt tot s' sèchant èvôie*).

C'est Jeannett'!

DURAND (*tot bas à Cathrene*).

Kimint, sèrîz-v' Jeannette?...

CATHRENE (*tot bas*).

Kimint sâreus-je alòrs l'affaire avou l's assiettes?

DURAND (*tot lî d'nant l' bresse*).

C'est vrèie! c'est on bonheûr qui v' m'avez riknohou.

CATHRENE (*tot 'nn'allant*),

I gn'y at portant longtimps qui ji n' vîs âie vèyou....
Dispôie li novel an, ji rattinds d' vos novelles...

DURAND (*tot 'nn'allant*).

Aoi, ji m' sovins bin... di noss' pitit' quarelle...
(*I sortet*)

SCÈNE VI.

HINRI, DUBOIS, LOUISE et JOSEPH (*è fond*).

DUBOIS (*tot les loukant 'nn'aller*).

J'a bin mâqué d'avu ine affair' so les reins.
I n' m'ont riknohou nouk dès deux; i vat co bin!
Ossi, i fât sûrmint qui j' seûie sègnî dè diale,
A pône a-j' dit deux mots qui Jeannette arriv' cial.

HINRI (*à pârt*).

A c'ste heûr', ji les riknoh : c'est m' mon onke et Dubois.
On moumint; à voss' tour : ji v' va siérvi 'n' saquoi
Qui v' fret heûr' li manîr' d'intriguer si bin l's aûtes,
Et c' n'est nin po in oû qui j' lairè gâter l' vaûte.
Mettans l' bague è noss' deugt po qu' nos n'èl pierdanss' nin ;
Ell' deut nos v'ni à pont divin in' aût' moumint.

DUBOIS (*à pârt tot loukant Hinri*).

Ji vôreûs bin savu çou qu' c'est qu' ciss' pitit' feumme?
Ell' ni fait qu' di m' louki...

HINRI (*haut*).

Tins! ji v' riknohe apreume!
Bonn' nutt', mossieu Dubois......

DUBOIS (*tot surpris*).

Oh! bai mass', vos v' trompez!

HINRI.

Vos n'estez wère assez malin po m'attraper!
Vos avez avou vos ine odeûr qu'est si foite,
Qui ji v's odév' dèjà qui j'esteûs co so l' poite.
Est-c' qui l'aiw' dè seyai v's aveut téll'mint mouwé
Qui v's ârîz jusqu'à c'ste heûr' rouvî di v' ribouwer?
Et crèyez-m', vos estez lon dè sinti l' violette,
Ca ji n'a m'âie compris kimint qui l' bell' Jeannette,
At polou, sin rogi, v's avouer po s' galant,
Alôrs qu'elle aveut co so s' deugt li vî Durand,
Qui n'est nin des pus bais, certain'mint, ji l'avowe;
Min à 'n apoticâre i n' sièvreût nin co d' mowe
Ossi bin qu' vos.... surtout qwand vos volez chanter.
Vis sov'nez-v' di Toinett' qui vos volîz hanter?
Vos avez par mâlheûr avu 'n' pitit' rabroufe,
Ca on joû les parints vis ont pité à l'oufe.

DUBOIS (*à part*).

Ça n' pout ess' qui Jeannette! et ell' sét tot d' Durand!..

HINRI.

Et l'aût', quéqu' timps après, vis lèyat co en plan.
Vos avez po l' ravu fait saqwantès corwéies;
Vos avez-t-à passer bin aloué l' pavéie.
On lî r'mettév' da voss' des bilets côp so côp...
Enfin, v's avez fait veie qui v' n'estîz qu'on bâbô.

DUBOIS.

Ah! ji v' riknohe à c'ste heûr'!

HINRI.

Mi?..

DUBOIS.

Vos estez Jeannette.
Vos avez s'tu trop lon : v's avez jâsé des lettes.

HINRI (*à pârt*).

Si j'èl polév' pici comm' l'aut! (*haut*) hoûtez, bai masse,
Ci n'est qui par ine aut' qui ji sé çou qui s'passe
Et çou qui s'at passé (*à pârt*). N'y allans nin trop reud!

DUBOIS.

Ji riknoh' trop bin l'bagu' qui v's avez-t-è voss' deugt!
Vos n'mi vêrez mâie fer creur' qui v's estez-t-ine aute;
Ji k'nohe ossi bin l'bagu' qui ji knohe li crapaute.

HINRI.

C'est impossib'!

DUBOIS.

Houtez'! ni balzinans nin tant:
Ji riknoh' parfait'mint li bagu' dâ vî Durand,
Et ji sé bin poquoi vos estez si gênêie:
C'est qui vos m'avez dit, l'joû dè l'novelle annêie,
Qui v'lî avîz riadou çou qu'vos avîz da sonke.

HINRI (*à pârt*).

Gustâv' l'âret bin sûr co suci à m'mon onke...

DUBOIS.

Si vos n'l'avez nin fait, çoula ni m'rigard' wère,
Ji n'mi hér' mâie divin çou qu'n'est nin mes affaires;
C'est seul'mint po v'prover qu'ji v'riknoh' parfait'mint;
C'est qu'mes veiès k'nohanc', mi, ji n'les roûveie nin.

HINRI.

C'est vrêie ; ji l'aveus dit ; min j'a cangî d'îdeie...

DUBOIS.

Alôrs, c'est don bin vos ! Çoula tome à merveie,
Nos allans èco n'feie nos plair' comm' des p'tits Dius !
Ca il est impossib', ji creûs, qu'vos n'm'aiméss' pus.

HINRI.

Et wisse allez-v' ?

DUBOIS.

Vinez !

HINRI (*à pârt*).

I fât qu'i n'veuss' pus gotte (*i sôrtet*).

SCÈNE VII.

CATHRENE, DURAND, LOUISE, JOSEPH.

CATHRENE (*tot-z-intrant*).

Seyîz sur qu' j'y a s'tu plusieurs feie' enn' dè-rote ;
Et chaqu' feie vos' siervant' m'at r'çû on n' pout pus mâ.

DURAND.

Oh ! i fât todi prinde in' gin po çou qu'ell' vât !

CATHRENE.

Aoi ; min v'comprindez qui po trover n'laid' mène
Ji n'va nin voltî veie li ciss' di voss' Cathrene.
Oşsi è voss' mohon' ni pous-j' pus mâ d'aller ;
On joû ou l'aût', veyez-v', j'îreus mutoi m' mâvler,
Et ji creus.....

DURAND.

Ji veus bin qu'i fât qu' j'el mette à l'oufe,
Ell' mi mett' so les bress' trop sovint des rabroufes.

I gn'y at longtimps d'abòrd qui j'ennè vout fini;
Et mâgré qu'i gn' âie rin qui seûie fait po m' ratni,
Ji r'mett' todi çoula di samaîne à samaîne.....

CATHRENE.

On sét bin qu'avou leie vos d'vrez-t-avu in' scene
Po l' fer 'nn' aller....

DURAND.

Hoûtez, v'nez è m' mohon' dimain :
Ji sèrè-t-âs aguêts, di m' chamb' ji n' bog'rè nin,
Et si ji v' veus mâ r'çûr', ji lî frè-t-in' quarelle,
Et i fâret qu'ell' bague... Ell' veuret clér è s' hielle
Qwand ell' ni m'âret pus.....

CATHRENE (*à pârt*).

Vî brigand! ji v's ârè!

(*Haut*).

Min sèrez-v' bin sûr là ossi, qwand j'inteurrè?..

DURAND.

Vos polez-t-ess' tranquille. D'abòrd, ji n' sôrt' jamâie!

CATHRENE (*à pârt*).

Qé vî minteûr! i gn' at nin on joû qu'enn'è vâie!

(*Haut*),

Eh bin! ji n' mâqu'rè nin; n' sèreûss' qui po m' vingî.

DURAND

Et ji lî frè t'ni prèt' di quoi beûre et magnî.
Nos frans-t-on p'tit régal; nos frans-t-in' bonne heûrêie.

CATHRENE.

Vos n'avez qu'à m' rattînd' dimain so l' matinêie.
Et vos polez-t'ess' sûr qui v's ârez l'occâsion
Dè veie qu'i gn' at noll' pâ on pus fameux poison
Qui voss' Cathrene.....

DURAND.

C'est ça !....

CATHRENE.

Seytz sûr d' voste affaire !...

DURAND.

C'est bin conv'nou ! seûl'mint, ji v' rikmand' bin di v' taire.
Ji n' vous nin qu'è quârtî on z'apprinss' tot çoula,
Cathrene avou s' bajow' fret assez d' falbalas,
Qui po z'avu mèsâh' qu' les voisins s'è mèlesse.
J'ârè d' l'ovrège assez si ji lî vous t'ni tiesse
A c' sierpint là.....

CATHRENE (*à pârt*).

Vî rat ! ! so mi Âm'... ji n'mi sins pus !
Et bin ! dimain i n'at qu'à bin loukî à lu !...

DURAND (*tot l'minant à s'tâve*)

Ji creus qu'i sèreût timps di v'rimette à voss'tâve.

CATHRENE (*tot s'allant rassîre*).

Aoi, s'i v'plait... Merci... Vos estez bin aimâve.

DURAND.

Jusqu'à d'main â matin...

CATHRENE.

Ji n'pous mâ dè mâquer.

DURAND (*tot seû*).

Dubois vat surmint esse on pau bin amaké,
Qwand ji lî apprindrè qui j'a veyou Jeannette !
Lu qui m'at si sovint fait passer les baguettes,
Ji lî promette ossî qu'i les pass'ret à s' tour.

(*I sorte*).

SCÈNE VIII.

HINRI, DUBOIS, CATHRENE, LOUISE, JOSEPH.

DUBOIS (*à Hinri*).

Mon Diu! poquoi avez-v' sogn' dè d' lahî voss' coûr.
Vos savez d'pôie longtimps qui ji sé todi m' taire,
Qwand i fât qui personn' ni k'noh' mes p'tit's affaires;
Et si vos avez sogn' qui ji jàse à Durand,
Vos avez toirt.....

HINRI (*à pârt*).

Çoula k'mince à div'ni gênant.
Ji n' sé pus quoi respond'.....

DUBOIS.

Vos polez v'ni sin crainte
M' veie dimain â matin. Si Durand at mâ s' vinte
J'ennè pous rin. Et j' creus qu'i l'âret bin gangnî.

HINRI.

Aller è voss' mohon'! ji n'ois'reus-t-y songî :
Si Durand m'y veyéve, i freut aller s' clapette.
Il at bin trop' so l' coûr li farce avou l's assiettes.

DUBOIS.

Hoûtez! vos v's èwarez, crèyez-m' bin à mâl-vât,
Ca si vos volez v'ni po m' veie vos n' polez mâ.
Et personn' ni s'dot'ret qui v's estez-t-è l'mohone.

HINRI.

J'îreûs, si j'esteus sûr' dè n'rescontrer personne.

DUBOIS.

Vo n'polez mâ, vis dis-j' co 'n' feie.

HINRI.

Eh bin ! j'îrè
Min âyiz bin bonn' sogn' dè v'ni qwand ji sonn'rè.

DUBOIS.

Vos polez-t-ess' sin pôn'. Ji loukrè à l'finiesse....

HINRI.

C'est ça ! seul'mint qu'çoula ni v'vass' nin foû dè l'tiesse.
A c'ste heur' ji v'vas leyî, ji m'vas-t-aller r'trover
Mes gins !...

DUBOIS.

Vos avez l'timps !...

HINRI.

Nenni, i m'fât sâver :
Ji sos sûr qu'i n'savet wiss' qui ji sos-t-èvôie.
Jusqu'à d'main à matin !

(*i s'sâve*).

DUBOIS.

Ritrouvrez-v' bin voss' vôie ?...

HINRI.

Aoi ! v's estez bin bon !

DUBOIS.

Jusqu'à d'main à matin !
Ji v'rattindrè !...

HINRI.

C'est ça ! c'est ça ! ji n'mâqu'rè nin !

(*I sôrte*).

DUBOIS.

Elle est todi d'parol' po tot çou qu'ell' promette.
Ah min ! c'est bon ! Durand qui pinse avu Jeannette,
Et qu'est là qu'el fiestêie et qu'el gourgêie di vin.

Volà portant bin l'homm' qui vout ess' si malin !
I s'divreût aperçur' portant qui c'n'est nin leie;
Mi, j'n'aveus nin mèzâh' dè l'rilouki deux feies
Po ess' sûr tot' di suit' qui ji m'vins dè tromper.
C'n'est nin mi, par exímp', qui m'lêreus-t-attrapper.
I fât ess' bin mâlin po m'poleûr mett' li jambe,
Enfin, li bell' Jeannett' mi vêret veie è m' chambe.
I m' fât à c'ste heûr' sayî dè r'tourner so Durand.
Veyans, po c' costé cial mutoi qu' nos l' ritrouvrans.

(*I sôrte*).

SCÈNE IX.

GUSTAVE, CATHRENE, LOUISE, JOSEPH, HINRI, (*todi masqué à feumme min sin dôminô*).

GUSTAVE (*à Cathrene et Louise*).

Volà, ma foi, deux feumm' qui fet bin tapiss'reie;
Si j' saveus qu'eun' des deux n'est nin trop laid' jôn' feie,
Ji l'ègag'reûs : min bah ! mutoi po pièd' mi timps !

CATHRENE.

Oh bin ! seylz tranquill', bel homm', nos n' gêrans nin;
Et nos n'estans nin co justumint si d'gostêies,
Po voss' longou visèg' qu'est pus blanc qu'in' makêie,
Voss' narenn' qu'i ploût d'vin, vos rog's oûies qui gotet,
Vos oreies à traiteûs, vos neûrs dints qui pitet,
Voss' vî minton d' daw' dawe et vos chiff' à fossales,
Voss' gross' tiess' qu'est tot' biess' di s' trover int' deux spales,
Voss' bok' di dial', vos lèp' comm' des boirds di crameû,
Vos rossais ch'vets neûrcis à l' warsell' tos les meûs,
Et l' tot, avou çoula, frèzé comme in' houm'resse,
On gros coirps d'âbalow' so des jamb' comm' mi bresse.

GUSTAVE (*à pârt*).

Quéll' platenn' ! (*haut*) v' n'ârez mâie dè l'linw' po tot' voss' veie.

CATHRENE.

A propos, qui fez-v' don cial à ine heûr' pareie?...
Ji creus qu' si voss' mon onk' vinah' mâie à l' savu....

GUSTAVE.

Kimint, m' mon onk' ! ma foi ! j'a bin pau d' keûr' di lu.....

CATHRENE.

I v' poreût espêchî dè hanter voss' cuseune.

GUSTAVE.

Ji n' piêdreus nin grand'choi. Ji n' l'aim' qui po s' fôrteune,
C'est in' pitit' chaffett' qu'i fât qui jâs' di tot ;
Et c' n'est qu' po continter mi mon onke, on vî sot,
Chaqu' feie qui j'y inteûr', qui j' lî fais bai visège.

CATHRENE.

Portant tot wiss' qui c' seûie, on jâs' di voss' mariège.

GUSTAVE.

Si m' cuseun' mi rattind, ell' rattindret longtimps ;
C'est comm' ji v' dis, j'y vas quéqu' feies po touwer l' timps.

CATHRENE.

Min loukîz à voss' sogn' qu'in aût' ni prinss' voss' plèce.

GUSTAVE.

Tant mieux ! j'aim' mî qu'in aût' qui mi l'âie so les bresses.

CATHRENE.

Po çoucial vos mintez, ca v's estez bin mâva ,
Qwand v's apprindez quéqu' pârt qui voss' cusin y vat....

LOUISE.

(*A pârt*).

Ah mon Diu ! !

GUSTAVE.

On pout dir' tot çou qu'on vout so m' compte :
Ji n' fais mâie attintion à rin d' çou qu'on raconte.
Min d'hez-m'? qui est-c' qui v' mett', vos, si bin â corant,
Di tot çou qui s' passe hoûie à mon m'mon onk' Durand !

CATHRENE.

Ah ! çoula c'est on s'crèt. C'est eun' di mes k'nohances.

GUSTAVE.

Ji v' fais bin mes escus'; j'ô qu'on vat k'mincî l' danse,
Et ji sos-t-obligî, bin à r'gret, di v' qwitter.

CATHRENE.

Kimint ! c' n'est nin nos aût' qui v' divet arrester !
Eh bin ! mamzell' Louis', volà l' fameux Gustâve,
Qui voss' mon onk' vis dit si franc et si aimâve.

LOUISE.

Aoi, ji l'a-t-oyou ! min Cathrene, allans-è.
J'a trop paou qu'i n' vinsse èco nos veie après :
Ji n' sé pus wiss' qui j' sos ; j'a l' songu' qui m' monte è l' tiesse.
Ah ! binamé bon Diu ! vinez... dinez-m' voss' bresse.....
(*A pârt*).
Mon Diu, à quoi a-ju pinsé dè v'ni â bal ?...

CATHRENE.

Eh bin ! j'ârè passé on bai joû d' carnaval,
I valév' bin les pôn' dè fer 'n' pareie costinge !

JÔSEPH.

Et mi v' pinsez mutoi qui tot çoula m'arringe ?

CATHRENE (*tot s' coviant l' tiess' don châle*).

Et qu'est-c' qui j'ennè pous !..

DURAND (*qu'arrive tot les prindant po l' minton*).

Tins! deux bais p'tits oûhais!

CATHRENE.

Bogiz-v', nos n' volans nin, nos aût', des vis jònais
Qui coret joû et nutte après tot' les siêrvantes.
N'avez-v' nin veyou cial eun' di vos veyès cantes?

(*I sôrtet*).

SCÈNE X.

DURAND, DUBOIS, *puis* HINRI.

DURAND (*tot les loukant 'nn' aller*).

Qui vout ell' dir' ciss' lal?.. mi k'nohreut-elle ossi?..
Probâblèmint! elle at par trop bin ajercî!
Qui sèreut-c' bin?....

DUBOIS (*tot z-intrant*).

Vo-l'-là! ah ça! wiss' vis choûkîz-v'?..

DURAND.

Kimint?..

DUBOIS.

Bin quoi! kimint?

DURAND.

C'est vos qui m' donn' li fîve,
Volà co pus d'ine heûr' qui ji qwire après vos!

DUBOIS.

Wiss' don?..

DURAND.

Avâ les gins!....

DUBOIS.

Vos loukîz comme on sot!
Comme on bâbô!

DURAND.

J'a-t-ine affaire à v' dire!

DUBOIS.

A mi? quoi?

DURAND.

Aoi, vos; hoûtez c' n'est nin po rire!
Vis sov'nez èco bin d' çou qu' vos d'hîz-t-á matin,
A propos d' noss' jôness'?

DUBOIS.

Mi? ji n' mi sovin d' rin!

DURAND.

Kimint, hoûie â matin, qwand vos-m' jâsîz d' Jeannette,
Dè l' nutt' dè l' novel an, di l'ârmâ âs assiettes.....

DUBOIS.

Aoi!...

DURAND.

Eh bin! tot rate on mass' m'at-arainnî,
Et m'at rèpètè tot çoula...

DUBOIS.

Quéqu' krinkint,
Qui v' volév' dire in' boûde et qui v's at dit in' vrêie
Sin l' savu, volà tot. Ou alôrs quéqu' sôléie
Qui n' saveut çou qu'i d'hév'.....

DURAND.

Mi, ji v' dis qu'i sét tot.
I fât à l' fin dè compt' qu' vos m' prindéss' po on sot,
Po sayî di m' fer creur' qui c'est sin k'noh' Jeannette,
Qu'on m' vint jâser d' l'ârmâ, dè vantrin et des lettes;
Qui sét tot çou qui j' fais... et... tot çou qu' ji n' fais nin.

DUBOIS.

Ji veus qui vos avez passé on laid moumint!....

DURAND.

Et vos qu' ji n' riveus pus... qui rotte à l' visse à l' vasse....

DUBOIS.

Si ji v's aveus sèpou divin in' si fait' passe,
Ji n'âreùs nin mâqué dè v'nî à voss' sécoûrs.....

DURAND.

Vos d'hez todi ainsi....

DUBOIS (*à pârt*).

Enn' at-i gros so l' coûr!

(*Haut*).

Jans! ci n'est rin d' çoula.....

DURAND.

Enfin, poquoi m' qwittez-v'?
I gn' aveut, sin minti, ine heûr' qui ji v' qwèréve.

DUBOIS.

Hoûtez, ji v's el vas dir' : j'a rescontré 'n' saquî
Qui j'a d'vou fer danser.

DURAND.

Et pout-on savu quî?..

DUBOIS.

Jeannett'!

DURAND.

Kimint! Jeannette! et mi, volà qu' j'el qwitte!
On s'âret moqué d' vos.....

DUBOIS.

Oh! n'allez nin si vite;
Si on s' moqu' di 'n' saquî, ji creus qui c' n'est nin d' mi.

DURAND.

Oh! mon Diu! l' grand bâbô! qu' s'at lèyî èdoirmî
Par quéqu' crapaude ou l'aût' qu'est â corant d' l'affaire.
Oh! l' sot!

DUBOIS.

On p'tit moumint, s'i v' plait! ji v' vous fer taire.
Volez-v' avu l' bonté di m' dir' li ci d' nos deux
Qu'a fait danser 'n' Jeannett', qu'aveût èco è s' deugt
L' rond d'aur qui v' lî avez diné li joû di s' fiesse.

DURAND.

Qué rond d'aur?..

DUBOIS.

Vos veyez qui voste âgn' n'est qu'in' biesse!
Vos m'aviz portant dit qui vos l'aviz r'avu!....

DURAND (*qui s' sovint*).

Kimint l' rond d'aur..... c' n'est nin cila!....

DUBOIS.

Voss' no est d'sus!

DURAND.

Et bin c'est impossib'! tot çoula n'est qu'in' fâve :
C'est mi mêm' dièrain'mint qui l'a d'né à Gustâve...

DUBOIS.

Voss' nèveû?...

DURAND.

Min aoi!....

DUBOIS.

Eh bin! ji l'a veyou!

(*A lu même*)
Nenni! C'n'est nin Gustâv'... Ji l'âreûs riknohou...
Portant ji n'âreûs nin... (*haut*). Nenni, c'est bin Jeannette

Pusqu'ell' m'at raconté çou qu'vos d'hîz d'vin vos lettes,
Et çou qui s'at passé qwand vos l'avez qwitté ;
Jusqu'à k'mint qu'vos avez k'mincî à v'disputer.

DURAND (*à pârt*).

Ma foi ! pus y pins' ju, pus' mi sônn' ti qu'c'est vrêie,
Li meune à tos moumints m'sônnéve imbarassêie.

DUBOIS (*à pârt*).

M'âreut-on mettou l'manche comme à on p'tit s'colî ?
Ell' mi sonnév' gênêie tot l'mêm' qwand nos parlîz.

DURAND (*à pârt*).

Enfin, d'main, nos veurans si ell' vint è m'mohone.

DUROIS (*à pârt*).

Enfin, si c'n'est nin leie, dimain n'vêret personne.

DURAND (*à Dubois*).

A quoi tuzéz-w' ?

DUBOIS.

A rin !

DURAND (*à pârt*).

Comme on l'at èwalpé !...

DUBOIS (*à pârt*).

C'est d'main qu'i veûret bin comme on l'at attrapé !
(*Haut*).
A c'ste' heûr' nos nnè r'îrans.

DURAND.

Nenni, d'vant qu'j'ennè vasse,
I fât qui nos qwèranse à r'trover nos deux masses,
Nos veurans l'ci d'nos deux qui s'at leyî picî ;
Et n'loukrans tot don côp ossi après l'prumî.
(*Tot prindant Dubois po l'bresse*).

Ah ! cila, si jè l'tins, ji lì promette in' beie.

DUBOIS (*tot lì d'nant l'bresse*).

Jans ! pusqui vos l'volez, vinez, nos ìrans veie...

(*A moumint qu'i vont po sorti, ine trûlêie arrive; i sont r'viersés et les clés da Durand toumet à l'térre*).

HINRI (*tot z-arrivant*).

Eco zell' ! Choukans foirt... I lêt toumer ses clés...
(*Tot les ramassant*).
C'est juss'çou qu'i m'falév' divant d'ennè r'aller !

FIN DÈ 2me ACTE.

ACTE III.

Mêmes décôrs qu'â prumîr acte.

SCÈNE I.

DURAND, *assiou è s' fauteûie; i s' bagne in' oûie avou dè l' freude aiwe.*
CATHRENE, *on pau après, inteure avou on cârton d'vin chaque main.*

DURAND (*tot seû*).

A quoi a-j' don pinsé d'aller à l' comèdeie?...
J'ennè poitrè les marqu' mutoi tot l' timps di m' veie!
Ji n'a-t-avu qu' des pôn'; on m'y at aecâblé :
On m'at fait on neûr oûie; j'y a pierdou mes clés.
Ji sos bin arringî. Ji deus fer in' bell' mene!
I fât qui j'âie bin sûr on bois foû di m' fahenne
Po m' lèyî èherchî par ciss' biess' di Dubois.
A quoi a-j' don pinsé? et pi, pus târd, mutoi,
L'affair' si vat savu divin tot l' voisinège,
Et so m' compt' ça fret fer bin des honteux mèssèges;
Ji vat on joû ou l'aûte ètind' dir' qu'on sét tot.....
Ennè fât nin baicôp pus po m' fer div'ni sot.
A m' sièrvante, à m'nèveûse, on racontret l'affaire.....
Et c'est pus qu'inutil' d' pinser à les fer taire,
C'est seûl'mint qu'ell' iront dir' çoula tos costés;
Ji sèrè mâ vèyou, hèyou, désespecté;
On rieret, on brairet qwand ji pass'rè-t-è l' rowe;
Les èfants des voisins m' sûront tot m' fant des mowes!....
Kimint fer po cachî on neûr oûie comm' cila?....
Wiss' va-j' dir' qui j'a stu attraper ç' dringuell'-là?.
Ji d'vrè portant m' mostrer à m' sièrvante, à m' nèveûse...
J'ârè bai fer, bai dire, i fât todi qu'on l' veûsse.

Ji poreus bin l'zî dir' qu' c'est tot z-allant doirmi...
Qui ji m'a trèbouhî.... min ell' vont rir' di mi :
Ell' sont bin trop malen'.... ell' veûront m' gross' malice.
Ci n' sèreût rin d' Cathren', min ci n'est qu' po Louise.....

CATHRENE (*avou ses paquets*).

Mossieû ! volez-v' fer m' compt' ! s'i v' plait ! ji v' vas qwitter.

DURAND.

Qui d'hez-v'? qui racontez-v'?....

CATHRENE.

Ji n' vous nin m' dispiter !
On vint di m' dir' tot rate, qui c'est m' dièraîn' journèie,
Et comm' ciss' sièrvant' là deût v'ni è l' matinèie,
Ji n' pous pus d'morer cial ; ji n'èl vous nin gêner.....
Vocial d'abôrd li liss' des çanss' qui v' m'avez d'né.

DURAND.

Qu'est-c' qui vos racontez?.. vos estez div'now' sotte...
Vos radotez !...

CATHRENE.

I n' fât nin dir' qui ji radotte :
Vos savez bin qu'vos d'vez riçure hoûie â matin
In' saquî... qui v'fret fer... l'action d'on vî calin...
J'a-t-avu avou vos baicôp trop di patiince ;
Et c'est hoûie, m'a t-on dit, qui j'arê m'rècompinse !
Vos m'allez mette à l'ouf ! Ji sohait' di tot m'coûr
Qui cis-lal vis siév' mî ; qu'ell' vis aim' comme in' soûr ;
Po d'morer avou vos, j'a fait dè sacrifices,
Min i fât mâgré mi qui ji qwitt' voss' sièrvice !
Ji sohaite avou leie qui d'main v' m'âylss' roûvî.
Por mi, j'espér' trover bin vite à m'règagî...

DURAND.

Min qui est-c' qui v's at fait creûre in' si fait' biestreie?
Et vos, kimint poléz-v' vis chouki è l'ìdeie
Qui j'âie dit à n'saquî qu'ji m'vous fer qwitt' di vos?
I fât po creûr' çoula qu'vos m'prindéss' po on sot.
Vos savez qui ji n'rinds mâie mes compt' à personne,
Di çou qu'ji fais et d'çou qu'ji n'fais nin è m'mohone.

CATHRENE.

C'est hîr bin târd... à l'nutt'... qui v's avez rescontré
Ciss' feum' la... qui dispôie bin longtimps vos qwèrez.

DURAND.

Kimint hîr?... J'a rivnou qu'il esteut hût' noûf heûres...
Vos veyez qu'c'est in' boûd' qu'in' saquî v'vout fer creûre...
Et on n'mi vêret nin dîr qui j'a co sôrti...

CATHRENE (*à pârt*).

Qué vì minteûr!

DURAND.

J'a s'tu èco pus vit' doirmi....
Qui mêm' tot m'trèbouhant... ji m'a bin fait mâ mi oûie.

CATHRENE.

On m'at portant bin dit qu'ell' divév' vini hoûie...

DURAND.

Min, mon Diu! n'houtez nin çou qu'racontet les gins...
Rattindez: vos veurez bin qu'ell' ni vêret nin.
I fât qu'i gn' âie surmint des gins qu'm'ennè volesse
Et qu' sayet è tot timps di taper cial li pesse;
Mi! in homm' qui n'fait rin, qui n'va co mâie nol' pâ!
I gn'y at èco des gins qui n'mi volet qu'dè mâ!

CATHRENE (*à pârt*).

Avou tot' ses manîr' i v'freût doter d'vos même!

DURAND.

Nenni ! Houtez, Cathren' : seytz sûr' qui ji v's aime
Comm' si v's estîz mi èfant. Allez r'mett' vos cârtons
Et n'hoûtez jamâie pus çou qu' les gins v'racontront.
Vos mêm' vos veûrez houie qui c' n'est qu' dè l' jalos'reie.

CATHRENE.

(*A pârt*).

Eh bin ! jusqu'à pus târd nos r'mettrans l' comèdeie !

(*Haut*).

Ainsi v' m'assurez bin....

DURAND.

Qui les gins ont minti !

Allez, hoûtez-m'.

CATHRENE (*à pârt tot sôrtant*).

Ji m' vat aller trover Hinri !

(*Elle sôrte*).

DURAND (*tot seû*).

Jeannette âret jâsé.... et l'affaire est k'nohowe ;
On vat savu çoula dimain tot avâ l' rowe.
Ça r'vêret âs oreies mutoi d' mes deux nèveûs.....
Ah ! si j'aveus sèpou qu' tot çoula m'arriv'reût !
Ni nos amusans nin, ji va-t-amon Jeannette,
Qui n'at polou s' passer dè fer aller s' clapette....
Aoi ! min kimint fer ?.... ji n' sârcus enn' aller....
I m' fâreût mes mouss'mins..... et j'a pierdou mes clés !
J'ennè sos don résoute à n' poleûr sôrti houie.....
Ji frè fer pochî l' sérre d'in' saquî..... et m' neûr oûie ?
Ah ! mon Diu ! ji n'ois'reus nin risquer di m' mostrer ;
Ji rogth'reûs d'vant l'ci qui j' pôreûs rescontrer.....
Vo m' là prôp' ! ni poleûr sôrti foû di m' mohone,
Et y ess' condamné di pus à n' veie personne !

Qui fât-i fer ? Jeannett' va tot rate accori.....
Et po fer l' trôie danser, mutoi m' nèveû Hinri.....
S'i m' veut, ji va div'ni li sujet d' ses riereies.....
Et dir' qui c'est à câs' di Dubois..... d' ses conseies.....

SCÈNE II.

DURAND, DUBOIS (*tot z-intrant*).

DUBOIS.

Bonjoû ! kimint v' vat-i?....

DURAND (*tot mostrant si oûie*).

Oh mi ! i m' vat foirt bin !
I fâreût esse aveûl' po nin l' veie âheiemint...

DUBOIS.

Tins ! tins ! qu'avez-v' so l'oûie ?..

DURAND.

Mon Diu ! on p'tit côp d' pogne !
Vos l' veyez bin !...

DUBOIS.

C' n'est rin ! v's è sèrez qwitt' po l' sogne !

DURAND.

V's avez bin vit' trové moyin di m' consoler.
Ni k'nohez-v' nin ossi l' moyin d' r'avu mes clés,
Qui j'a hîr situ pièd' divin ciss' belle affaire ?
Alôrs vos m' donrîz l'ci d' poleûr ossi fer taire
Cathren', qui sét dèjà tot çou qui s'at passé.....

DUBOIS (*èwaré.*)

Quoi ? Qui ?

DURAND.

Aoi ! quoi... qui.. l'on z'a dèjà jâsé,
Et tot çoula n'm'arriv' qu'à câs di vos conseies...

DUBOIS.

Ji m'ennè dotév' bin qu'j'âreûs tot so l's oreies;
Et c'est todi ainsi avou des homm' comm' vos;
Si z-attrapet, 'n'saquoi, so l's aût' i r'jèttet tot!
Si vos v's avîz bin plai, ç'âreût stu tot l'contraire:
Lon dè fer tant d'câcâs, po in' pareie affaire,
Vos n'âriz savu k'mint poleur m'ennè r'merci.
Sos-j' macrai po savu qu'çoula toun'reût ainsi?

DURAND.

Tot çoula est foirt bon; min c'est todi d'voss' fâte;
Vos m'avez fait fer là ine èwarêie cacâtte....
Cathren' qui sâret tot!...

DUBOIS.

Min qui lî avez-v' dit?

DURAND.

Ji lî a bin d'vou dîr' qui tot l'monde at minti!

DUBOIS.

Ah! vo v'là don co n'feie avou voss' bell' manîre?
Porîz-v' dir', çou qui v's at espêchî di lî dire
Li vèrité?

DURAND.

Kimint?..

DUBOIS.

Vos estéz-t-on trônnât.
D'vin çou qu'nos avans fait i gn' at nin si grand mâ!
È voss plèc', j'âreûs tot raconté à Cathrene.
Ji n'dis nin, qu'po l'moumint, ell' n'âreût fait n'seûr' mene,
Min ell' areût veyou qui v's estîz-t-in homm' franc;
Et enfin après tot v' n' estez pus in èfant.
N'direut-on nin qu'Cathren' vis vass' fer in' manêie,
Si mêm' so çou qui ç'seuie vos d'vîz lî dir' li vrêie?

Min nenni ! V's estéz bon po jower tot fâs jeûx,
Hawer avou les chins, hoûler avou les leups ;
Po choufter tos costés, fer vos côps è cachette !
Mi, si on m'vinév' dir' qui j'a veyou Jeannette,
Pinséz-v' qui ji m'cachreûs, qu'ji m'sâvreûs po çoula ;
Qui j'freùs jâser cicial, et qui j'freus tair' cila ?
Nin du tout ! J'èl direus à qui vôreut l'ètinde ;
Ji n'mi dôreus seûl'mint nin co l'timps dè rattinde
Qu'on v'nah' m'ennè jâser. C'est qu'mi, à l'fin dè compte,
Pinsez-v',qui j'prinsse astème à tot çou qu'on raconte ?
Ji m'amuse à m'manîro et j'lê jâser les gins ;
Qui j'seûie vanté, blâmé, ji n'm'enn' imbarass' nin.
Ji sé bin qui j' sos vî, qui j'a dèjà 'n' gris' tiesse,
Qu'âs oûies des gins comm' vos, ji pass' po in' veie biesse ,
Eh bin ! mâgré çoula, j'irè tant qui j' seûie jus.
C'est qui, qwand n' sèrans moirts, vèyez-v', nos n' vikrans pus.
(*On fire à l'oufe*).

DURAND.

I m' sônn' qu'on fire à l'ouf' !

DUBOIS.

Mi ossi, i mè l' sônne !

DURAND.

Eh bin ! loukîz.. qui c'est. (*à pârt*) C'est drol', ji sins qui j' trônne.

SCÈNE III.

JULIE, DUBOIS ET DURAND.

JULIE (*à Dubois*).

Bon joû, mossieû ! Porcus-j' jâser à M'sieû Durand ?.
Est-c' vos, mossieû ?

DURAND.

Nenni, nenni! c'est mi, mi èfant!

JULIE (*tot plorant*).

Escusez-m', si j'inteur' tot dreut è voss' mohone;
C'est qu' ji v' dirè, veyez-v', qui chaqu' feie qui ji sonne,
Voss' sièrvante à nou prix ni m' vout leyî passer,
Dispôie qui j' lî a dit poquoi ji v' vous jâser.

DURAND.

Et poquoi est-c'?

JULIE (*tot plorant à chaud' lâmes*).

Dispôie deux ans, j' hante è mariège
Avou voss' nèveû... hoûie j'apprind è voisinège.....
Qu'i vint hanter s' cuseune et qu'i m' vat lèyî là!....
J'esteus.... vinow' vis dir'.....

DURAND.

Si c' n'est qui po çoula,
Vos polez-t-ess' tranquill'; vos n'avez rin à crainde.

JULIE (*tot plorant todi pus foirt*).

Hîr po z-aller à bal i d'vév' co m' vini prinde.

DURAND.

Pardiu! si j'èl saveus qui ji n' mi trompév' nin...

JULIE.

J'a co des lett' da sonk, qui ji v' mosturrè bin.....

DURAND.

Eh bin! c'est ça! v' n'avez qu'à m' les appoirter hoûie;
Ji l'èvôirè houki po les mett' d'zo ses oûies.
Min po hanter s' cuseun', ci n'est qu'on mèchant brut:
Ji l'a todi wârdé po in aûte homm' qui lu.....

DUBOIS (*à párt*).

J'espér' qu'on n' sâreût esse èco pus mâladrette.

JULIE.

Alôrs, mossieû Durand, ji v' va qwèri ses lettes....

DURAND.

Oh! aoi! i m'les fât: si ji n'les aveus nin,
Po m'dir' qui c'n'est nin vrêie il est assez calin.
Po n'nin l'noyî i fât qu'el l's âie divant les ouîes ;
Il est téll'mint mirreûr et fâx qu'i v'diret houie
Blanc et d'main neûr! C'est on valet pus fâs qu'Judas
Qu'nat mâie sèpou di s'veie vis dir' çou qu'il at là!
I n'at jamâie oisou dir' si façon d'pinsêie,
Min vos polez-t-ess' sûr', qu'houie il âret s'manêie.
Allez, ji lì frè veie çou qu'c'est qu'les homm' di m'timps...
Qu'ont todi avu l'coûr et l'consciinc' so leu main...

DUBOIS (*à párt*).

C'est par trop foirt: i fât qui j'sort' po z-aller rire...

DURAND.

Rattindez!...

JULIE.

Mi, mossieu! Ji n'sos qu'in' pâuve ovrîre ;
Min ji sos brav'. Personn' n'at rin à dir' sor mi.
Ji n'a jamâie hanté. Voss' nèveu est l'prumî
Qu'âie intré è m'mohon'...

DURAND.

C'est bon!.. allez-è, m'feie!
Sèyîz sûr', qui s'i vint, ji lî lavrè l's oreies....
N'rouvîz nin dè rivni pus târd...

JULIE.

Oh! ji n'pous mâ
D'rouvî di v's appoirter pus tard tot çou qu'i v' fât...

DURAND.

Adiè, mi èfant !

JULIE.

A r'veie, Mossieû Durand !

(*Elle sôrte*).

DUBOIS.

Mamzelle !

DURAND.

I fât don qu'on m' vinss' dir' tot çou qui s' passe int' zelle.....
Eh bin ! avez-v' oyou avou m' nèveû Hinri.....
On s' fait qu' lu, m' direz-v' bin wiss' qu'on l'îreut qwèri ?...

DUBOIS.

Ah bah ! c'est on jône homme, i fât bin qu'i s'amuse.
Qwand on z-est jôn' comm'-lu, c' n'est qu'à çoula qu'on tuze.
Et mi, j'y tuz' co bin, mâgré qui ji seûie vî.....

DURAND.

J'ô çou qu' vos volez dir' ; ji n'a nin co rouvî
Çou qui m' pind d'zo l' narenn' !..

DUBOIS.

Kimint, èco Jeannette ?..

DURAND.

Vos pinsez qu' ji v' ravis' ! qui pus rin ni m' tourmette !

DUBOIS (*à pârt*).

Ah ! si j' polév' lî dir' qui tot rat' j'èl rattind !...

DURAND (*à pârt*).

Ah ! s'i s' dotév' jamâie qui c'est pus târd qu'ell' vint !..
(*Haut*).
Ni jâsans pus d' çoula. J'a aût' choi qui m' tracasse :
I m' fâreût mes mouss'mins ; i fât qui j'ennè vasse.
N' vêriz-v' nin, avou mi, sayî d' doviér l'ârmâ ?

DUBOIS.

Sia ! min ji n' vous nin risquer di m' fer dè mâ.....

DURAND.

On direut qu' vos v's aller' s'pyî on bresse ou 'n' jambe...

DUBOIS.

Est-c' por cial ?

DURAND.

Min nenni... vinez don : c'est è m' chambe.

(*I sòrtet*).

SCÈNE IV.

CATHRENE , GUSTAVE.

CATHRENE (*à pârt tot z-intrant*).

Oh ! aoi, c'est bin leie, ji l'a bin rik'nohou ;
C'est so l' timps qu' j'ârè s'tu èvôie qu'elle âret v'nou.
Et volà, avou leie, tot' noste affair' gâtêie :
Tot z-intrant l' paûv' Hinri vat attraper s' manêie.....
Et v'là nos plans gâtés.... ji sâyerè dè l' prév'ni,
J'irè vite â d'vant d' lu, so l'côp qu' j'èl veûrè v'ni.
Ji lî a raconté mi intrigu' da l' comèdeie.....
Et lu m'at dit après avu avou l' pareie
Avou l' voisin Dubois. Il at jusqu'à les clés
Qui s' mon onke at pierdou â moumint d'ènn' aller.
Et pi, èco aût' choi... qui n' m'at nin volou dire.....
Min dèjà po tot rat' ji m'apprestêie à rire.....
I fât qu' Louis' sésse houie à quî ell' deut songî.....
I fâret qui Gustâve ou l'aûte âie si cangî.....
Li vî pòret fer feu des qwatt' patt' et de l' cowe ,
Min nos v's el allans strind' comme i fât, s'i s' rimowe.....

GUSTAVE (*tot l' rabressant*).

Paûv' mon onk', va !....

DURAND.

Aoi ! j'a là 'n' fameuse akseûre.

GUSTAVE (*tot plorant*).

Ça m' fait dè l' pòn' !..

DURAND.

Kimint? vos, m' fi Gustâv' qui pleûre,
Ci n' seret rin d' çoula; c'est on p'tit accidint ....
(*A pârt*).
Çou qu' c'est : ç' paûv' valet là... il at on coûr so l' main.

DUBOIS (*à pârt*).

Ah ! mon Diu ! sont-i bin rescontrés po fer l' paire...

CATHRENE (*à pârt*).

Po çou qui l' jojo choûl', volà bin 'n' grande affaire...

DURAND (*à Gustâve*).

Ci n' serèt rin; j'espèr' qui d'main j' sèrè r'wèri...

CATHRENE (*à pârt*).

Vo-l'-là, po plusieûrs joûs, espêchî dè cori.

DURAND (*à Gustâve*).

Allons ! r'souwez vos oûies ! dihez-m'? est-c' qu'on s'tudeie?

GUSTAVE.

Ji n'a nin seûl'mint hîr mettou on pîd è l' veie !
A mèie nutt', ji s'tudîve èco.....

DURAND.

Ah ! c'est foirt bin !
Ji veus qu'avou honneûr v' pass'rez voste exâmin.
Vos avez bin raison dè n' nin fer comm' tant d'aûtes ,
Qui coret ces joûs cial tot' les p'titès crapaûtes.

Voss' cusin, par eximpe, âret fait l' carnaval ;
Il âret tot' li nutt' corou avâ les bals.
Tot rate èco, i vint dè sôrti in' jôn' feie,
Qui m'at v'nou so s' conduit' chanter n' bell' létaneie,
I lî at s'tu fer creûr' qu'el volév' siposer ;
Et comm' ci mossieû là ni pins' qu'à s'amuser,
El divéve hîr miner â bal â grand thèiâte !...

GUSTAVE.

Aller â bal ? mon onk' !

CATHRENE (*à pârt*).

Mon Diu ! qué fâs Pilâte !

DURAND.

Et comm' ciss' jôn' feie là ni l'at nin hîr vèyou,
Po s' vini plainde à mi, tot à c'ste heûre elle at v'nou.
Volà tot çou qu'i fait... ji n' sé à çou qu'i pinse.

GUSTAVE.

Oh ! mon onk', c'est qui n'at pus ni âm' ni consciince !

DURAND.

Ossi, s'i vint jamâie... i n' comptret nin on gré.

GUSTAVE.

Vos avez bin raison !...

CATHRENE (*à pârt*).

Nos veurans si vos l'frez !...

DUBOIS (*à pârt*).

So mi honneur ji n'vôreûs nin esse à l'comèdeie !

GUSTAVE.

S'i vout continuer à tni 'n' conduit' pareie,
I nos coûvret turtos on bai jou d'dèshonneûr !...

DURAND.

Ah! ni m'fez nin pinser à on pareie malheûr!
Ah! tinez! si v'név' màie... Ji ll spicreût li s'crenne!...

GUSTAVE.

C'est on valet qui n'veut nin pus lon qui s'narenne...
Il est ossi k'nohou qu'Barabbas à l'passion;
I gn' at nouk qui n'kinohe tot' ses bellès actions.
Kimint n'rogih't-i nin d'aller à l'comèdeie?
Wiss' qui des joûs comm' hir on n'veut qui dè l'chint'reie.

DURAND.

A qui l'dihéz-v'? (*tot s'riprindant*) Ji l'a... oyou dir' foirt sovint,
(*A pârt*).
J'a mâqué di m'coper!

GUSTAVE.

Qu'les homm' mêm' n'y vont nin.
L'no des feumm' qu'on z-y trouv' ji n'ois'reus nin v's el dire,
Min à m'cusin Hinri, i ll fât leus manires....
I n'si plait qu'avou zell'; on l'pout mostrer à deugt,
Il at bin trop' rouvî çou qu'c'est qui d'ess' honteux.
On-zat bai l'ahontî, i n'at d'keûr' di personne....

DURAND.

Qu'i louke à s'sogn' s'i mett' co les pîds è m'mohone;
Ca ji creus s'i vint hoûie qui ji frè-t-on malheûr...

GUSTAVE.

On n'frct màie rin foû d'lu, tot fant avou douceûr...

DURAND.

Bin! rattindez! i gn' at trop longtimps qui ji souffe!

GUSTAVE (*à pârt*).

Ça vat on n'sâreût mî! on va l'piter à l'oufe!

DURAND.

Ossi songiz-y bin qu'personn' ni m'vinss' ratni...

DUBOIS (*à pârt*).

Nos 'nn'è r'îrans, nos aut! Tot rat' Jeannette vat v'ni,
Et ji n'è l'veûrè nin! (*haut*). Voisin! ji m'va-t-è m'chambe.

DURAND.

Jusqu'à pus târd! (*à pârt*). J'fais l'foirt et ji tronn' so mes jambes;
Tot rat' Jeannett' vat v'ni et i sèront co cial ...

SCÈNE VI.

DUBOIS, DURAND, HINRI, GUSTAVE, CATHRENE.

CATHRENE (*à Hinri qu'inteûre*).

(*A pârt*).
Elle at tot rat' vinou..... i vat avu trikbal.....
Elle deut mutoi riv'ni......

HINRI (*à pârt à Cathrene*).

Ça n' fait rin à l'affaire :
Vos savez qu' j'a l' moyen, qwand j' vôrè, dè l' fer taire.
(*Haut*).
Bon joû, mon onk'!....

DURAND.

Kimint? c'est vos qu'est là... brigand!
Lèylz-m' prinde in' chèyire.....

DUBOIS (*tot l' ratenant*).

Tot doux! voisin Durand!
Loukîz à çou qu' vos fez : vos avez 'n' tiess' trop sotte.....

DURAND.

On vârin qu'on ramass' divin tot' les corottes!

DUBOIS (*à Hinri*).

Jans, allez-è ! (*à pârt*) C'est mi qui vôreût bin 'nn'aller.....

HINRI.

J'enn' irè tot' di suit' ; seûl'mint qu'on m' laiss' pârler...

DURAND.

Nè l' lèyïz nin jâser... i v' vat dir' des... biestreies,
A v' fer criner des dints et s' toper vos oreies.....
Lèyïz-m' el mette à l'ouf' !.....

DUBOIS.

Jans ! vos fez par trop foirt !
Hoûtansl' on pau jâser, nos veûrans s'il at toirt.

GUSTAVE (*à pârt à Durand*).

Mon onk', nè l' hoûtez nin !....

DURAND.

Ji sos-t-on trop brave homme,
Po souffri pus longtimps qui s' conduit' sor mi r'tome.....
C'est mi... mi... tos les joûs qui deut r'çur' ses affronts...
Jusqu'à des jônès feies... qui sé-j'... qui v's apprindront
Qu' mossieû les d'vév' minér à bal à l' comèdeie...

DUBOIS.

(*A pârt*).
Ah ? qui n' vinév'-t-on cial, on n' veut mâie li pareie !
(*Haut*).
Jans ! po l'amour di Diu, volez-v' dimorer queût !

DURAND.

I n'at nin pus d'honneûr qu'on bleu chin !

DUBOIS.

Qué vireûx !
(*A Hinri*).
Qu'avez-v' à dir' ?

HINRI (*d'on ton d' moquereie*).

Mi, rin!.. c'est po 'n' pitite affaire,
Qui ji sos-t-obligî d'aller â commissaire.....
Hîr, â bal, vè mêie nutt', deux pierrots s' sont battous,
Et i m'at fait houkî po dir' çou qu'j'a veyou...

GUSTAVE (*à pârt à s'mon onke*).

Mettez-l' à louf', mon onk!..

DUBOIS (*à Gustâve*).

Rattindez!.. leyîz-l' dire...

HINRI.

Et si on les riknoh' ci n'sèret nin po rire...
In' jon' feie qu'esteùt là ast avu l'bress' cassé,
Les chèyir' et les tâv' tot at stu mascâssé...
Jugîz qu'il at fallou qu'on-z-arrestah' li danse...
A c'ste heûr' ji m'ennè vas; ji vas-t-à l'permanence.
Ji deûs-t-aller r'poirter des clés qui j'a trové (*i mosteûr les clés*).

DURAND (*qui riknohe ses clés*).

Ah! binamé bon Diu!!!

DUBOIS (*qu'èls at veyou ossi*).

(*A Durand.*)

Tot deut nos arriver!!

DURAND (*bas à Dubois*)

Qui fât-i fer?

GUSTAVE (*bas à s'mon onke*).

Mon onk! min pitez l'don à l'oufe!

DUBOIS (*à pârt tot riant*).

Pâuv' Durand, i t'mâquév' pór in' pareie rabroufe...
On p'tit moumint!

(*I jâze tot bas à Durand*).

HINRI (*à pârt à Cathrene*).

I n'fait pus tant d'ses imbarras...

CATHRENE (*à pârt*).

Allez !... allez !...

HINRI (*tot fans les qwances d'enn'aller*).

A r'veie ! mon onk'... ji m'ennè vas !

DURAND.

Quoi ! qui-n'...

HINRI.

Ji n'vous nin fer rattind' li commissaire...

DURAND.

Rattindez ! ci n'est nin in' si pressante affaire...

GUSTAVE (*à pârt*).

Tot rate i n'volév' nin seul'mint l'leyî pârler...
Et à c'tc heûr' c'est à pôn' s'i pout l'leyî 'nn' aller..

DUBOIS (*tot loukant Durand*).

I n'sét pus çou qu'i fait....

DURAND (*à Hinri*).

J'at in' saquoi à v'dire...

(*A pârt*).

Ah ! Diu ! quéll' position !

DUBOIS (*à pârt*).

Mi, j'as-t-èveie dè rire...

HINRI (*tot fans les qwances d'enn' aller*).

J'ennè vas ! ji n' sâreûs dimani pus longtimps...
Ji r'vêrè hoûie à l' nutte ou d'main timpe à matin...

DURAND (*à Hinri*).

Qwand ji v' dis... vinez cial.....

GUSTAVE. (*Tot bas as' mon onke*).

Mon onk' ! vos pierdez l' tiesse...

Fez-l' don sôrti!...

DURAND (*à pârt*).

Ah ! Diu ! qui n' pous-j' sôrti è s' plèce...

HINRI (*à s' mon onke*).

Çou qu' vos avez-t-à m' dir', vos m'èl direz pus târd...

DURAND (*tot foû d' lu*).

Loukiz, ji n' sé qui m' tint qu' ji n' vis donne on pètârd.

HINRI.

Nenni, absolumint, i fât qui j'ennè vasse.....
Min d'hez-m', mon onk', poquoi volez-v' don qui ji passe,
Si on m' vinév' trover ces clés là d'vin les mains,
On-z-âreût l' dreût di m' creûr' des mâvas sintumints.....
Jans ! jusqu'à d'main, mon onk', savez... ji v' vêrè veie
Li pus vit' qui j' pôrè.....

DURAND.

Vis... ah ! mon Diu !

(*I tome so 'ne chèyîre*).

DUBOIS.

Habeie !....

Dinez-m' on pau d' frisse aiw' !

CATHRENE (*tot li d'nant on verre*).

Tinez !....

DUBOIS (*à Gustâve*).

Doviez lì l' main !...

CATHRENE (*à Hinri*).

El fait, savez?....

HINRI (*à Cathrene*).

Parblu !....

GUSTAVE (*à pârt*).

Ji n'y comprinds pus rin !

DUBOIS (*à pârt*).

Ji donreus-t-on patâr po poleûr rire à mi âhe !..

HINRI (*à Cathrene, tot mostrant Gustâve*).

C'est l'aût' tot rate à s' tour qui n's allans fer binâhe.....

DUBOIS.

Qu'est-c' qui çoula vout dire : i n' rivint nin à lu!!...

CATHRENE.

Tinez, prindez c' verr' cial, mutoi qu' qwand l'âret bu......

(*On sonne*).

DURAND (*tot pochant jus di s' chèyire*).

(*A pârt*).

Ah ! mon Diu ! c'est Jeannett' !

DUBOIS *à pârt*

C'est Jeannett' !!!

GUSTAVE (*à pârt*).

C'est Julie !!

CATHRENE.

C'est bin sûr lèie qui r'vint...

HINRI (*à pârt*).

C'est bin sûr Rôsalie !

DURAND (*à Cathrene*).

Vinez cial... dimanez...

GUSTAVE.

Aoi !...

DUBOIS (*à Cathrene*).

Sia... nenni...

HINRI (*à Cathrene*).

N'y allez nin!...

DURAND et DUBOIS (*essônne à pârt*).

Ça n'pout ess' qui leie qui deut v'ni!

DURAND (*ås autes*).

Min qu'avans-gn' don turtos?...

DUBOIS.

Mi? Rin! et vos qu'avez-v'!

DURAND.

Rin!...

GUSTAVE.

Ni mi!

HINRI.

Mi non plus!..

DURAND.

Alôrs, poquoi tronez-v'?
Ah! binamé bon Diu! Volà qu'on sonne èco!

DUBOIS (*à pârt*).

Qui fer?

DURAND (*à pârt*).

J'a dè bouheur si j'ènnè d'vins nin sot!

(*Haut*).

Louise, allez dovièr... et d'hez à ci qui sonne..
S'i d'mand' après 'n' saquî... dihez qui gn' at personne..

SCÈNE VII.

DURAND, DUBOIS, CATHRENE, HINRI, GUSTAVE, LOUISE, JULIE.

DURAND (*tot veyant qui inteure*).

(*A párt*).

Ci n'est nin leie!..

DUBOIS (*à párt*).

Ji r'prinds halein'!...

GUSTAVE (*à párt*).

Ji sos pierdou!..

HINRI (*à párt*).

Qui est-c' leie?....

CATHRENE (*à párt*).

J'esteus sûr' qui c'est leie qu'aveut v'nou....

HINRI (*à párt*).

J' sos tot frèh' di souweûr!....

DURAND (*à párt*).

Ji sowe à cint meie gottes!

CATHRENE (*à párt*).

J'ennè pous pus!....

DUBOIS (*à párt*).

J' sins l'aiw' qui coûrt divin mes bottes!

JULIE (*à Durand*).

Vos m' pardonn'rez, mossieû, si ji v' vins co d'ringî!
Min ji v' vas dir' poquoi ji m'as tant dispêchî :
C'est qu' tot rate, justumint à moumint qui j' sórtéve,
J'a rescontré è poiss' c' bai mossieû là qui v'néve ;
Et comm' ji n' volév' nin qu' savah' qui j'aveus v'nou,
Et d' rin di çou qui ç' fouh' qu'i polahe ess' prév'nou,

Ji m' cacha, et ainsi ji n' fouri nin veyowe.
J'a corou d' mes pus reuds po poleùr ess' riv'nowe,
Divant qu'enn'allah' po qui s'espliqu' divant vos.
Ji vous veie s'i dirèt bin l' vèrité so tot!

DURAND.

Min à v' vèyî pârler, on direût qu' c'est Gustâve....
Lu qui gn' at rin d' pus doux, di pus franc, d' pus aimâve.

JULIE.

Min mon Diu ; c'est lu mêm' !

DURAND (*tot s' toumaké*).

Qui d'hez-v'? vos div'nez sotte!

GUSTAVE.

Ni vèyez-v' nin, mon onk', qui ciss' feumm' là radotte.
Ell' ni sét çou qu'ell' dit, ji n' l'a jamâie vèyou.
Elle est sûr avoyèie d'in' saquî qu' m'ennè vout,
Et çoula po sayî di m' mett' foû d' voss' mohone...

DURAND.

Po çoula j' sos trop ferm', ji n' houtrè mâie personne.

JULIE.

J'el saveûs bin d'avanc' qu'i s' mettreût à noyî...

HINRI (*à pârt*)..

Drol' d'affair'!

DUBOIS (*à pârt*).

J'a trop pau d' mes oreies po-z-oyî!...

JULIE.

Min ji v' vas d'ner des proûv' qui ji dis l' vèrité.....

GUSTAVE.

Min mon onk', pitez-l' don è mitan dè l'pavêie...
J'espèr' qui vos n'frez nin li sottreie dè l'hoûter?

JULIE.

Sèpez d'abôrd qui mâie personn' ni m'a k'pité!
Ci n'est nin comm' vos hîr, à bal à l'comèdeie:
Vos n'avez fait qu'on saut dè l'grand' sâlle è l'galreie.

GUSTAVE.

Vos veyez jusqu'à wisse on choùk' li mèchanc'té;
Vos oyez tot' les boud' qu'on ois' vis v'ni d'biter...
J'espèr' qu'à tant d'trompreies vos n'vis lèrez nin prinde?

HINRI (*à pârt*).

On p'tit moumint, à m'tour, c'est mi, qui v'va surprinde!
(*Haut à Gustâve*).
Eh bin! vos y estîz... mi, ji v's y a veyou...
Et vos m'avez jâsé... sin m'avu riknohou...

GUSTAVE.

Mon Diu! kimint pout-on lacher in' boud' pareie?

HINRI.

Vos m'avez fait danser, pinsant qu'j'esteûs 'n'jòn' feie!
Et nos d'vans nos trover hoûie â quai Saint Linâ.

GUSTAVE.

Mon onk', nè l'crèyez nin; i boud' comm' on pochâ...

HINRI (*tot-z-allant è s'poche*)

Rattindez!.. rattindez... c'est qui mi j'a des proûves...

GUSTAVE.

Desproû v'? vos 'nn'avez nin!

HINRI (*tot qwèrant*).

On moumint... qui j'les troûve...
(*Tot mostrant l'bague*).
ol-là! vos m'l'avez d'né po qui ji n'mâquah' nin...

DURAND (*qui riknohe li bague*).

Kimint? min c'est da meune!

DUBOIS (*qui riknohe ossi l'bague*)

(*A pârt*).

Aie! aie! aie! ji sos d'vin!

Eh bin! n's estans picis!

HINRI (*à Gustâve*)..

Estîz-v' â bal, à c'ste heûre?
N'av-v' nin co è voss' poch' quéqu' boud' à nos fer creûre?
Et c'est mi qu'esteut l'feum' qui v's avez porsûvou!
Et i gn' at co des aût' qui n'm'ont nin riknohou!

DUBOIS (*tot bas à Durand*).

I gn' at qu'on seûl moyen : c'est dè chessî Gustâve!

GUSTAVE.

Mon onk'! nè l'crèyez nin; tot çoula n'est qu'in' fâve.

DURAND.

Sôrtez, mossieû, sôrtez; allez-è, n' jâsez pus!
Pinsez-v' don m' fer accreûr' qui v' n'y avez nin s'tu?
Ji n' vous pus po m' nèveû in homme à deux visèges....
Ossi à dâter d'hoûie, ji r'nôie voss' parintège;
Si j'a s'tu biesse assez po v' prind' po in homm' franc,
Vos n' déshonôrrez nin pus longtimps les Durand.....
Sôrtez, judas! sôrtez bin vit' foû di m' mohone!

GUSTAVE (*à Louise*).

Et vos, m' chessîz-v' ossi, Louis', vos qu'est si bonne?

LOUISE.

Rescoulez-v', mâhonteûx!

DURAND (*à Gustâve*).

Kimint, vos 'nn'allez nin?..

(*Tot l'chessant*).
I fâret don qu' ji v' mette à l'ouf' po l' pai des reins.
(*Gustâve sórte*).
(*So l'soû à Gustave qu'enné va*).
Allez éco aut' pâ, mostré vos' calinreie
Et surtout n'rouvî nin, d'enn maie kwèri à m'veie!
(*A Julie*).
Vos, mam'zell', vos polez-t-aller r'prind' voss' galant.
(*Julie sôrte tot plorant*).

HINRI (*à lu même*).

Çoula m' fait co dè l' pôn' : j'enn' i volév' nin tant!....

SCÈNE VIII.

Les mêmes sâf JULIE *et* GUSTAVE

DURAND (*tot bas à Dubois*).

Qui fer?

DUBOIS (*tot bas à Durand*).

Qui sé-j' don mi!

DURAND.

Ah! mon Diu! quélle affaire!

HINRI (*avou intention*).

A c'ste heûre i fât qu' ji vass' trover noss' commissaire.

DUBOIS (*prindant Hinri à pârt*).

Hoûtez! dihez-m'! c'est vos qui fév' Jeannette, èdon?

HINRI.

I fât qui j'enné vasse.....

DUBOIS.

Est-c' vos?

HINRI.

Aoi.....

DUBOIS.

C'est bon !

DURAND.

Qu' dist-i ?....

DUBOIS (*à Hinri*).

So tot, si vos m' volez promett' di v' taire,
Int' vos et voss' mon onk' j'arraing'rè les affaires !

HINRI.

Fez comm' vos l'ètindez !

(*Dubois jâse tot bas à Durand*).

LOUISE (*à pârt*).

Qui s'at-i don passé ?
I sont turtos blancs-moirts ; i n'si oiset jâser ?

CATHRENE (*à Hinri à pârt.*)

Li vî 'nnè d'vêret sot !

HINRI (*à pârt à Cathrene*).

Tins, ma foi, qu'èl divinsse !
Il est bin juss' qui mi, on pau â m'tour j'el tinsse.
Et c'est d'ciss' jôn' feie là qui vos m'viniz pârler ?..
Vos avez co 'n'feie pris vos châss' po vos solérs !
Ci seret todi vos ; v's estez-t-in' mâladrette.....

DURAND (*à pârt à Dubois*).

Ji v'dis qui c'n'est nin lu qui j'a pris po Jeannette.

DUBOIS (*è colère*).

Houtez : si vos volez èco n'feie ess' tiestou,
J'ennè vas.....Po v'sâver, ji fais tot çou qu'ji pous.....

HINRI (*à lu-même*).

I n'sont nin à leus âh'!....

DUBOIS (*à Durand*).

Jâsez li tot' di suite!....

DURAND (*tot prindant Hinri à pârt*).

Houtez : mi promettez-v' qui vos cang'rez d'conduite?

HINRI.

Poquoi?

DURAND.

A dâter d'hoûie, est-c' qui vos n'courrez pus?

HINRI.

Nenni!

DURAND.

Ni diréz-v' mâie wiss' qui nos avans stu,
Et çou qui s'at passé à personn' di k'nohance?

HINRI.

Min, mon onk', ji vôreûs portant savu d'avance...

DURAND.

Si vo m'el promettez, ji cang' mi testamint,
Et vos polez hanter voss' cuseun' dés' dimain!
Min i fât qu'Cathren' mèm' ni sess' mâie rin d'l'affaire.

HINRI.

Po çou qu'c'est d'mi, mon onk, ji v'promett' bin di m' taire;
Min i fât qu'ji v'prévinss' qu'elle est à corant d'tot.

DURAND.

Qui est-c'qui li at dit?....

HINRI.

Eh! min, mon onck'. C'est vos!
Hîr â bal, c'est leie mêm' qui v'prindîz po Jeannette!

DURAND (*tot toumant so 'n' cheyîre*).

Ah! mon Diu! J'sos pierdou avou 'n' pareie clapette!

LOUISE.

A sécoùrs !

DUBOIS (*tot máva*).

Èco 'n' feie?....

DURAND (*qui s' rilive*).

Nenni, nenni, c' n'est rin?

(*A pdrt*).

J'a mâqué di m' diner on fameux tour di reins.

(*A Dubois*).

C' n'esteût nin leie, savez.....

DUBOIS (*à pârt à Durand*).

Alòrs.....

DURAND (*tot bas à Dubois*).

C'esteût Cathrene!

DUBOIS.

Ouie! ouie! c' n'est nin po rin qu'ell' fait in' si laid' mène!

DURAND (*à pârt à Dubois*).

Qui fât-i fer?

DUBOIS.

Qui sé-j'!

DURAND (*à pârt à Cathrene*).

Cathren'..... mi pardonnez-v'?

Hîr qwand ji v's a jâsé ji n' saveus çou qu' ji féve!

Aoi, dihez-m', èdon..... qui vos n' mi qwittrez nin?....

CATHRENE.

Mi! nenni!

DURAND.

Et surtout qu' Louis' n'è sâret rin!

Si vos volez 'n' saquoi, tot l' mêm' quoi, dihez-m'el,

Ji sos prète à tot fer po n'avu noll' quarelle.

CATHRENE.

Vos v'nez tot rat' dè fer çou qu' j'a todi d'mandé......
Ji n' vous rin !....

DURAND (*à pårt à Cathrene*).

Et çou qu' j'a li pus à v' rikmander,
C'est qu' Louis' ni séss' måie on mot di ciste affaire.

LOUISE (*à pårt*).

Ji creus mett' li deugt d'sus.....

CATHRENE (*à pårt à Durand*).

Mi ji v' promett' di m' taire,
Min Louis' sét d'jà tot : elle esteût hîr å bal;
Comm' j'aveus l' permission dè fer les carnavals.....

DURAND (*qui tome divin les bresses da Dubois*).

Ah ! notru dam' di Hâ !

DUBOIS (*qu'èl ritint*).

Èco 'n' feie vos manîres?
Ji v' vas lèyi toumer et i gn' at noll' chèyîre !

DURAND (*tot bas à Dubois*).

Louise esteût å bal; elle est å corant d' tot.

DUBOIS (*tot haut et d'vant turtos*).

Tant mieux, à l' fin dè compt', si n's y estîz turtos !
Aoi, nos avans s'tu å bal à l' comèdeie,
Et c'est qui nos a plai d' continter noste îdeie.
(*A Durand qu'èl vout fer taire*).
Taihîz-v' et lèyîz-m' fer ! et s'èl fât n's îrans co !

HINRI (*à Dubois*).

Min vos n'intrigu'rez pus m' mon onk' divant turtos !

DURAND.

Kimint?... c'est vos?...

DUBOIS.

Aoi ! c'est mi, si v's èl fât dire,
Min lèyiz po tot rat' tot' vos sottès manires.
(*A Louise*).
Aimez-v' Hinri ?...

LOUISE (*timid'mint*).

Aoi....

DUBOIS (*tot lì chôkant Hinri*).

Tinez..... sèyiz hureûx !....

DURAND.

Ah ! ça, voisin Dubois, vos prindez bin des dreûts ?

DUBOIS (*à Durand*).

Mi volez-v' lèyî fer ou volez-v' fer vos même ?
(*A Cathrene*).
Et vos, av-v' in' saquî qui v's aimez et qui v's aime ?

CATHRENE.

Nenni, c'est co fini ! mi oûhai est rèvolé ;
Hîr, tot riv'nant dè bal, i s'at volou mâv'ler,
Et mi, ji v' là planté è mitan dè l' pavèie....,

DUBOIS.

Vos n' volez rin ?....

CATHRENE.

Nenni !

DUBOIS.

V's estez d'jà contintèie.

DURAND.

Mi, ji sins l' fîv' qui m' monte, i fât qui j' vasse è m' lét...

DUBOIS.

C'est wiss' qui v's estez l' mî. Hinri, d'nez lî ses clés.

HINRI (*tot lî rindant ses clés*).

Et l'onnai don?

DURAND.

L'onnai v' sièvret po voss' mariège!
Mes èfants, pus qu'el fât, ji v' sohait' bon manège!

DUBOIS (*à Durand*).

C'est l'prumîr' feie è m'veie qui ji v's ôs bin jâser....

DURAND.

Min seul'mint qu'on n'séss' mâie rin d'çou qui s'at passé!

HINRI.

Pusqui tot est fini, mon onk', ji v'fais l'promesse
Qui, dés hoûie, ji vous heûr mes p'tits pèchîs d'jônesse;
Ji v'mosturrè qui j'wâd' li sov'nanc' d'on binfait,
Et vos n'vis r'pintrez mâie di çou qu'vos avez fait.

DURAND.

Dihez-m' à c'ste heûr' di wiss' qui vos k'nohez Jeannette,
L'affaire avou l'ârmâ, et surtout po mes lettes!.....

HINRI.

Ah! pus târd! po l' moumint, séyîz bin aoûreûx
D'avu si bin fini avou LES DEUX NÈVEUX!

LI TEULE TOME.

FIN.

SOCIÉTÉ LIÉGEOISE DE LITTÉRATURE WALLONNE.

CONCOURS DE 1859.

RAPPORT

SUR LES CONCOURS Nos 3, 4 ET 5.

MESSIEURS,

On ne peut le méconnaître, un nouvel élan est donné à la littérature wallonne. Notre vieux langage, qui semblait naguère encore condamné à l'oubli, n'est plus l'objet des dédains de l'homme lettré. Des écrivains wallons d'une incontestable originalité se sont révélés parmi nous. La poésie populaire n'est pas morte ; elle reparaît plus vivante, plus jeune, plus féconde que jamais. N'eussions-nous pour preuves de cette vérité ni les nombreuses publications qui ont vu le jour dans tous les pays de langue romane, ni les adhésions sympathiques qui nous arrivent chaque jour, ni la notoriété qui s'attache déjà à si juste titre à certains noms, l'empressement avec lequel les auteurs répondent à l'appel qui leur est fait par la Société, le grand nombre de pièces envoyées aux divers concours seraient déjà par eux-mêmes des faits assez éloquents.

Faut-il se féliciter d'un pareil résultat? Cette attention donnée à un idiôme qui n'est pas la langue du pays doit-elle être encouragée? Est-ce un bien, est-ce un mal?

Tout le monde étant d'accord là-dessus, nous n'insisterons pas.

Si, à l'origine, quelques bons esprits ont pu jusqu'à un certain point s'alarmer d'un pareil résultat, leurs appréhensions n'ont pas été de longue durée. On s'est aperçu que ce n'est pas dans les provinces wallonnes qu'on pourrait prêcher une croisade contre la langue française, et l'on s'est bientôt rassuré. Et n'était-ce pas, après tout, une œuvre déjà assez méritoire que l'expulsion de cette mauvaise littérature des rues? Ne devait-on pas applaudir aux efforts de ceux qui voulaient faire entendre au peuple, fût-ce dans son propre langage, les paroles du bon sens et de la morale?

Déjà, l'an dernier, l'un des rapporteurs des jurys l'avait fait remarquer. Quand le peuple est initié à la langue littéraire, il n'a pas toujours à sa portée les œuvres des grands écrivains. Le colporteur et le marchand de chansons donnent à son esprit un tout autre aliment; les contes et les légendes de la bibliothèque bleue sont encore dans ce qui arrive jusqu'à lui ce qu'il y a de plus salutaire et de plus élevé.

Plus de contrainte donc, plus de fausse honte ! Nous aimons le wallon, parce qu'il est le langage d'une partie de nos concitoyens ; nous l'aimons, parce qu'il nous a été conservé et transmis par ceux qui nous sont chers ; nous l'aimons parce qu'il nous fait mieux connaître notre pays. " Ils ne me semblent pas suffisamment instruits, dit " Cicéron ([1]), ceux qui ignorent ce qui s'est fait dans " notre langue. " Et pourquoi cela ne serait-il pas vrai des patois comme des langues littéraires ? La langue française a-t-elle au fond une autre origine ?

Il ne suffit pas toutefois que le nombre des œuvres qui s'adressent au peuple s'accroisse dans une notable proportion. Ici, comme partout, la qualité doit l'emporter sur la quantité. Un mouvement s'est produit : il fallait lui donner une sage direction.

Déjà la Société des *Vrais Liégeois* avait pris l'initative, elle avait organisé des concours, et grâce à elle, nos poètes ont pu se convaincre que pour réussir, même dans les chants des rues, rien ne vaut la fraîcheur, la grâce et la poésie. Dès lors la création de la Société de littérature wallonne était un fait accompli.

La Société devait porter une attention toute particulière sur ces poésies légères qui se gravent si facilement dans la mémoire. Tout le monde n'a pas le temps de lire, mais tout le monde peut un instant interrompre ses travaux pour entonner un refrain de chanson ou pour écouter quelque amusante histoire. Les anecdotes et les couplets

([1]) Mihi quidem nulli satis eruditi videntur quibus nostra ignota sunt. (de finib. liv : I.).

circulent en foule dans nos ateliers ; les détails ont de l'imprévu ; on y remarque plus d'une expression neuve et hardie ; mais un défaut capital dépare presque toujours ces œuvres si originales ; on ne les retient pas sans rougir, et il semble, aux yeux de leurs auteurs, qu'en perdant leur licence, elles perdraient tout le piquant de leur sel.

C'est l'écueil inévitable de toute littérature populaire abandonnée à elle-même. Les trouvères du moyen-âge étaient-ils plus scrupuleux et plus délicats ? Combien de leurs fabliaux laisserions-nous lire à nos femmes et à nos filles ?

Peu à peu le langage se met au niveau des idées. Les expressions grossières reparaissent à chaque instant, et c'est à peine si l'on se souvient encore des termes les plus simples et les plus naturels, dès qu'il s'agit de sortir du terre-à-terre auquel on n'est que trop habitué. Ce danger n'avait pas échappé à l'œil clairvoyant du prêtre Cambresier, auteur d'un dictionnaire wallon qui a paru à la fin du dernier siècle. Il constatait, dans sa préface, que la population liégeoise avait quelque peine à trouver même les noms français les plus indispensables, et il conseillait à ses compatriotes la fréquentation de ce qu'il appelait la bonne société.

Le conseil que Cambresier donnait à nos pères, dans d'autres conditions à coup sûr, en ce qui concerne le français, peut s'appliquer à nos auteurs wallons. Voyez la bonne compagnie, pourrait-on leur dire ; ne vous inspirez que des œuvres qui dans la forme et le fond respectent toujours les bienséances.

Mais hâtons-nous de constater l'inutilité de ce conseil. Trente-une pièces nous ont été adressées, et aucune d'elles ne peut être strictement classée dans le genre que nous venons de condamner.

La Société de littéraire wallonne doit s'estimer heureuse d'avoir été si bien comprise.

Les sujets mis chaque année au concours en font foi : nous attachons une importance décisive à la poésie populaire , à celle qui se chante ou qui se raconte.

Notre programme permettait aux jeunes poètes de se donner libre carrière, d'exploiter une mine riche et inexplorée, les traditions et les légendes.

On demandait aux concurrents une collection de cinq ou six contes populaires d'une vingtaine de vers ; un poème de cent à cent-cinquante vers dont le genre et le sujet étaient abandonnés à leur choix , et enfin un *crâmignon*.

L'anecdote et la chanson , les souvenirs et la fantaisie, tout avait sa place.

Que de piquants récits se transmettent dans les familles liégeoises ! Ne serait-ce pas dommage qu'il n'en restât plus de trace ? Ne constaterait-on pas en recueillant tout ce qui s'est dit dans les soirées d'hiver, au coin de l'âtre, *è l' coulêie*, pour amuser les grands et les petits enfants, qu'il existe encore sur ces points mêmes une solidarité entre tous les peuples?

Quelques unes des historiettes dont nous attribuons la paternité à nos ancêtres ne se retrouveront-elles pas avec d'autres détails dans les anciens fabliaux du moyen-âge ? Ne les retrouverons-nous pas dans les livres qui constatent les traditions des peuples du Nord ? Quelques unes de ces piquantes réparties que nous mettons volontiers dans la bouche de nos *botresses* ne circulent-elles pas également dans les contrées voisines, où l'esprit féminin a tout autant finesse et de malice ? Quelle bonne fortune pour un Philarète Chasles, s'il était des nôtres !

L'imagination de l'auteur s'empare de ce canevas qu'il trouve à sa portée et il emprunte, s'il se peut, à Lafontaine, le secret d'être plus original que le modèle. Il se rappellera nos justes recommandations et il aura l'art de découvrir sous ces récits, en apparence frivoles, un enseignement utile à tous.

Le conte fait passer le précepte avec lui.

Mais comme le premier fleuron que la jeune muse liégeoise a mis à sa couronne a été un *crâmignon*, parlons d'abord des crâmignons.

Nous en aurions pour la moitié des paroisses de Liége qui sont nombreuses, comme on sait ; mais pour rester fidèles aux principes de notre constitution et parce que ici surtout il ne faut pas se prêter à l'exubérante fécondité des auteurs, nous n'en mentionnerons que deux : *Les pônes di coûr* et *L'aiwe bèneie dè curé*. Le premier fait penser à notre Grétry, ou, si vous voulez, à Richard-Cœur-de lion :

Je crains de lui parler la nuit ;
J'écoute trop ce qu'il me dit.

Quant au second, il popularise une tradition qui remonte, croyons-nous, à l'époque du premier christianisme;

seulement, sort étrange des récits destinés par leur simplicité en même temps que par leur caractère ingénieux, à frapper l'imagination du peuple,

> **En venant de là jusqu'ici**
> **Elle a bien changé sur la route.**

Le mari boit, et boit d'autant plus que sa femme le gronde davantage. Madame ne se dit pas ceci ; mais comme elle désire sincèrement que son mari devienne un fervent adepte du père Mathews, elle va trouver son curé qui lui donne, non pas de l'eau bénite, mais une eau bénie, merveilleuse enfin, dont elle doit se remplir la bouche chaque fois que le bonhomme rentrera en état d'ivresse ; bien entendu qu'il ne s'agit pas de l'avaler, cette eau, mais bien entendu aussi que tant que la digne femme aura les joues gonflées, elle sera hors d'état de faire tempête. Ce curé-là entendait l'affaire. Bref, le silence de la femme ou la peur de l'eau guérit monsieur; et voilà ! Ah !

> **Si les feumm' cloyit leu bèche,**
> **On freut tot fér bon manège.**

Le premier de ces crâmignons ne manque pas de grâce, mais peut être faudrait-il plus de variété dans les détails; le trait comique, disons la verve, fait un peu défaut à l'autre : quel dommage avec un si beau sujet !

Parmi les autres pièces, on en a remarqué qui rappelaient d'une manière trop frappante *l'avez-v'veyou passer ?* Il en est dont l'auteur s'est mépris sur la nature du crâmignon ; quelque charme qu'on puisse donner à la description des splendeurs du firmament pendant les belles nuits d'été, un pareil sujet s'accorde difficilement avec l'entrain de nos joyeuses rondes.

Deux ou trois conseils aux auteurs. Il est désirable que dans un crâmignon, chaque couplet présente, autant que possible, un sens complet et même..... un trait. Quant au choix des sujets et à l'art de les traiter, nous nous en référons à Voltaire. (On dirait vraiment que le patriarche de Ferney a regardé, de sa fenêtre, passer des crâmignons.)

„ Pour bien réussir dans ces petits ouvrages, il faut „ dans l'esprit de la finesse et du sentiment; avoir de l'har„ monie dans la tête, ne point trop s'élever, ne point trop „ s'abaisser et savoir n'être point trop long. „ (*Mélanges.*)

Troisième concours.

Nous avons reçu six collections de contes populaires, ni plus ni moins. Ici la qualité, nous sommes heureux de le dire, n'est pas en raison inverse de la quantité. Nos analyses seraient longues, si la publication d'un nombre relativement considérable de morceaux ne nous dispensait de les tenter.

Nous avons des apologues sérieux et des anecdotes malicieuses.

L'auteur des *Galguisoûtes* a l'air de bien connaître la nature humaine. Cette brave femme qui grelotte et rentrant pour se chauffer, s'intéresse aux ardoisiers qui sont sur le toit ; et qui ensuite, à mesure que le bon feu pénètre ses membres, s'en inquiète moins et finit par s'en montrer mécontente et les renvoyer ; ces vœux que forme le batelier, avec une restriction mentale, quand l'orage gronde ; l'âne mêlant sa voix au concert des oiseaux ; le bon et le mauvais lot, *id est*, la bonne et la mauvaise ménagère ; tout cela est vrai, simple, familier et peut plaire..... à condition qu'une forme heureuse, un trait de finesse donne du relief à des sujets qui en ont besoin. L'auteur ne manque pas de goût ; il est consciencieux et attentif ; le jury a pensé qu'il méritait une palme.

Nous soupçonnons très-fort l'auteur de la collection n° 3 d'avoir eu sur les bras quelque long procès, ou tout au moins d'être un des habitués de la salle des Pas-Perdus. Il paraît avoir pour les anecdotes de palais une véritable prédilection de Normand. En tous cas, deux de ses pièces mériteraient de figurer parmi les *Causes amusantes*, sinon parmi les *Causes célèbres*. Un paysan, qui n'a jamais eu aucun démêlé avec qui que ce soit, tient néanmoins à se donner le luxe d'une consultation d'avocat, *Ni mâie rimett' po d'main çou qu'on pou fer l'mêm' joû*, telle est la réponse de l'oracle et ce conseil salutaire sauve la récolte du paysan, car la nuit suivante, l'orage l'aurait détruite.— Un avoué a un chien, un peu voleur, ce qui est extraordinaire pour un chien d'avoué. L'animal emporte de l'étal d'un boucher un morceau à sa convenance ; le marchand consulte l'avoué en lui laissant ignorer les relations de celui-ci avec le coupable ; on donne raison au plaignant, mais après explication, arrive le quart d'heure de Rabelais ; on est manche à manche..... Moralité : n'ayez jamais de procès avec un homme de loi.

Le sujet de ces petites pièces est puisé dans des traditions connues. Le style est facile et agréable. On constate malheureusement quelques négligences dans la versification. L'alternance des rimes n'est pas même observée ; c'est un défaut que l'auteur fera disparaître, il faut l'espérer, avant de passer des mains du jury dans celles du public.

Il est un mot liégeois, par excellence, et pourtant si risqué, Messieurs, que la Société, plus sévère envers le wallon que Despréaux envers le latin, s'effaroucherait en le voyant servir de trait final à une autre anecdote judiciaire du même auteur : *les deux woisins quâsi ploumés*. — *Carajo !* comme dit l'espagnol. C'est pourtant dommage ; nous aurions eu la contre-partie de certaine fable de Lafontaine où les plaideurs sont plumés tout-à-fait.

Une pièce de la collection n° 2 nous présente l'avocat et le médecin. Ces deux graves personnages sur lesquels la verve populaire ne parvient pas à s'épuiser, soulèvent une question de préséance. Ils se décident à consulter un *Esprit (sic)* qui les met d'accord ainsi. Le voleur qu'on mène à la potence a nécessairement le pas sur le bourreau. Le voleur, c'est l'avocat ; le bourreau, c'est le médecin. L'auteur, comme on voit, rendrait des points à Polichinelle, qui n'est pourtant pas déjà si tendre envers les docteurs de toute espèce.

Les collections nos 1, 5 et 6 renferment quelques morceaux dignes d'une distinction. Toutefois, le jury, considérant que les auteurs ne se sont pas conformés aux conditions du genre, ou ont donné à leurs sujets un développement incompatible avec les exigences du programme, le jury a décidé qu'il fallait les mettre hors concours et que les récompenses à leur décerner porteraient un caractère spécial.

La collection n° 1 comprend des poésies diverses (contes et chansons). Nous proposons l'insertion au Bulletin d'une gracieuse chanson, *li vî Bounhamme* qui nous a rappelé involontairement les strophes de Béranger :

Daignez sourire aux chansons d'un vieillard !

Nous n'analyserons pas la pièce distinguée dans la collection n° 6. C'est l'histoire d'une femme qui ramène au foyer domestique un mari volage. Le moyen qu'elle emploie trouvera peu d'imitateurs ; le charme des détails et l'intention finale ont racheté, aux yeux du jury, ce qu'il y avait d'un peu hardi dans la conception même.

En revanche, nous voudrions pouvoir nous étendre sur la collection n° 5, remarquable autant par une incontestable supériorité de style, que par la richesse des détails et la finesse des observations. Nous désirons cependant ne publier que deux pièces : *on Pèlèrinège* et *on Voyège à conte coûr*.

Vous serez édifiés, Messieurs, du récit de ce voyage à Chèvremont qui nous a fait plutôt l'effet d'un voyage à Cythère; mais nous pouvons dire *édifiés*, parce que ces vers sont, en somme, aussi moraux qu'amusants. — L'auteur doit avoir beaucoup circulé en chemin de fer et s'y être livré, dans les waggons surtout, à l'étude des conversations parfois réjouissantes qui s'y tiennent. Oh ! les bonnes histoires impossibles que raconte dans la seconde pièce une voyageuse expérimentée, et au courant du progrès, à sa voisine craintive qui emploie pour la première fois le nouveau mode de locomotion ! Oh ! la vérité et le naturel de ce dialogue plein de saillie et assaisonné de bon gros sel et tout cela avec une verve intarissable et une véritable allure poétique ! Voilà, Messieurs, de la franche et saine poésie wallonne ; il y a là maint passage que nous voudrions vous citer comme modèles ; mais ne vaut-il pas mieux tout simplement piquer votre curiosité?

Vous voyez, en résumé, que le troisième concours a dépassé notre attente. Chose remarquable, tous les auteurs ont mérité, à des degrés divers, l'approbation du jury et nous nous plaisons à constater, par ces succès bien légitimement obtenus, que la veine du conte wallon est décidément une riche veine. Vous en provoquerez encore plus tard, nous l'espérons, une nouvelle et féconde exploitation.

Liberté complète a été accordée aux poètes disposés à prendre part au quatrième concours. Liberté complète, entendons-nous : liberté quant au genre, quant au choix du sujet, quant au rhythme ; mais l'étendue du poème était plus ou moins déterminée : cent ou cent cinquante vers environ. Le n° 3, *ine Cope di Grandiveûs* et le n° 4 *li Foyan èterré* (dialecte verviétois) partagent le prix, et en effet le jury eût été fort embarrassé de faire pencher la balance d'un côté ou de l'autre. Il y a bien quelques points de différence, mais le mérite des deux pièces est assez saillant pour justifier pleinement nos conclusions.

Le n° 3, strictement parlant, devrait l'emporter, mais nous avons eu égard à une circonstance particulière. Le plan d'*ine Cope di Grandiveûs* est absolument le même que celui de notre petit chef-d'œuvre de 1858, *ine Copenne so l'Mariège*. Ce n'est pas là un défaut, c'est une qualité, si l'on veut, à condition que les deux pièces émanent du même auteur, qui a peut-être voulu peindre deux pendants. Mais nous ne pouvons savoir ce qui en est, et ensuite, en tout cas, l'invention sous ce rapport n'est plus neuve. En revanche les détails le sont ; la pièce pétille d'esprit et étincelle de bons traits de style. Enfin, voilà notre mesure, notre niveau régulateur. Si la pièce que nous couronnons n'est même qu'une imitation, nous dirons qu'imiter avec cette perfection et cette vigueur, avec un tour d'esprit si particulier et si imprévu, c'est être écrivain original. Au fait maintenant.

Ine Cope di Grandiveûs, c'est un ménage comme il y en a malheureusement beaucoup. On vit dans la gêne et l'on veut briller, fût-ce en se ruinant, en empruntant de l'argent à ses amis. *Être et paraître*, la différence saute aux yeux de l'observateur, dans toutes les classes de la société. Servitudes volontaires, misères dorées, bulles de savon ! A l'ouvrier établi surtout, à l'ouvrier qui vit au jour le jour, et qui fait étalage de ses folies imprévoyantes, conduisant sa femme à la messe où va le *beau monde* pour y montrer un châle et du ruban, se meublant d'acajou quand il dîne de pain bis, encombrant le mont-de-piété à la veille de la Saint-Nicolas, du carnaval ou de la fête paroissiale, à celui-là une telle satire, si c'en est une, montrera l'épée de Damoclès dont le fil va se rompre : c'est la vie, c'est la nature humaine prise sur le fait ; c'est la plus commune, hélas ! de nos faiblesses, touchée du doigt, montrée à nu, dans tout son ridicule et toute sa mauvaise honte, et gourmandée non au moyen de phrases et d'abstractions, mais au moyen des faits eux-mêmes, des faits brutaux et accablants ! Ah ! comment cela finira-t-il ? Pour se retenir au bord de l'abîme béant, au lieu d'avoir recours au travail, ce salut de l'âme et du corps, on rêvera la fortune.... que peut donner un billet de loterie ! Le sincère ami du vaniteux insensé lui dit tout cela, car il ne voit pas que l'état de gêne de celui qui lui demande du secours ait des causes honorables ; sans doute il lui viendrait en aide s'il le voyait revenir à résipiscence, mais quel espoir ?... il ne peut se faire son complice : Mais quoi ! il ne sera pas compris : l'autre lui jettera à la tête l'épithète de parvenu ! — Oui, je suis un parvenu, mais il y a deux manières de parvenir, et une seule est honorable : celui qui a travaillé à la sueur de son front, quand le jour du repos arrive, peut lever devant tous ce front sans souillure ; mais celui qui jette sa conscience dans sa besace demeure accablé sous ce terrible fardeau. — Ce parallèle est plein de traits admirables d'énergie et de vérité ; le vers s'anime, l'accent d'une noble et généreuse passion vous fait tressaillir, et l'indignation du poète se communique au lecteur avec une puissance d'entraînement irrésistible. Vous avez encore là, Messieurs, une de ces œuvres de premier ordre dont un rapport peut signaler la haute valeur, mais que l'analyse la plus détaillée et la plus scrupuleuse ne pourrait cependant faire comprendre qu'imparfaitement. C'est encore une mine d'une richesse inépuisable, et encore une fois vous ne l'oublierez pas à l'avenir.

Franchimont à la rescousse ! Verviers, aussi bien que Liége, veut combattre au premier rang. Il n'est pourtant pas question dans le *Foyan èterré* d'une étude de caractère, d'une analyse profonde et saisissante de cette pauvre nature humaine ; c'est un simple conte de village, avec une intention narquoise, un grain d'invraisemblance, mais force traits piquants et pleins d'*humour*, si tant est que nous osions nous servir, à propos de la rusticité wallonne, d'un mot emprunté à la délicatesse britannique. La scène est à *Staibiet*, lisez *Stembert*. Le héros, l'*Enôdé*, est amoureux d'une jeune fille charmante, cela va sans dire. Le père de Tatenne est propriétaire d'un champ où une satanée taupe cause des ravages, et creuse de tels tunnels que les annales des travaux publics et les merveilles de la route de la Vesdre ne sont que de la Saint-Jean à côté des ouvrages de ce malencontreux ingénieur. L'*Enôdé* n'est pas riche ; or, par parenthèse,

> Vous savez mieux que moi, quels que soient nos efforts,
> Que l'argent est la clef de tous les grands ressorts.

Par parenthèse, disons-nous ? Point ; c'est là en effet toute la question. L'*Enôdé* voudrait Tatenne, mais le père ne veut ni de l'*Enôdé* ni de la taupe. Duquel des deux lui sera-t-il le plus aisé de se débarrasser ? Ce que femme veut, Dieu le veut, on le sait ; et quant à la taupe.... allons, organisons une battue. Une battue ! non, mais un concours ,. dont le prix (demandez à l'*Enódé*) est incomparablement plus précieux que celui dont nous allons gratifier l'auteur. Oui, c'est *Tatenne* qui tombera, de l'aveu de son père aux abois (par la faute de la taupe), dans les bras l'heureux vainqueur, ni plus ni moins que dans les lais des troubadours et dans les ballades de Körner et d'une foule d'autres poètes allemands. Devinez qui découvre le *Foyan !* Nous n'avons pas besoin de vous le donner en dix. On va publier , soyez-en sûr, le premier ban de mariage de l'*Enódé*. Mais au fait, la taupe a été prise vivante : qu'en faire ? Ce n'est pas un animal assez rare pour qu'on l'envoie à une ménagerie. On l'enfouira , mais où ? C'est bien simple. *Tatenne* a une cousine exactement dans la position où elle-même s'est trouvée ; c'est dans le champ de l'oncle qu'on enterrera la taupe. Qu'on l'enterrera ! Un moment.... elle pourrait bien reparaître , et alors à la suite d'un nouveau concours, pourquoi un nouveau prix ne serait-il pas obtenu ? Faisons des vœux , Messieurs, pour la cousine de *Tatenne*, et demandons à l'auteur de nous en donner un jour des nouvelles.

Nous passons ici sous silence les autres pièces présentées au concours, parce qu'elles ne sont pas assez saillantes, en somme, pour nous permettre d'abuser de votre patience en nous livrant à de plus longues analyses. Quant à celles dout nous venons de vous entretenir , elles témoignent , vous pourrez bientôt vous en convaincre , d'un progrès sérieux et d'un certain perfectionnement du goût chez nos auteurs populaires. Nous avons d'autant plus lieu de nous louer des résultats des concours de 1859, que depuis un certain temps l'essor de la poésie paraît se ralentir dans les grands centres, et les sujets d'inspiration font plus ou moins défaut ; on n'a donc rien à regretter, et il ne sera pas inutile peut-être à la langue littéraire elle-même, que les dialectes provinciaux donnent signe de vie en servant d'organe à de modernes trouvères. Sans entrer dans les développements qu'exigerait l'idée que nous émettons, nous nous bornerons à éveiller l'attention sur les altérations récentes de la langue française, altérations qui sont, sans doute, comme à d'autres époques de l'histoire, l'effet des habitudes du siècle. En attendant une heureuse réaction, laissons chanter nos muses naïves, et à l'appui de nos observations, citons seulement un deuxième passage de Voltaire :

« Si la langue française doit bientôt se corrompre, cette « altération viendra de deux sources : l'une est le style « affecté des auteurs qui vivent en France, l'autre est la « négligence des écrivains qui résident dans les pays étran- « ger. » (*Conseils à un journaliste*). — Ces paroles prennent dans notre bouche, le caractère de conseils à nos auteurs wallons, qui doivent indirectement travailler, en restant spontanés et originaux, mais en acquérant la conscience de la portée, si minime qu'elle soit, de leurs œuvres, à la renaissance, dans un temps peut-être moins éloigné qu'on ne le pense, des bonnes et saines traditions littéraires.

Après mûr examen de l'ensemble et des détails des pièces présentées aux 3e, 4e et 5e concours, le jury a résumé son appréciation comme suit, le maximum des points étant fixé à quatre-vingts :

Troisième concours.

Cinq ou six contes populaires, chacun d'une vingtaine de vers. — Prix, une médaille en vermeil donnée par M. A. Hock, sociétaire.

La collection cotée sous le n° 4, intitulée les *Galguisoûtes da m'veye nourrice*, ayant obtenu 61 points, remporte le prix.

La collection n° 3 portant la devise : *Ji risquéie li paquet, ji v's èvoie mes râvions,* etc., a obtenu 48 points. Nous proposons une mention honorable et la publication de deux pièces, savoir : *Ni mâie rimett' po d'main çou qu'on pout fer l'même jou* et *Li Mangon et l'Chin d' l'Avoué.*

De la série n° 2, à laquelle le jury accorde 42 points, la pièce intitulée *L'Avocât et L'Médecin* serait publiée, et obtiendrait une deuxième mention honorable.

Les recueils n°s 1, 5 et 6 ne sont pas dans les conditions du programme. Toutefois, pour les motifs ci-dessus énoncés, le jury demande qu'il soit accordé :

1° Au n° 5, une médaille d'argent à titre de distinction spéciale, avec publication de deux pièces : *li Pèlérinège et li Voyège à conte coûr.*

2° Au n° 1, une médaille de bronze avec l'impression au Bulletin de la chanson : *li vî Bounhamme.*

3° Au n° 6, une medaille de bronze, avec insertion dans notre recueil annuel du conte : *l'Famme camme i enn'a wère.*

Quatrième Concours.

Un poème de cent à cent cinquante vers, dont le genre et le sujet sont abandonnés au choix des concurrents. Prix, une médaille en vermeil donnée par M. A. Hock.

Le nº 3, intitulé *Ine Cope di Grandiveûs*, a réuni 72 points ; le nº 4, intitulé *Li Foyan èterré*, 67. Le jury estime qu'il y a lieu de leur accorder à chacun, à titre de prix partagé, une médaille en vermeil.

Le nº 1, intitulé *Ine Ideie*; le nº 2, intitulé *Ine Ideie ås Francets*, avec la devise : *Dè choc des opinions sipitt' li loumire*, et le nº 3 : *Li Clér di Leune*, n'ont pas obtenu un nombre de points suffisant pour mériter une distinction.

Cinquième concours.

Un crâmignon. Prix : une médaille en vermeil.

Neuf pièces ont été soumises à l'examen du jury.

Le nº 7, intitulé : *Pônes di cour*, a obtenu 48 points.

Le nº 5, intitulé : *L'Aiwe beneie dè curé*, en a eu 45.

Nous estimons qu'il y a lieu de leur accorder, respectivement une première et une seconde mention honorable.

Les nºs 1, titre : *Les Bellès nuttes d'osté*;

— 2 (sans titre) : *On Bai Joû dè meû d'maie tot m'allant porminer* ;

— 3 titre : *Li Fiesse dè l'poroche*, so l'air : *vivent les pantalons*, etc. ;

— 4 " *Ah! si j'polév savu wiss' qui j'el ritrouvreûs* ;

Les n°s 6 „ Devise : *On n'fait nin çou qu'on vout* ;
— 8 „ *Li vî timps* ;
— 9 „ *Li Fiesse dè qwartî po l'ovrî.*

n'ont pas réuni assez de points pour obtenir une distinction.

Toutes ces décisions ont été prises à l'unanimité. Il est bien entendu que les auteurs seront invités à apporter à leurs pièces des corrections qui seront soumises au jury.

En séance du jury où étaient présents MM. MichEELS, président, Collette, Bailleux et Dejardin, rapporteur.

(M. Wasseige Charles s'est trouvé dans l'impossibilité d'assister aux séances du jury).

Liége, le 12 janvier 1860.

Au nom de ses collègues :

Le Rapporteur,

Jos. DEJARDIN.

LES GALGUIZOUTES DA M'VEYE NOURRICE

PAR AUGUSTE HOCK.

3e CONCOURS. PRIX : MÉDAILLE EN VERMEIL.

LES JÔNÈS FRUMIHES.

Chacun prend son plaisir où il le trouve.

Quéquès jônès frumih' dihît : « gn'y at si longtimps
» Qui noss' raç' si sangsow' divin les grands labeûrs.
» Po viker à noste âh', nos d'vans-t-avu l' moyin;
» Profitans d' tot' leûs pón', jouïhans d' leûs souweûrs ,
» Noss' pére at fait l' gômâ ! à nos aut' li bon lot.
» Dè fer comm' zell' ma foi, i fâreût ess' pé qu' sot. »
Et tot l' dihant, v'là noss' jônesse
Qui tos les joûs rôle et fait l' fiesse.
On alouwéf sins mâie compter;
So si héritège, on allév' èpronter;
So l' côp des ûsurîs on div'na bonn' pratique;
Di nos apothicâr' on allêve à l' botique,
Ca d'vin tos leûs plaisirs, turtot' avît awou,
L'aute à l' patt', l'aute à l' cow', trint'-sî bâbâs r'cosous;
Tos les mèhains qui l' diale a sèmés so noss' térre,
Qwand di Diew on at bin mèrité l' juss' colére !
C'est l' bell' pomm' vièrmolow', qu'at tos ses mâs cachîs ,

Et qui donn' li pèpin qwand on y vat bèchi!
Nos pauvès p'titès biess', pus vit' nos jônès sottes
Avou tot' leûs biestreies pierdît nah' et calbottes.
Personn' ni vout les r'prinde, et wiss' qu'ell' vont moussî,
Les ginteyès frumih' vont so l' côp les chessî.
On les r'nôie, on les k'pice, on l's ahonteie à coûsse!
A leûs ouyes ciss' wârmaie n' vât nin l' tapège è Moûse.
Pus târd li brut corat qu'âs prumîs mâvas timps
Nos coreûs' èlaideies morît turtot' di faim.

Li ci qui vout wârder les bins vinant di s' pére,
Deût ovrer tot comm' lu, sins mâie sûr' les coreûs;
Ou bin po ses èfans, i raspâgn' dè l' misére,
Et fait des mâlhureûx.

BON COUR ET COUTE TIESSE.

On joû di rud' jalêie, noss' dam' rintrat tot' reude,
Çou qui lî fat sov'ni qu'à l' fèn' copett' di s' teût,
I gn'y aveût-on haieteû.
Ji va payî, dist-elle, in' samain' qu'est si freude,
Et rèvoyî c'st homm'-là;
I fait so mi âm' trop deûr, trop hagnant, tot mâva.
Ell' houk li dômestiqu' po lî fer fer l' messège.
Dismitan reshandeie à l'aiss' dè chaud fornai,
Li jalêie n'avis' pus si piquante è s' manège;
On bon chaud côrdiâl reschâfév' ses boyais.
Qwand l' dômestique inteûre :
— « I fait pus doux, dist-elle, i fait brâv'mint meyeû,
» Nos lairans fini l' teût;
» Li solo va s' lèver, li timps n'est pus si deûr,
» I fait baicôp pus doûx,
» On pout ovrer à d'foû.
» Allez' dire à haieteû qu'i s' dihomb', qu'i m'annôie!
» Qu'il ouveûr' trop douc'mint, qui c'est on lôie-et-lôie. »

On roûveie vit' ses mâs qwand on pout y r'médî;
Co pus vite on roûveie les cis qu'on d'vreût aidî.

PROMESSES DI NAIVEU.

C'esteût in' feie on pauv' naiveu
Qu'esteût so l'aiwe à pus gros timps d'hiviér;
In' mèchant' Moûse, on vint hoûleu,
Fév' qu'il esteût tot comm' so l' mér;
Et s' fallév'-t-i passer d'zo l' pont!
Si p'tit valet tronléf di freûd et d' sogne,
Tot d'hant 'n' pâtér' por lu, s' pére... et l' ponton;
So l' timps qu'noste homm', li râve à pogne,
Ovréve à moirt cont' li dangî,
Veyant l' corant maiss' di ses foices,
Maiss' di s' vierna qui n' fait pus rin cangî,
I n'at rècour qu'à des promesses;
Et v'la qu'i brait : Saint Linâ! mi adôré,
Si vos m' sâvez, ji v' promette in' chandelle
Gross' comm' mi cuisse, et pus grand' qui m' fèré,
Et co cint p'tit' po gârni voss' chapelle.
— « Quoi pér'! dist s' fils, vos, sins ârgint!
» Vos n' sârlz mâie, vos n'avez nin l' moyin;
» A quoi pinsez-v' dè tant promette?
— Si pér' tot bas li soffelc è cachette :
Tais'-tu, bâbau! qu'i nos sèch' di ç' bouyon,
In' feie rèvôie divin noss' mohinette,
Enn'âret mâie on seû nokion.

Po 'n' pône ou 'n'maladeie, on fait des dett' d'honneûr,
On promette à s' curé, et co pus à s' docteûr;
Si Diew ou bin les saints avoyît leûs houssis,
Les treûs qwârts jusqu'à l' pai, i fâreût les d' hâssi.

L'AGNE.

Çou qui donn' veie et qu'embellihe on pré,
A l'omb' d'in âbe esteût on joû d'moré.
On y veyéve ine âmaie avou s' mére ;
On pau pus d'zeûr, on oyév' des sîzets ;
Les âlouett' gastît tot qwèrant l' viér ;
Puis des cherdins avou leûs doux caquets
Rasît l' mouton qu'attirév' les mohettes.
Là, deux lign'roûs â pîç' so les cohettes
Bech'tît 'n' griain' tot s' fant des compliments ;
Vos âriz dit in' bonn' sôciètè d' gins.
Les cann' so l'aiw', les poyett' dizo l' hâie
Tapît 'n' copenn', binâh' d'in' si douç' pâie ;
Ell' jâspinît dè vî timps, dè novai,
Qwand tot d'on côp l'âgn' qu'aveût fait journêie,
Po fer l' malene ou po fer l' binamêie,
Vint tot breiant et fait pus d' brut qu'on vai !
Ell' vint gueuyî tot' sôrt di balârdreies,
Et vout prôner pus haut qui ses oreyes.
Di l'assimblèie on n'ôt pus on seû mot ;
Di ses biestreie' ell' vis les estourdihe,
Annôie tot l' mond' qui s' sâve avou l' ginihe,
Tot c'hant : noste âgne est co pus biess' qu'on pot !
Ell' fait dè brut, et s' freût-ell' mî di s' taire.

Divin les biess', est-ç' comm' divin les gins?
Les cis qu'aimet à braire
Sont-i les pus malins?

LI BON ET MAVA LOT.

Dihez-m' on pau, grand pér', poquoi J'han, voste ovri,
Tot wâgnant comm' Gâspâr, at deux qwinzain' â dri?
Onk est frisse et floch'tant comm' s'il aveût des rintes,
L'aut', comm' les sins-ovreg', n'at mâie po beûr' ses pintes.
Onk est d'hièlli, gâie et joieux,
Et l' pauv' Jihan n'est jamâie clér;
Todi s' sârot od' li misére,
Ses ouyes rintrés sont annoyeux.
— Ça tint, bâcelle, à leûs feumm'reies;
Eune est pansâde et l'aut' ginteie!
Onk toumat mâ, l'aut' toumat bin,
Onk at l'bonheûr, l'aute on mèhain.
Di tot çoula, c'est l' feumm' qu'est câse:
Li naw' des deux est ine èplâsse
Qui po wârder ses bais blancs deugts,
Lêt 'nn'aller si homm' comm' les houyeux.
L'agligeant' feumm' Gâspâr, avou ses mains d'ovrège,
Ni song' mâie qu'à rakeuse ou fer r'lûr' si manège,
So l' timps qu' l'aute è cachett' brouf'têie on fin michot,
Ou qui s' linw', so les soûs, mett' li troûbe è viège.
Ces deux feumm' là..., bâcell'..., c'est l' bon et l' mâva lot.

DEUX CONTES

PAR REMACLE.

3e CONCOURS. 1re MENTION HONORABLE.

I.

Ji risquêie li paquet, ji v's evôye mes râvions ;
Si v' volez bin les lère, i sont faits è wallon ;
Nin dè wallon d'a c'ste heur', qu'est rimpli d'mots français
Mais dè ci qu' l'a cint ans, pârlît tos les Ligeois.

NI MAIE RIMETT' PO D'MAIN ÇOU QU'ON POUT FER L'MÈM' JOU.

C'est là on bin vî spot, qui seret todi vrêie.
Ç'at s'tu eco provê â cinsî de l' Havêie.
On bai joû noss' compére, ossi biess' qu'on pèhon ,
Vat trover 'n avocât, po prind' consultâtion.
L'avocât lî d'mandat : « Est-c' po on plaitihege ,
» On marchî, on pârtege, in' rinte ou 'n héritege? »
— « Nenni, rin d'tot çoula : ji voreus tant seul'mint,
» Respondat noss' cinsî, 'n' consultâtion d' voss' main. »
L'avocât veyant bin qu' c'esteut on paysan ,
Prind on cwârai d' papî et scrît tot â mitan :
« *Ni mâie rimett' po d'main çou qu'on pout fer l'mêm' joû.* »
Noss' malin donn' treus francs, prind l' papî et mouss' foû.
Qwand fout revôie è s'cinse, il esteut â jâser
Avou si jôn' kimér' divin 'n' plec' so l' costé.

On vârlet vint d'mander s'i fât rintrer l' wayin ?
— « Nenni, respond l' cins'ress', on poret l' rintrer d'main. »
— « A c'ste heur', riprit l' cinsî, j'a-t-è m' poche on papî,
» Léhéz-l' on pau Thèrés', qui n' sèpanss' çou qu'i dist. »
Li jôn' feumm', tot grognant, ava bin vit' léhou :
« *Ni mâie rimett' po d'main çou qu'on pout fer l'mêm' joû.* »
— « Kimint, d'mandat l' cinsî, çoula est marqué d'sus ?
» A l'ovreg', mes effants, qu'on s'rimow', nom di hu ! »
Ci fout bin rat' tot fait. Dè l' nutt' vint in orege
Qui fat crèh li grande aiwe et neyat tot l' viège.
« Ah hâ !..... derit l' cinsî, tot s' frottant les deux mains,
» C'est l' papî d' l'avocât qu'at sâvé noss' wayin.

» Après Diew, ses k'mandmints, çou qui n's avans d' meyeû ,
» C'est in' consultâtion d'avocât bon consieu. »

II.

LI MANGON ET L'CHIN D' L'AVOUÉ.

Li feumm' d'in avoué si trovéve avou s' chin
A l' botiqu' d'on mangon, on joû tot à matin.
So l' timps qu'on lî mettév' si châr divin s' banstai,
Li chin brok' so l'candliette et happe on boket d' vai.
Li mangon, tot mâva, derit qui l' maiss' dè chin
Divév' payî l' damag' qu'esteut di treus skèlins.
Li feumm' di l'avoué qu'at les ch'vets près de l' tiesse,
Respondat, sin bâbî, qu'ell' ni dôreut nin 'n' vesse;
Qu'on d'vév' loukî à l' châr; si on l'aveut oisté,
Li chin, qui n'est qu'in' biess', ni l'âreut nin happé.
Volà 'n' quarell' vinowe, on tropai rassônné,
Po hoûter çou qu'on d'héve et y mett' si grain d' sé.
So l' timps qu'on s' disputéve et qu' les k'mér' barbottît,
Li mangon pâhûlmint mouss' foû po so li drî,
Vat trover l'avoué, qui n' si dotév' di rin,
Lî cont' bin rat' si câs', sins dir' da quî c'est l' chin.
« Voss' dreut, dist l'avoué, on n'el sâreut noyî;
» Et s'on n' vout nin l' riknoh, nos èvôrans l' houssî. »

— « Ji n' pins' nin[qu'âye mesâh', dist l' mangon tot joyeu,
» C'est voss' chin qu'at fait l' côp et vos riknohez m' dreut. »
— « Ji pârè l' boket d' vai, s'i fât, dist l'avoué,
» Mais vos m' divez treus fancs po l'avis qu' ji v's a d'né. »
Noss' mangon, tot peneu, n'è vout nin pus savu,
Prind s' chapai, cour èvôie, tot d'hant qu'on n' l'âret pus.

L'AVOCAT ET L'MÉD'CIN,

PAR

LÉOPOLD VAN DER VELDEN.

3ᵉ CONCOURS. — 2ᶜ MENTION HONORABLE.

On méd'cin et in homm' di loi
(Deux foirt honnètès gins d'à c'ste heûre,
Mais à qui portant j' n'a nin foi)
Si disputit so leu valeûr.
L'avocât volév' qui l' méd'cin
Vinahe après lu ; noss' godal
Creyant qu'on l' traitîv' d'ârgousin,
Voléve ess' li saint d'vin l' potalc.
On dist qui les leups sont des frés :
Ces-chal si tappît des hinèies
Comm' des cis qui s' vont ahorer
Tant l'ambition est èvulmèie.
— Dist-i, noste avocât, p'tit maisse à prétintion,
Noss' nôb' sciince
Qu'est l' pus bell' créiâtion,
So m' consciince,

Eurît po fondateûr l'Empèreûr Iustinien.
— Li nosse est nècessaire â monde,
Nos sâvans l' veie, lî dist l' méd'cin,
Fîr dè poleûr si bin responde.
Enfin n' polant s'accomôder
Avou leuz raisonn'mints montés so pâs, so foches,
I vont trover 'n' esprit à quî i vont d'mander
Cilà qui vint d'vant l'aut'. Noss' macho l'zî discroche : —
« Dist-i, qwand c'est qu'on k'dût
» On voleûr à l' potince,
» Sûvant la môd', li bourria sût.
» Int' vos deux volà l' diffèrince :
» L'avocât, comm' voleûr, vat d'vant,
» Et l' méd'cin, comm' bourria dè l' veie
» Deut sûr'; qwèrez è l' juss' mitan. » —

Nos homm' filît sins dire â r'veie.

DEUX CONTES

PAR

MICHEL THIRY.

MÉDAILLE EN ARGENT (HORS CONCOURS).

I.

ON VOYÈGE A CONTE COUR,

Heie quî vola ! Gètrou ! qué bon hasârd di v' veie ,
Vat-i comm' vos volez ? — Tot douç'mint, è ciss' veie
On n'est mâie rimettou : qwand v's estez foû d'in' creux,
C'est comm' s'on les sèmahe, ennè r'bout' so l' côp deux.
— Pa ! i m' sônn' bin, tot l' mèm', qui v's estez tot' disfaite ;
Voss' fils rikminç'reut-i dè prind' voss' boûse è traîte ?
— Oh nenni, grâce à Diu ! c'est hoûie on vrêie ognai ,
I n' bog' pus, il oûveur ; et, çou qu'est co d' pus bai ,
I fait bâhî brîsette à ses mâlès k'nohances
Qu'èl fit tourner à chin et qu' lî houmît ses çances.
Nenni, taihîz-v', allez, ji m' va jusqu'à Vervî ;
Mi feie Nanett' qu'y d'meure at d'pôie treus joûs s' prumî
Et mi, comm' di raison, j'el lîve avou l' bai pére ;
Elle enn'at bin veyou ! j'a r'çû 'n' lett' di s' bell' mére
Qui m' racont' qui l'èfant est foirt comme on terra,
Qu'i brait comme onk' d'hût joûs et qu'i fâreut dèja

Qu'i suçahe à gogo so l' nènè tot' li nute ;
Li pére est tot foû d' lu, il at qwèrou dispute
A 'n' jôn' feie à l' journèie qui n' souwév' nin les draps
Assez vite à s' manîr' ; çi sèret on papa
Tot out'; j'enn' esteûs sûre, ossu noss' gross' Nanette
Mèritév' bin çoula : qué bon coûr, quéll' favette!
Picotant, nahe à nah', dè l' câv' jusqu'à grinî
Tant qu'in' journèie est longue et po todi sèchî
A l' tanquenn' po s' profit; ell' fait pus qu' treus siérvantes;
Elle est même, à m' sônnant, on pau trop rapinante.
J'âreus s'tu pus habeie, mais ji n'a mâie polou :
J'aveus-t-on gros boign' clâ qu'esteût si mâ mettou !
Comme i s' mettet todi, qui j'a souffri mârtyre
Et qu' j'a spani, hût joûs, m' pèturon de l' chèire. —
Oh ho? c'est on valet? — vormint, j'allév' rouvî
Di v' dir' li principâ : çi sèret s' pér' tot chî;
Deux gott' d'aiw', dai, vrêiemint; si p'tit' narenn' bèchowe,
Et ses p'tits ch'vets crolés; c'est s' frimouss' tot' pondowe!
I vât co mî, savez; ca hoûie les linw' des gins,
Mâgré tot çou qu' vos fez, vis tappet co l' vènin.
— Mais ji n' veus rin là d'vint qui pôie vis rind' chagrenne?
— Et l' voyèg' don, n'est-c' rin? pa! j'ennè d'vins tot' jènne,
Rin qui d' pârler d' vapeûr ji trôn' comme on lapin
Qu'at l'halein' d'on lèvrî qui lî soffele âs rins;
Ji n'a nin co s'tu d'sus, paret, c'est l' prumî feie,
Et ji donreus co gros po qui les coûch' di m' feie
S'avahît fait à Lîg'; kimint don, mér' di Diu!
Avou ces machin' là, vinte à térr'! rouf tot jus!
Passer so des croupets comm' des teuts, dizeû l' Vesce,
Et puis moussî d'zo térr' côp so côp; pa! è m' plèce
Pus d'eun', tot-z-èvoyant porminer les wagons,
Ni vorît ess' mârain' qui so procurâchon !
— Vos estez loign', sûrmint! pa! po l' moumint d'a c'ste heûre
Tot l' mond' trouv' qu'âs riquett' on deut mett' li vapeûr;

On n' vat nin vite assez. Qui direz-v' don, d'vint pau,
Qwand on v' fret voyager, so voss' long, l' cou-z-â haut,
On crochet à vos pîds, on golé è l' hanette,
So lès fis d' télègraph' reud à ball' comme in' lette,
Ou comme on mèssègî d' papî po les dragons,
Ou comm' li saint esprit âs présints d' porcession ?
— Elle est bonne ! et les pâs et les copett' di tasse ?
Pa ! sins s' dizawurer ji dèfeie bin qu'on passe.
— On pass'ret ; on sét bin qu'i fât qu' les fis d'arca
Seyèss' foirts et tinglés à moirt, sins nou ratna.
C'est apreum' qu'on z-âreût dè plaisir à s' rikdûre :
On n'âret nin r'souwé ses oûies qu'on poret r'çûre
Des novell' qu'à Paris, à diale et co pus lon,
Vos estez-t-arrivé haitî comme on pèhon.
Et les ballons, qu'è d'hez-v' ? enn' ârez-v' èco sogne ?
Vola 'n' saquoi d' clapant po hachî de l' bèsogne ;
È l' plèç' d'aller trafter à Longdoz, âs Wyemins,
A 'n' dimèie heûr' di chal, et d' piède ainsi voss' timps,
On poret s'ènairî so l' plèç' dè l' comèdeie ;
I n' fât po s'apontî qui l' timps d' soffler 'n' vesseie,
Et, bonjoû les voisins ! on n' rattind pus l' convoi,
A l' cowèie, onk' di pus, onk' di mon, c'est pau d' choi ;
Ci sèret tot à fait comme avou dè l' sav'neûre
Et 'n' pipe, on v's è tappret à dozain' à tote heûre,
Et tot passant d'zeû Lîge on les veuret filer
Comm' des sâvagès âw' qwand l' bon timps vat 'nn'aller.
Kimint qu' ça deut catî dè côp qu'on prind s' volèie !
Qué côp d'oûie qwand v's estez â fî fond des nûlèies !
Çi sèret sins brâqu'ler, qwand on s' trouvret là d'vint,
Qu'on poret dire apreum' qu'on vat reud comm' li vint !
I gn'y at ine aute ideie, c'est l'imbarras dè l' chûse,
On v' mettret comme on bèch' divin 'n' gross' canne-a-bûse
Et v' lan ! vo-v' la-t-â bout divant d'avu hansî !
Ci n' sèreut nin si biess' çiss' là po les dangîs :

On n' risqu'reut nin, dè mon, dè pèter à l' valêie;
Çou qu' gn'y âreut à risquer, c'est qui l'halèin' côpêie
Dè houma d'vint l' touwai ni vêreut à v' lèyî;
Mais pusqu'on pout viquer hût joûs sins rin magnî,
On trouvreut so ç' timps là po v' sâver cint piçeûres;
On z-at fait des esproûv', et j'ô bin qu'i n' dimeûre
Qui deus treus poncts à mett' po fini tot l'ingin.
Et bin, qui v's è sônn't-i? so rin dè mond' di timps
Tot sôrtant foû dè trô qu'après on z-y rinteure?
Vola 'n' saquoi qu' nos d'vans loukî comme in aweur!
— Taîs'-tu, li boie t'impîsse, âh! Babett', po ç' côp là,
Ti radotte et ti m' freus bin rire avou l' mâ qu' j'a.
— C'est à l' bonn' qui j'èl dis, on k'noh' li mécanique,
C'est avou des machin' qu'on lomme â-t'moss'-pèrique,
Peneu-m-ètiqu', qui sé-j'? c'est approchant dè mon;
Qu'est-ç' qu'âreut dit qui l' gâz' bouh'reut jus les lampions?..
Comm' todi l' pauve et l' rich' n'âront nin 'n' bûse égâle,
Il âront leu hayon pus haut qui l' noss' so l' hâle;
Leu passèg', da cès-là, di v'loûrs sèret doblé,
Et nos ârans dè foûr èco râr'mint r'nov'lé.
Mais, va-z-è, qu'at-on d' keûre? on s'y accostumêie:
Et l'hâbitud', c'est tot; por mi j'a-st-è l' pinsêie
Qu'elle est, di tos les bins, çou qui l' cîre at fait d' mî;
Ell' distrût les plaisirs qui l' rich' n'at nin gangnî;
Et puis, di p'tit à p'tit, noss' bèsaç', grâce à leie,
Divint lègîr' comm' plome et l' veie pass' tot pareie!...
Ji creus qu'il est voss' timps, on sonn' li prumî côp;
Bon voyège et corèg'; tot riv'nant v'nez on pau
Beûre in' tass' di cafet tot m' racontant vos crîses,
Rappoirter po nos deux quéqu' michots âs anîses!
Des complumins! — A r'veie, j'inteure è li stâtion,
I m' sônn' qui j' veus on gârd avou n' jaiv' di wallon: —
Dihez don, binamé, dinez-m' on pau 'n' bonn' plèce,
Wiss' qu'on n' seuie nin k'bouyî, wiss' qu'on spâgn' les agueces,

Nin trop près dè l' machin', di qué costé l' mett'-t-on ?
— Ça d'pind d' vos, po nos aut' les deux costés sont bons ;
So li drî, so li d'vant, vè Vervî, vè Brusselle,
C'est todi blanc bonnet, ci n'est qu'in' bagatelle.
— J'ennè va so Vervî. — Vos d'viz l' dir' tot k'minçant,
Vinez chal, vola l' cow', prindez l' ca nos 'nn'allans !
A mêm' timps, tra ta ta, volà treus côps d' trompette,
Èvôie, so baicoyin ! qui l' machin' heye ou pette !.....
Li prumir' di voiture ell' sôrtat à Vervî
Tot d' gottant so l' march' pied di hâss' d'aller pihî.

Eun' volév' trop et l'aut' trop pau ;
Li meyeu c'est dè pârti l' côp.
Avançans, mais avou mèseure ;
Tot d'manant queut on pièd' si timps ;
Qwand on vat trop reud on s' ripint ;
Li tot c'est d' bin trover l' piceure.

II.

ON PÈLÈRINÈGE.

Jihan veyév' voltî Mareie,
Mareie esteut tot' sott' di J'han ;
Ell' si mâvlév' bin d'sus, quéqu' feies,
Qwant i div'név' on pau r'mouwant.
Li jônai
Esteut bai ;
Li jôn' feie
Foirt ginteie.
On s' veyév' li dimègne, on s' veyév' li londi
Et, s'i touméve ainsi,
L' judi ;
Mais jus di s' soû jamâie ell' n'aveut volou v'ni.
Ci n'esteut nin çoula qui noss' crapaud qwèréve ;
Là d'sus leie, comm' di jusse, è s' plèce el rimettéve.
Si v's avez bonne îdeie,
Pârlez à mes parints ;
Allans à l' maison d' veye,
Après v' sèrez contint.
Li cangî de l' miliç' n'âreut co polou s' prinde ;
Li mestî n'allév' nin, i fallév' co rattinde ;
Rattinde ! âh ! quéll' tôrteûr' ! c'esteut bin mâgré lu ;
Amour ! t'es quéqu' feies doux, mais t'es bin deur ossu !
I gn'y aveut tant d'eximpes
Di fâs d'vint les galants,
D'avu k'mincî trop timpe,
Qui c'esteut trop risquant...

So l' trèvin vo-nos-chal vinous è l' saint' samaine,
Les pâqu' estît tâdrow', ell' finihît l' qwinzaine
Qu'avri fait plèce à maie ; l'hiviér aveut s'tu doûx
Et les foye' et l'wazon boutît sots tos les joûs.
On songîve âs cocognes
Et âs tos p'tits pèchîs
Qui fet todi 'n' gott' sogne
Et qu' poirtet à pryî.
Li nutt' dè blanc jûdi c'est on timps d'indulgince,
On 'nnè wangn', s'on-z-at faim, tot junant d' pènitince ;
On-z-est pus sûr di s' côp s'on vat d'mander pardon
Tot montant les mains jont' li thiér di Chîvrimont.
Deux apprindiss' chaffettes,
Prèt' à r'çûr, mâie à d'ner,
A leu lét fît barette
Et 'nn'allît ramehner.
Ell' dibâchît Mareie qui n'ava wêr' di pône
D'obtini l' permichon d'aller leus treus essônne ;
Avou des s' faitès gins qui pout-on mâie risquer?
Li dial' piédreut s' latin s'i v'név' les attaquer....
Mais 'n' feumm' si pout-ell' taire?
On 'nn'at foirt pau k'nohou.
J'han eurit vint d' l'affaire,
Et comme on vî marcou
Qu'awêtreut l' gale âs dints ine ènoçain' mîsoitte,
Avou deux bons k'pagnons, ârgotés so l' fleûrette,
Enn' allît tot douç'mint jusse â moumint marqué,
Bras d'sus, bras d'sous, â pas, sûr dè n' nin les mâquer.
Çi n' fourit qu'à l' chappelle
Portant qu'on s' rescontrat ;
A ç' moumint nos bâcelles
Mâquît dè toumer là.....
Quél aweur, dist-i J'han, on-z-at raison dè dire
Qui çi n'est nin à bois qu'ennè vont les pryîres ;

Tot' li vôie, ji sintév' comme on pressintumint
Dè bonheûr qui j'esprouve à v' veie divint ç' moumint !

Ell' si r'mettit in' gotte,
Mareie rilouka J'han,
Les deus aut' à 'n' chabotte
Fit l'offrand' tot 'nn'allant...

On rid'hinda l' montagn' tranquill'mint comm' Batisse ;
Les camaràd' da J'han tapit bin in' divise,
Mais ça n' prindév' nin co ; li surprise et l'endroit
Estit mî faits po s' taire ou po pârler d'aut' choi.

Nos fâsseiès bèguennes
Qu'â fond k'tappît l' jônai
Dè mêm' ton, dè l' mêm' mène,
Qui li r'nâ les troquais,

Rèflèchihît on pau : sèreut-ç' dè l' bann' dè cire
Qu'il ârît agotté po côper nos suspirs ?
Li çi qu' n'at mâie risqué n'at mâie situ pindou ;
Qui v' sônn'-t-i ? — Hoûtans-les, c'est mutoi l' sôrt qu'el vout.

On s'accoplat ; nos deux compéres
Qui k'nohît l' wastat' so leus deûgts,
Fit so l' côp fruzi les comméres
Tot l'zî sofflant des p'tits mots d' feû.

Jihan esteut l' dièrain, i t'név' si binamêie
Di s' main dreùt' po l' main gauch' qu'i strindév' bin sovint ;
Sins l' voleûr, les treus cop', dè l' longueûr d'in' pihêie,
Si sépart chaskeun' tot s' pârlant serrêiemint.....
Jihan, vè l' bass' Ranzy, s'èmancha d'vint 'n' mâl' vôie ;
On s' trova d'vint on pré qu'esteut doux comm' dè l' sôie,
On-z-esteut d'jà nâhî ; tot s'assiant on moumint,
Di s' rimett' so bon pas on r'trouvreut mî l' moyin.
L'aiw' corant foirt près d' là so ses boirds barbotéve,
Li leun', quâzî coûkeie, mâgré leie dihindéve ;
Ad'lé s' frumell', so 'n' coh', l'amoureux râskinioû

Po l'eschanter hufflév' di ses airs li pus doûx;
L'odeûr des clingets d'aur qu'avît l'air d'in'brosdeûre
So l' frisse et bai tapis fôrmé dè l' jôn' verdeûre
Et qui r'lèvît leu tiess' flrs dè v'ni les prumîs
Affronter l' marguarit' qui qwèréve à s' cachî;
Des bouquets di chersîs quéqu' feie' in' fleûr touméve;
On p'tit vint caressant âs oreie' aminéve
Li brut des jônès foyes qu'il aveut fait hossî!
Tot, enfin, âs douceûrs vis poirtéve à songî!
Li bonn' siteûl' da J'han blamméve è l' plèç' dè r'lûre.
I broûle, i broûl'! Mareie si troublèie, on l' rassûre....
Qués moumints! âh! poquoi sont-i si vit' distruts!
Amour! t'es quéqu' feies deur, mais t'es bin doûx ossu!...

On s' dihombrat so l' côp po rattrapper les aûtes,
On n' corat nin foirt lon ; les homm' avît l' tiess' haûte.
Avît-i, comm' Jihan, po qui l' voyèg' fouh' bon,
Sacrifiî 'n' chandell' so l' vôie di Chîvrimont?

On chap'let à si spons', qwand on z-at fait s' manège,
Vât bin mî, m' feie Mareie, qu'on s' fait pèlèrinège.

LI VI BOUNHAMME

PAR G. DELARGE.

MENTION HONORABLE (HORS CONCOURS.)

Mes èfants , j'a passé m'jônesse,
J'espér' qui vos l'pass'rez comm' mi ;
Plaindez-m' turtos ca d'vins l'vyesse
On pied' ses foic' et ses amis ;
Tot çoula passe et fèle èvôie ,
Vos n'héritez pus qui d'tourmints :
Hureux si l'consciinc' rissint 'n' jôie
Dè bin qui n's avans fait d'vin l'timps !

Mes hût creux vont coronner m' tiesse ,
Et tos mes plaisirs sont passés ;
Les concêrts, les bal' et les fiesses
M'annoièt, ji n'y ois' pinser;
Ca tos ces bais joûs filés d'sôie
Passet comm' les fleurs dè prétimps :
Hureux si l'consciince' rissint 'n' jôie
Dè bin qui n's avans fait d'vin l'timps !

Mes èfants, rit'nez tot' voss' vèie,
Qui l'ag' ni nos lait pus rin d'doux
Qui l'plaisir dè pinser quéqu' fèies
As bonnès oûv' di nos bais joûs;
Main si nos avans sû l'mâl' vôie,
Li mâl aweur est à nos rins :
Hureux si l'consciinc' rissint 'n' joie,
Dè bin qui n's avans fait d'vin l'timp!

Qwand l'doux prétimps nos rind l'verdeure,
Contint ji m' rischâfe â solo,
Et ji d'mande à Dièw li bonheur
De vèie li ci qui vêret co :
Main les annèies corèt èvôie
Comm' les foye' èvolèie' â vint :
Hureux si l'consciinc' rissint 'n' jôie
Dè bin qui n's avans fait d'vin l'timps!

Li passé sovint m'imbarasse,
Divin l'av'nir ji n' rattinds rin;
Onk n'est pus, et l'aut' mi tracasse,
Et ji sos geiné dè présint :
Ainsi l'homm' mâgré lu s'annôie
Qwan l'hiviér di l'age el surprind :
Hureux si s'consciinc' rissint 'n' jôie
Dè bin qu'il âret fait d'vin l'timps!

LI FAMME COMME I ÈNN' AT WÈRE.

PAR

J.-S. REGNIER, DE VERVIERS.

MENTION HONORABLE (HORS CONCOURS).

Du mêm' qu'on veut certain coq
Dè mî fôré è ponî,
Qwèri tot' sôrt du ktoirts crocs
Po bèchter so l's ancinîs,
Tot pareie on veut téll' feies
Des hamm' aveûr è l' mâhon
Dè bonheûr à fer èveie
So l' timps qu'el qwèret pus lon.
A costé dè misèraube
Du cès mâlhureux d'banés,
On trouv' quéqu' feies l'admiraube
D'on' famm' qui sét patiinter.
Pareie cas su rescontréve
L'aut' jour è l' veie du Vervî,
Là wiss' qu l' fôrteun' vierséve
Po l' teût, çu qu'elle aveut d' mî.
Lu manèg' dont ju v' raconte

Esteut d'on bai à r'nov'ler.
Duspo l' cauv' jusqu'à l' sèvronte
Tot y siervév' du mureu :
L' famm' gauie et l' pus amistauve
Qu'on trovah' traze heûr' autoû,
Mais l'hamm' nu d'bitév' bell' fauve
Qu' qwand i polév' brak'ner foû.
On bai jour, i fit l'emplètte
D'on troufion à n' nin loukt;
Plorans oûies et jamb' kutoites
Qu'one èkneie n'ouh' nin picî ;
Mais, c'est si bai çu qu'ahauie !
Noss' galant maugré l' bon gosse
D'lez s' bell' famm' nu fév' quu bauies,
Nu blamév' pus qu'adlez s' rosse.
L' prumîr' qui n'esteut nin biesse
N' fout nin longtimps à vèyî,
Quu s'bounhamm'sûhant les fiesses
Por leie n'allév' nin tam'hî.
Si ell' aveut drovou s' ramage
Du leie on-z-ouhe èco ri,
Mais l' brav' gin esteut si sage
Qu' tot s' taihant vôv' tot r'wèri;
Don, bin ratte ell' fout so l' vôie
Dè l' nah' wiss' qu'allév' rauwter
S' pauv' crèton avou s' marôie ;
Elle out l' corèg' d'y hawter.
Là estin po tot potège,
Quéqu' hervais haurdés, maussìs,
Po lét dè straim èn'on sèche
Qu' l'aiw' n'aveut mauie rènairî.
Lu bonne et dègn' gin out l' hisse,
Sintat s' cour duv'ni tot gros
D' pinser èn'on tél chinisse

L'ci qu'elle aimév' maugré tot.
Rèvôie, vite elle apontêie
On lét comm' çi d'on prélat,
Cossin doûx pus qu' des nouléies,
Tiqu', dèkbette à falbalas,
Sin qu'on d'hah' du wiss' qu'i v'néve.
Lu mamêie qui l'aveut r'çu,
V' pinsez, noll'mint nu s' dotéve
Qui çoula n' vinah' nin d' lu.
D'vin les plom' jusqu'à d'zeu l' tiesse
Su k'rôlant tot les strimant :
« I faut, qu'on hamm' seuie bin biesse ;
Su d'hév'-t-ell' tot rawaurdant. »
Lu éteur, so l'avêtâre ;
Ju v' dumand' s'i fout bablou
Tot ruknohant ses cov'târes
Et s' no brozdé so l' linçou.
I è corat foû sin rin dire ;
L' pauv' diale esteut si honteux
Qu'i tuzat même à ruscrire
Qu' jamauie on n'el l' ruveureut.
Portant i r'prinda t-à coûr
D'ess' pus hamm' qu'i n' aveut stu,
Vè s' brav' famm' so l' côp raccoûrt
Lì d'mandant : qu'as-s' fait, pour Diu?
« Pa ! j'a volou quu m' bounhamme
» Fouhe a si auh' du tots costés ;
» N'est-c' nin mi d'voir à mi, famme,
» Maugré vos toirts, du v's aimer ;
» Vos m' rouvîz, mais qwand l'ôk' pèche,
» Faureut-i l' fer tots les deux ?
» Diè n' bènireut pus l' manège. »
L' coupaub' hoûtév' tot pèneu,
Tot foû d' lu, tot fìr du leie,

Les oûies pleins d' laum' d'aveûr bon
Du s' veie on' téll' kupagneie,
I tome à g'nos, d'mand' pardon.
S' famm' pus qu' jamais bonne et belle
L' rulèva po l' ruchoufter.
Duspôie lu bonheûr por zel
Noll' minut' n'at pus laaké.

Nos n' frans nin long commentaire
So l' morâl' du çu-vo-ci :
D'hans seûl'mint qu'on' famme à s' taire
Gagn' baicôp pus qu'à braidi.

INE COPE DI GRANDIVEUS.

MŒURS POPULAIRES.

SATIRE

PAR M. THIRY.

4e CONCOURS. PRIX : UNE MÉDAILLE EN VERMEIL.

Wiss' qui n'seyans' ni roûvians nin
Qui l'ci qu'vat douc'mint vat longtimps.

HOUBERT.

Bonjoû, j'inteur' tot dreut, sins façon, sins bouhî;
Avou les camarâd' c'est ainsi qu'i vât l' mi.
Qui fait-on don po n' pus mette on pîd foû di s' chambe ?
Pa ! çi n' sèreut nin pé s'on s'aveut cassé 'n' jambe !
Vos div'nez co pus râr' qui n'el sont les bais joûs;
Vos t'nez pus à voss' viss' qu'in' covresse à ses oûs.
Ji convins qu' c'est plaisir dè veie arrondi s' boûse,
Mais, quéqu' feie, i vât mî di s'y prinde à la doûce
Qui di s' mett' foû d'halèn' po gonfler s' saint crespin,
Et puis s' fer rascrâwer â pus bai des moumints !
Qwand on-z-ouveur dîhe heûr' par joû c'est in' bonn' dake
Tot 'nnè volans fer pus on s' crèvint' li stoumake,

On tom' jus, po 'n' happêie on s' poul fer rascoyî;
Sovint di mâlès pèce' on-z-est r'mettou so pîd ;
Après, on malârdêie, on mâva vint v' riplôie,
Vos v' médicamintez tant qu' vos sèyîz èvôie,
Et tot les pus bais plans qu'on-z-âie polou bati,
Sont ainsi po les waid' filés po n' pus riv'ni !
Vos sèrez bin pus crâs, les cas n' sont nin si râres,
Qwand i v' fâret payî des compt' d'apothicâre,
Nin seûl'mint po l's èplàss' et les médicamints,
Mais po tot çou qu' sor vos âret mettou ses mains ;
Li méd'cin, l' sirurgin, mêm' les cis qu' vont so l' rowe
Comm' saint François, conv'net qui les pus laid' des mowes
Sont les çiss' qu'i vèyet â moumint d'acqwitter
Les not', fait' â lèvain, qu'i v' vinet présinter.
Li maxô di s' côp là bin sûr attrape in' pruge
Qui l'aflâwih' téll'mint qui d' longtimps i n' rifruge.
Et tot v's âyant drenné, disloqué, sansouwé,
Li cou int' deux chèir' vos v' trovez riclawé !
Jan! haie ! c'est hoûie londi, kihoyans nos in' gotte !
Nos îrans fer on tour, in' sawiss', hâre ou hotte !
Pa ! t'es-t-èco jône homm', ti d'vreus ess' li prumî
A v'ni, di timps in timps, sayî di m' dibâchî.

SERVAS.

Vis d'bâchî ! çi sèreut, l' dial' m'èpoitt', mâlâheie !
Tot v' sèchant po treus ch'vets on contintreut si îdeie.
Vos n' cang'rez mâie, Houbert, et lon qui voss' raison
Crèh'reut avou voste ag', vos 'nn'avez todi mon.
Por mi, hoûie ji n' bog' nin, foû d' chal rin ni m'ahâie ;
J'a promettou po d'main, et d' parol' ji n' mâqu' mâie,
Di rèpoirter d' l'ovrèg' qu'on rawâd' foirt après,
Et s'i fât passer l' nutt', po l' fini, j'el pass'rè.
Chaskeun' prind dè plaisir sûvant s' goss' wiss' qu'el troûve :
Tot-z-ahessant 'n' pratiqu', por mi, çou qui j'esproûve

Vât mî qu'in' mâl blagu'reie à l' tâv' d'on câbaret,
Et deur' co l' leddimain è l' plèc' dè d'ner dè r'gret.
Ji n'a nin jusqu'à c'ste heûre aparçu qui l'ovrège
M'avah' foirt abattou ; dè contrair', mi corège
Si mes'rant so mes foiç' ni fait qui d' s'agrandi :
Po bin nourri ses niérs i fât les fer nâhis.
Après on bon travaye in' nutt' parett' si coûte !
On l' pass' d'on côp d' ferré et dè côp qu'elle est foûte,
Li fatigue est roûvieie et l' bin dè joû di d'vant
Vis r'sèch' po rikminci pé qui l' fiér vè l'aimant.
Les cis qu' l'ovrèg' distrût sont clér-sèmés d'arège;
Il ârît, s' j'esteus maiss', l'honneùr di l'embaumège;
Mais j'ennè troûv' baicôp qui prindet trop sovint
Li naw'reie po dè mâ et l' flan'reie po méd'cin.
Ces là, ça n' pout mâquer, comm' deux et deux fet qwate,
Divins l' cep dè l' misére i s' fet happer po 'n' patte !
Çi n' sèreut qu'on d'meie mâ s'i n'estît qu' zel' tot seûs,
Mais sovint, ravisant li sôdâr di qwârjeûs
Qu'est à l' tiess' dè l' guilitt' po siervi d' chéf di file,
Tot fant fotène è l'air, i r'vierset leu famille !
Vos d'vrîz pinsez comm' mi, Houbert, i sèreut timps
Dè cangî d' vos bèriqu' les verr' qui n' valet rin;
Vos avez cinq poyions, c'est dèjà 'n' bell' covêie;
I crèhet tos les joûs, i fât bin qui l' potèie
Crèhe ossu, tant qu' poless' qwèri zel mêm' leus grains,
Sins quoi d'meurront chaîpious et n' vâront jamâie rin.
Ni v' fyîz mâie so l' timps wiss' qui les âlouettes
Divet totès rosteies toumer so voste assiette.
Li çi qui compt' là-d'sus à m' manîr' fait foirt bin
Di les prind' po l' rawette et d' gretter tant qu' rattind.
Vos n'estez pus voss' maiss' ! tot montant à l' mairreie
On doûve on novai compt' qui donn' bin dè l' kiteie !
Crèyez-m', prindez imâge amon les p'tits oûhais,
Loukîz dizo voss' teut l'arong' po ses cârpais :

A l' fèn' pikett' dè joû jusqu'à ç' qui l' solo tome
Elle îret à l' bècheie pus d' feies qu'ell' n'âie di plomes,
Et qwand l' neûr' nutte arrive, ell' ni troûv' co rin d' mi
Qui d' les sinti d'zo si èle et qui d' les caressî !

HOUBERT.

Ji sé qu' les sintumins ni v's ont jamâie fait fâte ;
Et qu' voss' coûr po l's amis n'esproûv' nin sovint 'n' plâte (1),
C'esteut donc, int' nos deux, po pârler d' mes tourmints,
Qui j'euh' volou v's avu po choquer on moumint.

SERVAS.

Po çoula, ji tins bon, mes ideies sont hazeies ;
J'aim' mî qui l' son des verr' li son di mes usteies,
Ji pous co v's accoirder on qwârt d'heûre et mêm' pus,
Nos n'estans qu'int' qwatre oûie' et les linw' chal sont jus.

HOUBERT.

Et bin, si v's el fât dir', fré Servâs, j'a des pônes :
Mi tiesse est âs cent coups, ji n' tins pus pèce essônne ;
Figurez-v' qu'on m' man'çeie di m'avoyî l' houssî
Po v'ni marquer mes meùb' et les vind' so l' marchî !
Il at fait chîr viker dispôie quéquès annèies ;
Vos v'nez dè l' dir' vos mêm', j'a dèjà 'n' gross' nièie ;
Avou les mâvas bruts, l'ovrèg' at rescoulé,
Et les prix, dèja bas, ont co stu ravalés.
Les maiss' profitet d' tot ; i beûrît nos souweûrs,
I beûrît mêm' noss' songu' si nos l'zî lèyîz beûre !
Mi j'enn'a pôr à fer à des chins d' parvinous
Qui porveu qu'i lâyess' n'ont d' keur' di wiss' qu'est v'nou.
J'a trop târdé dè veie qui j'esteus so 'n' mâl' cohe ;
Ji m'a todi fyî qu'i vairît à riknohe

(1) Chômage.

Qu'i fâreut d'ner l'avône âx cis qu' l'ârît wangnî;
Mais les bach' vont ess' vûds et les jôn' vont grognî!
J'a cangî dépôie pau tot' mes veyès battreies;
Ji m'a stu présinter, sûvant des bons conseies,
Amon des autès gins et qui savet jugî
Qui c'est d' châr di chrètiin qu'est fait l' coirps d'in ovrî.
Dimain ji deus-t-aller qwèri baicôp d'ovrège ;
Mais, po-z-avu l' tiess' libe et po r'trimper m' corège,
Ji d'vreus poleûr fer tair' les jaiv' des pus hagnants,
Tot l'zi chôkant è l' patte on p'tit malkai d'aidants.
Ji n' pous mî m'adressî, ji k'noh' voss' caractére,
Voss' bon coûr qui comprind tot' les dolcurs d'on pére
Qui s' trouv', tot comm' j'el sos, sins qu'ennè pôie trop' rin,
Avâ l'aiw', tinant 'n' planch', prète à hipper di s' main!
Mes èfants v' bènih'ront, voss' no è noss' manège
Ni sèret mâie cité sins qui l' coûr et l' visège
Marquess' li rik'nohanc' d'on grand siervic' rindou ;
Divins tot' nos pâtérs li cir' l'âret oyou.
Servâs! ni m' rèbutt' nin, â nom di t' brav' veye mére,
Qui m' veyév' si voltî, rind-m' li bonheûr so l' térre!
Prustèie mu treus cints francs, ji t' jeur' divant l' cruç'fix,
Qui ti n' piėdret nin 'n' çans'; jan! qu' ji t' pôie dir' merci!

SERVAS.

Ji m'enn'a bin doté; j'a-st-odé voste amoice :
Vola d'jà bin longtimps qui v's estez è l' tricoisse!
On ramtèie so voss' compt' dépôie in an ou deux
Et c'est di ç' trèvin là qui quéqu' feie' on v' riveut.
So l' bèchett' di vos deugts vos k'nohez voss' prîre,
On sint qui ç' n'est nin d'hoûie qui vos k'mincîz dè l' dire ;
Douç'mint, on n'mi prind nin avou des bais simblants,
Ji veus trop bin l' ficelle et ji sos d'mesfiant.
Hoûtez, il est co timps, avou d' l'âme et des bresses,
Dè d'loyî po v' sâver li nouk dè corant-lèce ;

Cangîz dè neûr à blanc, c'est l' mî qu' vos polêz' fer,
È l' plèc' di boûrr' quéqu' timps ni magnîz qu' dè stoffé;
Rinoyîz les sottrèies qui v's ont fait toûrner l' tiesse;
Pèter pus haut qui s'cou c'est s'fer passer po'n' biesse!
Ovrez, vos estez foirt, ovrez, fez tot comm' mi!
C'est on r'méd' familiêr' qu'at sovint rèussi!
L'aiw' qui tomm' gotte à gotte à l'fin pout rongî l'pîre;
Les sûd' qui, so leu vôie, si r'jondèt d'vin' n' colîre
Kimincet par fôrmer tot douc'mint des potais;
Les potais rassônnés div'net on p'tit goffai.
Vos sots frais c'est l'gott' d'aiw'; li pîr', c'est voss' manège;
Les sûd' je l's a minés, li goffai c'est mi ovrègo!
Vorîz-v' prind bârr' là d'sus? Vorîz-v'y v'ni poûhî?
Et m'rimett so hâdren' qwand ji k'mince à naivi?
Houbert, vos savez bin qui ji n' sés fer l'jannesse,
J'èl tapp' là, qu'on l'ramasse et ji m' batt' l'oûie po l'resse;
Et bin, des deux chôs' l'eun': vos v'rilivrez tot seû,
Tot grettant, kerpinant, à v'dihâssî les deûgts,
A r'jond' les deux corons à pichotte à migeotte,
Ou c'n'est nin soixant' pèc' qui v'sèch'ront foû dè l'crotte!
Si v's avez bin doviér vos oûies divant l'mureu,
Si vos k'nohez l'qwâqwâ, médîz-l' sins fer nou pleut;
Attaquez à deux mains à lî mett' dès flîm' hoûie;
Si v's avez, dè contrair', wardé l'florett' so l'oûie,
Èprontez tant qu'i v'plait, vos n'y frez nin pus rin
Qui comm' si v' rèchahîz discont' li cou d'on chin!
Vos mettrez l'cataplam' tot à costé dè l'plâie,
Vos r'piqu'rez des ahans tot dreut d'zo 'n' sipèss' hâie,
Vos frez-t-in' bonn' lâg' foss' po stopper des p'tits trôs,
Tant qu'on joû voss' pîd ride et vos v's y spierez l'cô...
C'est è l'plèç' d'on mâ, deux; c'est èherchî tot jusse
Tot qwèrant à s'ratni in aute à fond dè puse;
In aut'! qwand i n'at qu'onk', mais avou ç'côp d'mow' là
On rafûl' bin sovint in' volêie è herna!

Ji m'tins donc foû des côps, c'est là qu'i fait l'pus sûr,
Et tot wârdant çou qu' j'a cont' les mâs ji m'assure.

HOUBERT.

Vos avez si bai dir', vos estez vos tot seû;
Ji voreus bin, è m'plèç, vis veie avou l'mêm' jeû;
Pa! s'on v's oyév' jâser on poreut ess' capâbe
Di s' sâver èrî d'mi comme on l'fait d'on coupâbe.
Qu'a-ju fait? ca, so mi âme, à mon d'çou qu' ji v's a dit
So les prix, so les maiss, ji n'veus rin cont' di mi!

SERVAS.

Ah hâ! patiince on pâu, qui j'esprins' li chandelle:
Vos d'couvurrez mutoi l'soumî qui v's aveuguelle,
Je l's a tot' prèt' è m'manch'; ji v'va d'filer m'chaplet
Èvôie! arriv' qui plant'; c'est après qu'on l'vièret.
Avez-v' saou compter? avez-v'mâie è l'balance
Mettou l'gangn' d'on costé et di l'aut' li dèpense?
Il est sûr qui nenni: C'est portant l'principâ,
Sins quoi l'dierain platai tot piquant 'n'tiess' lâvâ
Fait spiter li prumî si haut qu'i s'dimantelle
Et qu' fât bin halcoter sovint po qu'on l'ratelle.
Vos avîz l'diale è coirps po parett' pus qu'turtos,
Et fer mâ l'coûr âx aut' est on plaisir por vos.
Kibin d'fèies po soper qwand vos fîz'n' crâsse heurêie
Ni cloyév' t-on l'volet qu'à l'neur' nutt' tot' serrêie,
Ni leyîv' t-on l'gordènn', comm' s'on l'aveut rouvî,
A clâ qu' avâ l'journêie on l'aveut ritrossî?
Li leddimain l'pann'let aveut vos pus fins resses,
Et l'joû di d'van voss' feumm avou s'cabasse à s'bresse,
Arrangêie â marchî comm' po 'n'expôsichon,
S'arrestév' sin noll' fâte à l'pus p'tite occâsion.
Tos vos meûb' sont mettous comm' si c'esteut' n' hâgneûre,
On vrêie divant d'âté, po drî c'est on nou meur;

Voss' mohon' li prumire ossi vit' qu'i fév' bon
Esteut finiesse â lâg' comme on joû d'porcession.
Aviz-v' bon d'fer l'gros hèr' li dîmègne à nolle heure
Qwand vos alliz t-è l'vèye avou voss' bell' frac neûre,
Voss' gilet à ramag' les pus flahârds di tots,
Voss' chapai qui r'luhév' comm' dè veule â solo,
Deux épingu' èchaînèies creuh'lèies so voss' crawatte,
Des botons èlahîs âx manchett' à rabatte,
In chain' d'aur â stoumakc, in' pip' ferrèie d'ârgint,
In' chèvaliér' soflèie â prumî deugt d'voss' main,
On want seul'mint mettou paç'qu'avou li spèheur
Dè l'bagu', l'aut' tot hyant âreut polou fer creure
Qui l'trô, po mostrer l'aur, esprès aveut s'tu fait!
Vo n' tiniz mâie voss' cann' qui po d'zo s' bai poumai.
Po v' veyî bin 'nn'aller so l' soû voss' feumm' vinéve,
C'esteut là qu'on r'loyîve on floket qui s' disféve.
On pau pus târd, à s' toûr, madam' sôrtéve avou:
Po l'intrèie d'in' bonn' veye on-z-âreut bin pris s' cou!
Divant di s'ènonder ell' chaf'téve on qwârt d'heûre
Avou l' prumîr' voisèn', qu'enn'aveut wér' di keûre.
Après qu'elle aveut fait cint pas, tot â pus haut,
Ayant rouvî 'n' saquoi, ell' ritournév' so l' côp;
Les mâlès linw' dihît qui c'esteut po s' fer r'veie;
Et s' fât-i bin conv'ni qu'on z-âreut l' mème îdeie.
Areut-ell' bin polou vis leyî fer l' monsieû
Sins fer madam' Grand'zâ! vos lî d'nîz trop bai jeû.
A lâg', serrez-v' on pau, plèç' po deux, gâr' qui j' passe!
Li çi qu' n'est nin contint, çou qui j' pied' qu'el ramasse!
Qwand les mohett' volît vos l' veyîz-t-à saint Jhan
Dè l' mess' d'onze heûr' et d'mèie hossî s' cou tot sôrtant.
Elle aveut fait si intrèie â côp qu'on toûn' li live,
Qwand po r'poiser les g'nos, on moumint on s' dressîve,
Sûvant s' vôie jusqu'â chœûr et là qwèrant l' moumint
Dè fer in' bell' sôrtiss' divant qu' çi n' fouh' li fin.

Avou l' grandeûr è l' tiess' sovint on n' veut pus gotte ;
Li bon sins est mahî, l'esprit at fait ribotte :
Ell' pinsév' fer d' l'effet avou ses rog' rubans
Qui voltizît drî leie è l'air tot s' ricreuh'lant,
Et s' châl di jama, don! qui fév' bablou dè l' veie,
Qu'esteut stindou po drî comme à l' foiç' d'ine usteie,
Et qu'âreut sûr hippé di ses bèchett' di d'vant
S'on n'avah' pris bonn' sogn' di lu tot l'attèchant!
S'on-z-at 'n' bell' cott' di d'zo', est-ce on mâ qu'on l' mosteûre?
On s' tross' bin qwand n' ploût nin, c'est assez l' môde à c'ste heûre;
Mais, qwand même, i vât mî dè l' lèyî pinde assez
Po qu'on veuss' les dints d' leûp ou l' tripopoie (1) passer?
S'ell' volév' bin v' riknohe, ell' hossiv' treus côps s' tiesse,
D'in air qui volév' dir' : ji vous bin v' fer dè l' fiesse,
Ji v's accoid', vos l' veyez, on pau di m' protecchon,
Seyîz don bin contint, baicôp fet excepchon.

HOUBERT.

Veyez-v' on mâ là d'vins, est-ce on pèchî d'ess' gâie?

SERVAS.

Nenni, po l'çi qu'el gangne et surtout l'ci qui pâie
Ou qu'at l' moyin dè l' fer sins qu'on jâse après lu.
Mais leyîz-m' pòr aller et ni m'arrestez pus :
Ji v' veus co sitrumer voss' bai paraplu d' sôie,
Il esteut tot miérseû ç' joû là so tot' les vôies,
I gn'y aveut treus samain' à mon qu'i n'avah' ploû ;
Li cîre esteut tot bleu, les airchîs turtos foû
Pigeolît d'vins les airs si haut qui l'oûie ploréve
Qwand on loukîve in' gott' vè l' disdut qu'on-z-oyéve ;
Les raîn' estît mouwall' ; des crajolés pâvions
Des potêie' à m' finiess' caressît les botons ;

(1) Cordonnet en losange servant de bordure.

L'airège esteut si doux qui l' plope à l' trônnant' cohe
Ni frusihév' mèm' nin ; on-z-oyév' randl 'n' mohe ;
Li jôliet, tot spitant, cachî d'vins les tiyous ,
Tarlatév' si chanson tot contint d'esse oyou !
Tot passant tot près d' vos les gins fît in' clignette :
Sereut-ç' po s' pai, d'hév'-t-on, ou l' fât' di s' baromette?
Et prind' si foye di jott' qwand on lavass' tom' bin
On n'el prind qui por lu , les aût' n'el veyet nin.
Quél awousse âx treus joûs dè l' foûleyeie samaine,
Po v' diguiser d'adreut et corri l' pertontaine !
Hût joûs d'avanc' tot l' mond' saveut çou qu' vos mettrîz :
Voss' feumm' sereut comtesse et vos vos frîz l' banqui.
Po beûre on verr' d'èpunch in aût' prind 'n' cow' di pipe ,
I s' dihombe, i s'ècrouke, i s' broûl' quéqu'feie li pipe ;
Vos aût', vos v' dimasquîz, vos fîz todi long feû ,
Vos v' plaindîz dè l' choleûr s'i fév' même on neûr freûd ;
Il est vrêie qui li d'sîr' dè dire in' calin'reie
Qu'on n'ois'reut dire â joû n'esteut nin voss' foleie ;
Vos n' qwerîz qu'in' saquoi : c'esteut d'ess' riknohous :
Wiss' sereut don l' plaisir s'on n'esteut nin veyous ?
Fer l' grand por lu tot seû çi sereut 'n' belle avance !
I vâreut bin les pôn' à s' boûsse dè mettq in' rance !
Ax mess' di moirt d'onze heûr' vòs mâquîz foirt râr'mint :
Vos pinsîz qu'on loukîv' les rich' po vos parints ;
Vos n'riv'nîz nin sol côp ; vos allîz jusqu'à l'aite ,
Vos v'mettîz dreut d'vant l'fosse tant qui l'affair' fouh' faite,
Voss' mèn' si leyîv' pind', vos r'grettîz l'trèpassé,
Mais 'n'feie les gins èvoie vos mâs estit passés ;
Vos v's accoplîz après avou quéq' haridelle
Et v's allîz d'gotter 'n'lâme à des autès chapelles.
Divins les grands bazârs leie esteut bin t sovint ,
Dimandant les prix d'tot et tappant tot à rin ;
Les treus qwârts des botiqu' ènn' avît quâsi sogne ,
On n'lì fév' nou visège ; on lì mostréve in' trogne ;

Çou qui n'l'espêchîv' nin d'aller fer dipaqu'ter,
Et d'mett' cou d'zeûr cou d'zo tot po rår'mint ach'ter;
On l'vèyév' fafouyî quâsî d'vins tot' les vintes :
I m'fât çi, ji vous ça, coss' qui coss po l'attinte;
Qwand on mettéve à l'hausse on n'è l'rivèyev' pus
Qu'après po fer l'mad'lein' di n'nin y avu stu.
Mais ni v's av-v' nin fait pond' comm' les grands personnèges?
N'est-c' nin vos qu'j'a veyou d'vins 'n'vitrine è passège
Avou l'air de tûser so tos les mâs dè timps,
Et d'qwèri cont' les crîs' on grand côp di voss' main?
Vos v's avîz fait plaquî tot près d'quéqu'bonnès tiesses
Qui l'oûie ni r'veut jamâie sin qui l'coûr seuye à l'fiesse.
Les cis qui v'riknohîz vis traitît d'ennocint
Et s'rappelît so l'côp Hénaux et l'boign' Mârtin.

HOUBERT.

Vos avez todi l'air dè n'savu compter qwinze,
Ji sos tot esbaré hoûie d'oyî voss' loquinse;
C'est comme in' bomb' qu'èclat' mais vos n'm'acsûrez nin.
C'est des boûd', qwand v' vorez, j'el proûvrè-t-âheiemint.

SERVAS.

Des boûd'? qui n' pout-s' ess' vrèie, mais por mi j'ennè dote!
Tot' les feumm' di manèg' so vos aût' sont groumottes;
Ji creus-t-à noss' vî spot qu' n'at noll' foumîr' sins feu,
Et tot çou qu' ji v' raconte on l' tûtlèie so les teûts.
Ji n'a co wêr' fini; comme on naw' qwand s'y mette,
Tant qu' j'y sos, jusqu'à bout ji frè petter m' clapette :
Tot fant ji vous ji n' pous, vos n'esblawîz qu' les sots;
Et les sûtis ryît di voss' feumm' comm' di vos.
Baicôp di grandîveus po fer li gâie manchette,
Sechet leu blouck à stock et fet li maigu' pansette;
Vos aût', vos alloumîz l' chandell' des deux costés,
On veyéve à vos hâr' qui vos avîz glетté!
Li sèw' coréve èvôie, li coton s'alouwéve,

L'ôle âx jonteur' des bress' po les r'nov'ler mâquéve!
Vola qu'i fait tot spès! vos estez bin pus crâs :
In' hoss'cowe âreut l' flème à c'ste heûr' cont' voste ârmâ;
Les moh' l'ont èlaîdi; c'est èco po v's apprinde
A çou qui d' bin des gins vos divrez co v's attinde,
Tant qu'i gn'y at à suçi, tant qu'i gn'y at dè profit,
On vint, mais qwand c'est tot on n' troûv' pus l' vôie po v'ni.
Qui n'a-j' les bais aidans qui v's avez-t-âx lotreies
Fondou sins v' corrègi bin qu' pierdant tot' les feies!
I v's euh' fallou l' gros lot po v' horrer tot don côp,
Et po fer l' grand vizîr à voste âh', tot voss' sô.
Qwand ji v's a l' mi jugî, c'est à 'n' fiesse è l' Châsseie :
Vos n' vis ârîz nin plai s'on-z-euh' passé sins v' veie,
Et po n' nin mâqué l' côp vos v's âvîz-t-aposté
Ine heûr' divant qu' l'airçon di spégulair' frotté
N'avah' diné l' meseûre à restant dè l' musique;
Vos v' volîz fer passer po l' meyeu des pratiques :
Vos avîz chùsi 'n' tâv' int' l'estrâde et l' buffet,
A pus bai dè l' loumîr dè pus foirt des quinquets;
Vos prindîz çi joû là tot l' mond' po camarâde,
Vos fîz claper tot côp voss' pot di limonâde,
Voss' feumm' qu'assotihév' di n'avu nou cachet
So l' frim' dè v'ni dè l'dans' si hourbév' di s' noret;
Vos ryît à hiahias; po v' diner dè l' qwâreûse
Vos pôç' di vos voss' gilet 'n' qwitît nin l'èchancreûre;
Mais ji m'aparçuva qui v' bahîz voss' chapai
Tot sofflant voss' narenn' treus côps d'vant d'avu fait;
Çoula toumat si bin à moumint di l'intrêie
Dè l' costîr' di voss' feumm' tot reude èdimanchèie,
Qui rottéve à cabasse avou l' fils d' voss' coib'hî,
Qui j' veya bin so l' côp qu' vos agucç' vis piçît;
Voss' hufflet fout côpé, vo n'avîz pus dé l'jôie,
Vos ârîz bin volou vis mett' pus foû dè l'vôie;
Ci fout assez por mi; ji m'dèrit : gn'ât d' l'ognon,

Vola qu'i k'mince à d'veùr âx tihons, âx wallons ;
Ji r'louka mî voss' chaîne et tot' vos gâillottrèies,
J'a riknohou dépôie qui c'esteut dè l' fâss'trèie !
È l' plèce d'aûr vèritâb' qui c'esteut d' l'aur di cou,
Et dè staim margoulé qui fait l'ârgint d' filou!
Qui vos hossît è manche et qui tot' vos manîres
È l' plèç d'aveugler l's aut' vis soffoqu'rît d'poussîre!
Voss' posse esteut ainsi banâl, à l'abandon ;
Vos èfants di zel mêm' divît prind' des lèçons ;
Ossu, ça vat sins dire, onk' foû po l'âm' di s'mére
Qwèrév' les baligands, et l'aut', po l'âm' di s'pére,
Apprindév' çou qu' n'aveut di pu fin d'vins l'jârgon :
C'est l'prumî pas qui cosse et qu' môn quéqu' feies bin lon !
Qwand v's avîz sins souci brakné tote in' journêie
Qui l'dial', quoi ! l'leddimain, n' happév-t-i l'attèlêie !
Vos d'nîz rin qu'à v'loukî grande èvèie dè bâyî,
Et vos fîz dir' qui l' cûr divêreut bon marchî.
Oister voss' fèn' chimîh' ç'âreut stu trop' di pône,
In' grosse et l' fin coud'châss' n'ârît nin stu essônne;
Po cachî l's apparanç' vos mettîz voss' vantrin ,
Mais trover ine aweye divin in' jâb' di straim
Areut stu pus âheie qui d'y trover in' tèche ;
Vos n' fîz qui d' chipoter, vos n' cloyîz nin voss' bèche ,
Vos rattindîz qwatre heûr', sîns fer on moumint d' bin ,
Po-z-aller tot crânant r'prind' dè poyèg' di chin;
On coff' vis t'név' so l' soû : vos aimez tant l' musique !
Vos v'nîz-t-à voss' purnai po loukî l' gâr' civique ;
Médôr à l'exêrcice, ou bin on mârtico
Moûssî comme on houzârd foû d' l'ovrèg' vis t'nît co ;
Vos ârîz pris rèçen' divant pourichinelle ,
Payasse è l' harliquin vis clawît dreut d'vant zelles ;
In avaleu d' coûtais, on joweu d' bilboquet
Vis trovît l' boke â lâge et reud comme on piquet ;
Cinq sî chins à l' cowêie po des laidès manîres,

On mustachî d' gorrai so l' chênâ à l' gottre ,
Tambour! c'est m' pér' qui gangne, et à l' tallarigot,
Tot-z-ovrant à leu pèç' divît co r'çur' voss' mot;
Deux mohe' à cou baibai, c'esteut co l' mème affaire ,
On fîferlin, on rin enfin v' polît distraire!
Qwand on n'at qu' vingt-qwatre heûre' à dèpenser par joû
In' feumme et des èfants on deut filer tot doûx ,
Casser 'n' cross' so l' hawai int' deux moumints d'ovrège
Et n' tûzer l' ress' dè timps qu'à r'grèffi so l' gangnège !
Mais vos, nin in' seûl' feie, vos n'avez rimarqué
Qui l' planchî d'zo vos pîds esteut prèt à craquer!
Voss' feumme esteut l' pareie , vos 'nnè fez deux po 'n' cope :
Po z'aller l' haie ni l' trot dèjà vos n' polîz hope
Qui vos l' tappîz-t-à lâg' comm' si v's avîz l' vantrin
So l' ponct di s' kihyî téll'mint qu'i sèreut plein.
Li dragon di voss' fi aveut li pus d' ficelle;
Les aût' si t'nît so cou jusse à ponct qu'i soffelle ,
Mais l' sonk', â gros borai, divév' balter pus haut;
On mettéve on sâclin d' sogn' qui l' cow' fih' dèfaut;
Tot l' volant ènairî on joû jusqu'âx nûlèies
I dogua si téll'mint qui v'là l' lècett' cassèie!
Et, tot fant des madam' et co cint courubets ,
Li vint pus lon qu'à diale el berlonsa tot net !
Quél èseign'mint por vos! mais voss' tiess' foû climpeûre ,
Vis fév' hossî les spale' à tot' les acseigneûres ;
Lon di v' mett' foû des côps vos d'manîz-t-â mitan ,
Et tot comm' li ch'vâ Rock vos v' bahîz tot rottant !
Tot' voss' hied' pé qu' des rich' avît l' saint Nicoleie :
Des gros hopais d' bounhamm', ine arèg' di keuvreie ,
I rèvintît tot l' mond' durant 'n' samaine ou deux ,
Divant qui les ch'minèies ni fouhît so les teuts.
Il euh' bin mî valou dè l'z l d'ner in' bonn' pèce ,
On lîve, in' régue, in' plom', qui des floch' di botresse !
Mais vos d'vîz fer choûler les cis da voss' voisin ,

Dont l'âgn', qu'esteut mon biesse, è l' cabass' ni d'név' rin.
L'an passé po l' prumî communion d' voss' pus vèye
Vos n'avez co qwèrou qu'à fer bisquer d'èveie ;
Di tot' c'esteut s' chandell' qu'aveut li pus gros cou ,
I falla po l' poirter qu'in' feumme allahe avou ;
Si rôbe esteut téll'mint di falbalas chergèie
Qu'on 'nn'âreut bin fait deux tot raspâgnant l' moitèie.
Li londi tot l' manège allat à Chivrimont,
Racokess', battant noû, reud comme è l'amidon ;
Li londi dè l' grand' Pâque on rikminçat l' pârtèie,
Mais on n' montat pus l' thiér, tot comm' à l' prumî feie ;
On alla jusqu'à pîd et après on r'tournat
Po creuh'ler avou l' flouh' qu'allév' di ç' costé là !
On s'arrestat à l' waffe (1) et d'vins deux treus bastringues,
On n' loukat nin à u' geie, on riv'nat hink et plink,
Tot chantant on boket so l' saison des amours
Qui l' pâquette et les aût' savît dèjà par coûr.
Ciette i fât qui l's èfants âyesse in' pitit' fiesse,
Mais on deut lezî d'ner sins chôkî d'vins leus tiesses
Des îdeies di grandeûrs qu'on n' pout pus arrester
Et qu' boutet dèjà d' trop sins qu'on les âie plantés.
I fât qui li r'ligion lezî mosteûr tot jônes
Qui l' çi qu' fait bin trouv' bin, qu'elle adoucih' les pônes,
Mais ni l'accoplez mâie avou l' sotte ambichon !
Avou les simagraw' qui gâtet çou qu' n'a d' bon !
Les liv' sont-i meyeux paç' qu'il ont des doreûres !
C'est çou qu'est so l' papî qu'èlzî fait leu valeûr !
I fât rimpli ses d'voirs, i fât savu pryî,
Mais d' coûr et sins l' pinsêie di s'aller fer veyî !
Vos d'vez bin po l' moumint enn'avu gros so l'âme ?
È voss' plèç' mi j' freus tant quî ji k' heureus tot m' blâme,
Et tot trossant mes manch' i m' plaireut dè r'miner

(1) Cabaret très-connu.

Mi barque à l' tiess' dè l' venn' wiss' qu'elle at règuiné !
Ji v's a d'coviér les màx, vos 'nnè k'nohez l' mèseûre :
Ritèhez l' pèce à noûf avou l' lin qui v' dimeûre!
Ni k'tappez nou coron, dikmèlez tos les fils,
Attaquez à p'tit joû, mettez l' sîze à profit;
Qui voss' feumm' di s' costé di ses biestreies si r'sèche,
Qu'ell' pàte in' çanse è deux, qu'ell' ramasse ine attèche;
Tos les joûs, à tote heûr', ni cessez dè pinser
Qui bin des deûrs hiquets vis d'manet à passer.
Ricomptez l' timps pierdou, vos dèpens' inutiles,
Figurez-v' li coirdai si v' les veyîz d'in' file,
Suppôsez qu' c'est treus francs po chaqu' journêie di mon,
Jondez-y l' dob' po l' ress', po fer l' brouwet mon long,
Vos r'porez so li stî avou l' timps r'mett' li striche. (¹)
Et r'viker après côp tot payant qwitte et lige.

HOUBERT.

Vos m'accâblez, Servâs ! c'est indign' di voss' pârt :
Si v' polîz parer l' côp, poquoi rattind' si târd?
Poquoi d'mani stâmus qwand li vint s'èmontéve,
Et n' brair' gârd' qu'à moumint qui l' tonnîre èclatéve?
Vos ârîz bin mî fait qwand l' timps s'at abruni,
Di m'acseignî l'orèg' po m'è fer garanti!
Vos avez so l' conciince in' pârtèie dè ravage
Qui l' torrint tot d'boirdant à v'nou fer so m' rivage;
Aidîz-m' à r'dressî l' digu', fez in èffôrt por mi,
Plantez les prumis pâs et l' ress' jè l' frè r'sutni?

SERVAS.

Çou qui n' cût nin por mi, j'el lais broûler po l's aûtes;
C'est m' pus p'tit imbarras qu' leu-z-aiw' seuye basse ou haûte :
So leu cou, so leu tiess', ji lais fer mes voisins;
Et si v' n'aviz nin v'nou mâgré mi m' sècht d'vins,

(¹) Réglette servant à égaliser le grain dans la mesure.

Ji n'euh' min co moll tant seûl'mint d' vos affaires;
Mais, so l' ton qu' vos l' prindez, ji n' m'âreus poloû taire.
Sûvez don mes consèyes, i vâlet pus pèsant,
Vos l' riknoh'rez pus târd, qui des aidans sonnants!
Ah! si v's avîz-t-awou des mâlheûrs di famille,
Li feu! des maladeie' f alórs, seyîz tranquille;
Mi coûr ni sèreût nin sourdant comm' po l' moumint,
Et ji m' mettreus-t-è qwatt' po v' dinner on côp d' main!
Mais po vos gaspyèg' rin d'vins mi ni s' rimowe
Qui, comm' j'el vins dè fer, po v' tapper tot' li howe!
Vos avez fait voss' lét, vos v' divez couki d'vins,
Aid'-tu, li cîr t'aidret, c'est l' pus sûr, rit'nez-l' bin!

HOUBERT.

Merçi, c'est 'nn'est assez, j'esteus lon di m' rattinde
Dè l' pârt d'on camarâde à ton qui vos v'nez d' prinde;
C'est ine attèch' so m' manch', songîz qu'on-z-at veyou,
Sins qu'on s'y rattindahe, on joû qui n'at pus v'nou!
Ji n' vis sohait' nou mâ, ji n' qwir' pône à personne;
Mais si vos y toumîz, qui l' bon Diu m'el pardonne,
A l' mannôie di voss' pèc' vos porîz bin v's at'ni :
Ess' battou di ses vèg', çi n'est qu' dè pan bèni!

SERVAS.

C'est bon! mais d'vant qu' ji n' seuie comm' vos on tape à l' lâge,
Il âret bin passé di l'aiw' dizo l' pont d's Aches.
A propós, vos avez lawé les parvinous;
Les cis qu'ont quéqu' saquoi di vos n' sont wêr' bin v'nous.
Divant qui vos n' qwittéz' j'a co treus mots à v' dire :
Vos avez è m' jârdin volou jetter in' pire,
Et bin l' mot d' parvinous, qu'on s'plait tant dè d'biter
Comm' si c'esteut in' tèch' po l' ci qu' l'at mèrité,
Admette in' distinc'chon : on parvint po deux vôies,
Eun' qu'est tot' pleint' di spèn', di ronh' et di corrôies,
L'aût' coûte et pus âheie po-z-arriver à bout;

Mais qu'à l' fin tom' bin deûro á cis qui l'ont suvpu!
Çi n'est nin l' tot d'ess' riche, i fât l'esprit påhûle :
I fât poleûr mostrer ses bins comme out' d'in' tûlle;
Li çi qu'est parvinou par des moyins honteûx,
Qu'at l' conciince à ses reins et dè l' colle à ses deûgts,
Leylz-l' là sins èveie; les cossins di s' carroche
Sont quéqu'feies co pus deurs qu'on gwârti d' pîr di roche!
Foû des toûbions, dè brut, i n'est pus bin noll' pâ,
On côp d'oûie è coirnelte el freut toumer d'on mâ;
Et qwand l'arrièr' saison di ses joûs si mosteûre,
Qwand l' timps dè rind' ses compt' li raccourcih' les heûres,
Ah! qui n' ripâye-t-i chîr les lârcins qu'il at fait,
Et qu' pé qu' les griff' dè dial' d'avanç' lî hoirset l' pai!
Mais l' çi qui, tot douc'mint, seûie par si industreie,
Si studièg', si commerç', si mestî, tot' si veie
At todi, nutte et joû, mostré qu'il esteut là,
Qu'â d'trivié des timpess' s'at scrâwé so s' vierna,
Qui so l' timps qui des aût' batihît èn' Espagne,
Pougnîve à plein ovrège avou s' pus lâge aspagne,
Qui çanse à çanse è cress' mettév' ses p'tits profits,
Qui n'allév' mâie âtoû qui po les fer sôrti
Dè brouhagn' sipâgn'mâie po l' chanc'leus' caiss' di spâgne,
Qui wârdév' bin ses oûs lon d' fer so l' côp des hâgnes,
Qu'at souwé co cint feies, qu'at s' front qui fait des pleus,
Qu'est div'nou vî d'vant si ag' dè n' mâie avu stu queut,
Qu'a foiç' dè fer rôler si p'tit houyot d' nivaie,
Enn'at fait on croupet qui lî siév' di muraie
Po s' cachî cont' li bihe et tos les mâvas timps,
Qui l'at mettou è l'ombe à cell' fin qu'i n' fonss' nin,
Po çila, chapai bas! i passe in honnète homme!
Il at dreut â respect, i mérit' qu'on l' rinomme,
C'est da sonk ses patârs! vos polez bin hawer,
I n'y prind nolle astème et n' vis veut nin r'mouwer!

Houbert tot s' risèchant di s' pus reud riclapp' l'ouhe,
Servås r'prindant s' mayet å tournant bress' ribouhe;
Tot chantant on vî air qu'il a-st-on pau cangî
Sûvant les manîr' d'houie et di tos les pays :
« Dè corège,
» A l'ovrége,
» C'est l' pièl' des amis çila !
» Dè corège,
» A l'ovrège,
» Qwand mêm' nos d'vrîz toumer là ! »

LI FOYAN ÈTERRÉ

RÎMAI

PAR

N. POULET,

DE VERVIERS.

4e concours. Prix : une médaille en vermeil.

A Monsieur Auguste Hock.

C'est aux encouragements que vous donnez à la Littérature wallonne, que ce petit poëme doit le jour; vous dédier cet essai, c'est faire remonter l'eau à sa source.

Veuillez en accepter l'hommage.

Votre bien dévoué serviteur.

N. POULET.

Verviers, le 6 février 1860.

Il n'y a pas de localité, pour ainsi dire, à laquelle ne se rattache le souvenir d'un fait plus ou moins comique, remontant au bon vieux temps. A l'appui de mon dire, je pourrais citer mille exemples. Stembert nous en offre particulièrement un. Ce qui s'y est passé, d'après ce que la tradition nous raconte, m'a paru pouvoir être l'objet d'un petit poëme. A franchement parler, c'est une bluette, mais une bluette qui a son côté plaisant, et plein de bonhommie. Dans ce récit, j'ai cherché à me montrer de l'humeur la plus joyeuse.

Le Wallon pittoresque et imagé, rude et concis, m'est venu en aide, car il se prête admirablement à la causticité et au trait satirique. Je ne sais si ce qui suit offrira à d'autres quelqu'intérêt, mais j'ai voulu débuter : c'est mon commencement, quelle fin m'est réservée? Sous peu le jugement du jury me tirera de l'incertitude.

Novembre 1859.

LI FOYAN ÈTERRÉ

RÎMAI

PAR N. POULET, DE VERVIERS.

4e CONCOURS. PRIX : UNE MÉDAILLE EN VERMEIL.

O veût ô fistou è l'oûie du s'wolsin....

Ji m' va sayî d' chanter, è noss' bon vî wallon,
One histoir' qui mèrit' d'ess' mettowe en ranvion.
O foyan fait l' sujet di tot' mi trahuîreie ;
Quu ji plaihe ô tot pau, et qu'ô reie on' bokeie,
Ji sèrè bé payî des pôn' quu ju m'a d'né,
Po scrir' tot çou-voci, et po v's el racôter.

Y faureut po m'aidî quu j'ôh' lu ch'vau Pégasse.
Mais ji n'a po môté quu l' harott' des *Margasse* (1),
Qui n'a jamais corou, quu d'aller à nikets,
Et qu'on'bonn' qwaût' d'avôn' freut pus d' bin qu' des côps d'fouet.
I pout fer çou qu'i vout, i n'èpêch'ret nin m' penne
Di cori so l' papî ni d' flahî so si s' crenne ;
Qu'i dresse ou bah' l'oreie, i est du plein èforchî,
Et rin ni m'ratêret...... s'i n' vat nin s' trèbouhî !

(1) Vieux cheval poussif dont le souvenir est populaire à Verviers.

Inspirez-m', vos turtots grands saints di l'ormonake!
Ji m' va brair' camme ô vai, dinez-m' ô bon stoumak;
O côp d' gorai d' voss' paurt, et j'arrivrèt à l' fin
Sê fer nou coupèrou, et j' pass'rè p'ô malin.

Les vîs cottieus savet qu'aux èvirons d' Vervî,
Nos avans ô viég' foirt aimé des ouhlîs.
Les treus qwaûrts s'y rêdet po-z-aller à l' têdreie;
Les aût' po-z-y veyî les bellès jônès feies.
O l'at loumé Stainbiet ([1]), po tot' les men' di stain
Quu, d'vin les èvirons, ô trovéve anciennn'mint.
Maugré qu'ô môt' ô pauc, des bellès platès waîdes,
Ossi bonn' à waîdî, quu po-z-y aller têde,
Avou leus aub' à fruts et tots leus pèchalîs,
Houket, aux nids d' favett', tos les d'zîveus ([2]) d' Vervî.
C'est là quu, d'vin l' meyeute, ô foyan s' porminéve,
Et quu, d'zo pus d' meye hauts frougnîve et s' kurôléve.

Lu foyan a todi stu hèyou d' les l' cèsîs.
I v' rutoun'reut on' térr' mi qu'on' chèrawe à pîds,
Et ci-voci, ô l' veut, ovrév' camme à ses pèces.
I èwèrév' tot l' vinôv' po ses tours et si adresse.
Y aveut bin ô malin, qui s' louméve *Ènôdé*,
Di ces *mathi-fait-tot* qui s' trovet tots costés,
Qui d'hév' qu'i v's el gobreut, et çoula so l' qwaurt d'heûre.
Camm' ç'esteut ô breyau, nollu n'el volév' creûre.

([1]) Le nom de Stembert vient, dit-on, du mot allemand *Steinberg*, qui signifie *montagne de pierre*. Cela ne peut pas être. Pour en trouver l'étymologie, il faut considérer son nom dans le patois du pays, comme il l'a porté de tout temps, et le porte encore aujourd'hui. C'est *Stainbiet*, qui signifie *montagne d'étain*. Peut-être s'y trouvait-il anciennement quelques mines d'étain.

Detrooz. *Histoire du marquisat de Franchimont*, 1re partie, page 126.

([2]) Dénicheurs.

Mais l' pus dral' di l'histoir', c'est quu çu fout cila
Qui v's apiça noss' biesse et qui v's el rafûla.

*
* *

Kunohez-v' bin Tatenn'? — Volà on' bell' fam'reie! —
Kubin d' hanteus por leie frît co des biestireies!
Ses chiff' sont pus roz'lant' quu l' pus rog' bon poumî,
Et s' taye êt' mes deux mains su porcut apougnî.
L'Ênôdé, lu, esteut ô grand meye diale è coirps,
Forsôlé et vigreu à fer r'lèver ô moirt.
I s'aimît tots les deux : mais ç' n'est nin l' tot d' s'aimer;
O pau d'aidans vat bin, qwand ô vout s'accopler,
Et noss' pauve Ênôdé n'aveut rin à prétêde.
Tatenn', leie, esteut riche, et les pus bellès waîdes
Di *Slar* (1) et di *Staibiet* divît tot' lî ruv'ni;
Duvant s' poite ô veyév' lu pus gros âcint.
Mais ji danne à pêser si s' vî pére astrabote
Cist afrôté galant qui n'a quu ses clicottes.
Seyîz bon, seyîz brave, ou seyîz bon ovrî,
Sê-z-ôrgint vos n'estez quu fleûr du halcotî.

Heureus'mint po l' valet, et camme ô côp d'assenne,
Qu'i arriva noss' foyan enn' on' terr' du Tatenne,
I v's y fit des gal'reies di pus d' cint tourniquets,
Les pus moid' di ses hauts ravizint des croupets.
Li tunnel d'*Halinsôrt* (2), lu pont des *Dardanelles* (3),
Ni sont bons, tot au pus, quu po fer rir' di zelles,
Et les ovreg' des hamm', avou tots leus bihaîs (4),
Sont dè l' tirlott' (5) adlez les cis qu' ciss' biesse at faits.

(1) Grandes terres labourables, sises près de Stembert.
(2) Ouvrage d'art sur la ligne ferrée de Liége à Verviers.
(3) Pont jeté sur la Vesdre au lieu dit les Grandes-Rames.
(4) Biais, moyens.
(5) Camelotte.

Sė braukler, Béverlo (1), avou ses têt' môtèies,
Ni pout d'ner, du ses hauts quu lu pus p'tite idèie!

*
* *

A l' coin' dè grand vinauve, et po les cis qu'ôt seû,
O tot p'tit côbaret su droûveure aux boveûs.
Li borgeû dè l' mâhon, lu bonnet so l'oreie,
Na quu les craqu' è l' boke, et d'vin les mains l' boteie.
Po fer rire, i racôt' qu'on' nutte at rapèhî
Li leun' qu'esteut toumèie au fond dè grand vivî (2);
I v' diret qu'i at trové, tot studiant è s' coulèie,
Poquoi quu leu-z-èglise esteut si reseoulèie,
Kumint çoula s'at fait, et à quéne occâsion :
L'anglèie esteut foû sqwére et l' meur' jeté foû plomb (3)
C'est là qu' tos les dîmains, les malins dè viège
Vinet beûr' leu hèna, et si mett' enn' allège.
Dir' quu noste Ènôdé s'y alléve astaffer (4),
Et quu d'vin çou qu'ô d'héve i v's y herrév' su né,
Ni sèreut nin mêti. Lu vî pér' da Tatenne
S'y chôkîv' bin avou, mais n' fév' ni senn' ni mene ;
O boû d' frîse, ô z-ôh' dit, è mitan des boveûs.
Pus rin n' lî fév' plaisir : les chansons, les cwârjeûs,
El fît r'naker so l' côp ; i atristév' li kèkeie
Tot camme ôk' qui keuvreut on' mèchant' maladeie.
— Jan ! prèdez bon corège, et ni v' maugriîz nin,
Ok ou l'aut', dihév' t-i, nos l' savans turtos bin.
Lu mau n'est nin sê r'méd' ; si j'esteût è voss' plèce...
.... Et v'là trêt'-sî côseies qui lî plovît so l' tiesse !
Qu'i v' sorveign' quoi qui ç' seuh', vos trovez des côsieus,
Mais sov'nez-v' dè vî spot : i n' sont nin les payeus.

(1) Camp près de Hasselt.
(2) Vieux *dicton* local.
(3) Autre *dicton* local.
(4) Attabler, s'y asseoir commodément.

— Aï, j'el sé, d'hév' t-i ; è m' plèç' ju v' voreus veie !
Loukiz, ji dôreu l' wald', des aidans ou bin m' feie,
Au çi qui m' l'apoirtreut ou touwé, ou vikant,
Et qui m' prouvrait, bin clér, quu c'est vrêimint m' foyan.
I n'ôt nin ô jône hamm', duvin tot' lu k'pagncie,
Qui m' jurah' qu'i l'aureut, ou bin qu'y laireut s' veie.
Tinez bé d' voss' parall', ruprit-i l'Ènôdé,
Et d'vin deus joûs loukiz qui qui v's iret trover.

*
* *

C'est à c'ste heûr' qu'i faureut quu j'ôh' li don di scrire,
Po v' poleûr racôter dè l' pus plaihant' manîre,
Kumint qui s'y sont pris, qué tour et qué bihai
At mettou chaque è noûv' po-z-attraper l'oûhai.
Cint pâg' sèrît trop pauc. — Et po v' bin dir' li veûr,
Ji n' fait nin tant d' rauchau, p'ô pass' timps d'ô qwaurt d'heûre;
A mes oûies, i vaut mi, dimoni d'vin sujet
Quu s'one affair' du rin fer des si longs brouwets.

I mettet trapp' so trapp' ; mais lu biess' foirt malène
Hippéve à tots momints, camme ell' fit à l' bèguene.
Tot çu quu l'esprit d' l'hamm' at polou èvêter,
Est tiré foû dè sèch', po sayî d' l'attraper.
O l' qweréve enn'ô lwé (1), aut' pô i s' rutrovéve,
Et les pîg', et les lèç', tot çoula les odéve ;
S'i moussîv' foû di s' trô, j'îreus qweri m' rihai (2),
Et ji v's el riclapreus camme on' volèie d'oûhais,
Dihév' t-i ô tédeu ; mais v'là çou qui m'annôie :
On' biess' qu'ô n' veut jamais, et qu'est au diale èvôie
Au moumint qu'ô pés'reut qu'ill' su fret apiçî,
C'est à lèyî tot là et à s' foirt bé r'ployî !
L'Ènôdé, lu, s' taihîve, i loukîve, i hoûtéve,

(1) Lieu.
(2) Filet pour la tenderie aux petits oiseaux.

Et camm' l'oûhai da J'han, pêsév' pus qu'ennè d'héve...
Di tês-ê-timps Tatenne èvoyîv' dumander
Si l' foyan esteut pris, quî qui l'aveut happé.
Çoula s' côprind du s' pôrt. Si vî pér' féve on' mene
Tot camme ô capucin qui v's aureut pris méd'cene,
Tot veyant quu maugré qu'i aveut tot promettou
I'ennè r'îreut à l' vûd', sê qu'i n' l'ôhît d'hédou.

Camme ô bon gènèrâl, qui vout gâgnî l' pôrteie,
L'Ènôdé s'apotîve et dressîv' ses battreies.
C'est auhi à sêti, qu' tot veyant les chesseûs,
I n'at né d'monou là avou les bress' è creux.
Lu lèç' qu'i aveut nokî, so n' ritournêie baguette,
Au moid' pitit mouv'mint so l' côp d'vév' fer hipette;
Si bin qu' tot s' rumouwant po seyî d' moussî foû,
Lu foyan s'ènancréve et s'y trovév pédou.
L'îdeie esteut foirt bonne, et k'bin d' gins, sê v' displaire,
D' mandrin hoûie ô brévet po 'n' bé pus sépe affaire.
Accropou, enn' on' coine, i awêtîv' li moumint
Quu noss' lèç' supitahe avou l' neûr' biess' duvin.
Çoula ni d'mona wêr', ca vès treus heûr' et d'mêie,
Heûr', qu'il rotte èbômeie, qwand c'est avô l' journêie,
O-z-ètêda chawer quu l' foyan esteut pris
Et qu'i pédéve à l'auw' po 'n' di ses patt' du drî.

*
* *

Allons, trompett', jowez!.. glign'tez tot' les hilettes!
Bouhîz so les chaudrons et les vilès pailettes!
Fez petter tot' les chamb'! — C'est voci qu' ji d'mandreus
Quu les vers vinahît ôheiemint d'zo mes deugts!
J'a sègn' di toumer coûrt di rauhon et d'îdeies,
Et di m' veie obligî dè fini l' comèdeie.
Quî d'vreus-j' aller houkî po m' tirer dè dangî?
Dihez-m' el, et so l' côp ji v' l'îret apougnî.

J'ireus-t-aux *Ifurkôv*'([1]), maugré l' chin ([2]) à treus tiesses,
Dimander ô côseie po n' né passer po 'n' biesse !
Mais i enn'at an' qui houk' pédow' camme ô grèvî
A l' bèchett' d'on' baguette ; ille at mèsôh' di mi.
Ruvnans-y sê tourner, et so l' timps qu'ô l' vat d' pède,
Veyans çou qu'i èvêtront po sayî dè l' dihède.

On' fizêie qui pôtreut ni d'maurreut nin pus d' timps
Quu l' novell' dè l' captur' n'arriva d'vin les gins.
S'ô qwaurt d'heûr', tot' lu waîd' su trova si rèplêie
Qu'ô n'ôh' polou hèrer ô loukeu è l' môdêie ([3]).
Lu Ri di Mangôbroux, et l' grande aîw' du Vervî
Ont mon d'hions, d'vin les poiv', qu'i n'at d' mouv'mint voci ;
O champ d' grains, tot k'huzé, freut côprêd' les hèrêies ([4]),
Mî quu çou quu j' racôt' po discrir' les bouleies ([5]).
L'Ènôdé, l' bresse è l'air, mostréve à tos l' foyan,
Et criéve à s' rôpi : vo-l'-là et i est vikant!..
Quu faut-i ènnè fer? Volez-v' qu'au grand manège
J'el haugn' po deux treus joûs aux oûies du tot l' viège?
Ji so binauh' dè l' tére, et m' bress' duvint falli.
Ji lî spatt' li bûzai, si vos d'hez tos nenni.
Respondez-m' habeiemint! on' feie! deux feies! treus feies!
Aï, braylt-i tots, poirtez-l' so l' mâhon d' veie!

Duvin l' sôl' dè côseie, so des ham' accropous,
Cinq ou six gros cêsìs, aux champs duv'nous chènous,
Jôspinet dè l' journêie, et dè l' pris' du noss' biesse.
Lu mayeûr, l'èchèvin, et tot ci qui at on' plèce,

([1]) Nom populaire des enfers. A Liége, on appelle ainsi les Indes hollandaises.
([2]) Cerbère.
([3]) Dans toute cette foule, tout ce *monde*.
([4]) Action de pousser.
([5]) Ondulations de la foule.

Tot autoû dè l' rôd' tauv' si trovet rassôlés.
Enn' on' cass' duvant zell' lu foyan est hèré.
P'ô trô qu'ô-z-at leyî, chaque el louke à l' tournêie,
Et so s' côpte ók à ók dit su façon d' pêsêie.
L'*Andri* l' *pôdeu* ([1]) dè lwé volév' pôd' su portrait;
Pierreſel trovév' foirt bai, et J'han l' trovév' foirt laid.
O grand frûleu criév' : mi, ji pôye on' bonn' gotte
Si vos m' volez d'ner s' pai, po m'è keuse on' calotte!
D'nez-m' el, dihéve on' aute, et ji pôt' so Vervî.
On' biesse ossi curieus' su pout bé fer veyî;
O héleie ([2]) des tessons, des r'naus, et des fawenes,
Qui n' vinet nin aux spal' dè l' ciss' quu j'examene!
— J'el voreus, d'hat l' mayeûr, mais ji n' pous v' côtêter,
Vos l' savez tot camm' mi, i est d'né à l'Ènôdé.
I enn' est malss', c'est dà sen'; mais volà qu'i s'aspitte,
Józez lì, et v' vierrez s'i s'ennè vout fer qwitte.

*
* *

Dihans çou qui l'amén', c'est l'affair' d'ô moumint.
Si ji n' racôtév' nin, et lu d'foû et lu d'vin,
Çou qui est scrit sèreut bon à lér' po fer ô samme,
Et m' rîmai, p'ô rouvieg', n'aureut ni rim' ni rame.
È l' màhon da Tatenn' voriz-v' biu, avou mi,
Ètré po cinq minut', et hoûter çou qu'ô dit?

*
* *

Mamzelle est à on' tauve; ill' keut avou s' cusenne :
On' bell' dodon tot d' même, et qui vaut bé Tatenne.
Tot camme aut' pô, voci, ô s' divis' dè foyan :
Mais v' sêtez qu' c'est on' frîm' po moti des galants.
Après tot' leus gôgôies, leus roubans, leus flochettes,
Paurler d' hantreie, êt' zell', est l' plaisir des wihettes ([3]).

([1]) Célèbre barbouilleur verviétois.
([2]) Héli, quêter en chantant ou en montrant un objet curieux.
([3]) Fillettes de 15 à 20 ans.

Ill' frît mî dè tihner ([1]), m' respondrez-v' ? j'è côvins ;
Mais l' pèchî est mon grand quu du k' jauzer les gins.
Ruvnans à nos bôcell', et s' qwittans les babiales.
« Aisi, Tatenn', — dist-ell', c'est l' cusenn' qui parale, —
Vos pôn' vont ess' fineies, vos spozez voss' valet ;
Quu n'è pous-j' dire ottant avou noss' grand vôrlet !
Mais m' pér', tot camm' li voss', fait d' ses airs et di s' tiesse.
Quu n' vêt-i d'vin noss' fond ô foyan, tote aût' biesse,
I sûreut l' bon exêpe, et s' pawe el freut d'nokî ;
L'Ènôdé d' ses côseies nos l'aidreut apiçî.
Hoûtez, dist-ell' Tatenn', — I m' vint on' crâne îdeie ;
Tot pout co s'arrêgî, si v's estez si pressêie,
Mais t'nez, so çou-voci, li lèw' duvant vos dints.
Ji m' va è voste assis' fer hèrer l' foyan d'vin.
I fauret qu'ô l' ruhapp' ; li valet qui v' hôbite,
S'i est assez toursiveû, fret du lu paye et qwitte.
Su seret dob' mariège et s' frans-n' d'on' pir' deux côps,
Kubin d' nos vîs galants vont-i beûre et s' fer sôs.
Çu sèret dob' mariège, et nos frans deus *plevîs* ([2]).

([1]) Veiller au ménage.

([2]) *Plevi* * signifie, dans l'ancien langage, droit de la main. Une fille plévie, était une fille promise en mariage ; et plévir une fille c'était la promettre.

Mais les Franchimontois l'entendaient autrement : selon eux, plévir voulait dire aspirer.

Quoi qu'il en soit, voici les cérémonies que l'on pratiquait anciennement à Verviers dans la célébration des mariages.

Les futurs époux, après la seconde publication des bancs, se rendaient à l'église avec leurs parents et amis, marchant deux à deux, pour y recevoir du curé, la première bénédiction nuptiale ; ce qui se nommait plévir ou aspirer au mariage.

Après la dernière publication des bancs, la future épouse, coiffée d'une

* Suivant cette hypothèse, le mot *Main - Plévie* si intéressant dans le droit civil Liégeois, aurait une toute autre signification que celle de *manus plicata*, *main pliée* qu'on lui donne communément, et sa vraie signification serait *main promise, main cautionnée, main engagée.*

Camm' les baucell' maweur' vont turtot' assoti !
Mais po fer çou qu' ji dis, i nos faut dè l' patiêce.
Fians houkì l'Ènodé, vos vièrez tot' su siêce;
I at cint tours è s' cabosse, et s'i s'è vout mèler,
È voss' côrtî l' foyan dumain sèret r'planté.

*
* *

Êt' zell', çou qui s' dihat, tot rat' vos l'allez lére,
Jans à l' mâhon commeune et s' hoûtans noss' côpére;
Vos vièrez d' quén' manìre i èmanchat s' bataillon,
Et kmint, tot les kmèlant, i dikmèla m' rauvion.

*
* *

Vos n'avez nin rouvî l'affair' dè l' mâhon d' veye,
Noss' foyan è l' gayale, et les gins qu'el vont veie;
Vos v' sov'nez des discours, et di tots les crisous
Qui s' sont faits so s' pauv' cûr qwand i l'ôrin vèyou.
I est bin timps, mi sôl'-t-i, quu l'Ènôdé sorveigne,
Qui s'aboutte è l' trûlêie, et qu'i les tèr' foû sègne.
Tot d' sofflé i arrivév' : mais d'vin lu qué cang'mint!
O saurot cliquant noû, ô bai chapai di straim,
Des solers qui r'lubin, pus' on air di corège,
Qu'ô l'âh' pris, sê l' kunoh', po l' fi d'ô bon manège.
Qu'a-t-i don è l' mâhon? — Les d'hat-i tot-z-êtrant,
Estez-v' êbarassés? enn' estez-v' so l' foyan?
Finihez vos cancans, et j'arêg'rè l'affaire
Au côtêt'mint d' tos l' môd', si vos v' volez bin taire...
Lu biesse est bin da méne, on n'el pout dèpètrer;

couronne verte, les cheveux épars, accompagnée de celui qui devait l'épouser, et suivis de leurs parents et amis, deux à deux, comme à la première cérémonie, se rendaient à l'église pour y recevoir la deuxième et dernière bénédiction. Après cela le banquet se faisait aux dépens de tous ceux qui avaient assisté au mariage; ils devaient envoyer chacun un plat pour composer le repas. Tous se mettaient à table, à la réserve de l'époux, lequel était obligé de servir les autres.

Histoire du Marquisat de Franchimont, 2me partie, page 113.

Voci çou qu'è m' makett' po l' pûni j'a trové :
Mi vî malss' racôtéve, è timps qu' j'alléve è scalle,
Qu'anciènmint des baucell', qui s' loumît les Vestalles,
Qwand ill' lèyît disléd' leu feû sê l' ruchergî,
Qu'enn' ô trô, tot' vikant', ô les allév' plôkt.
V's allez côprêd' tot dreut çou qui ju vous qu'ô fasse.
Lu foyan nos vint d' térr', quu du térre i ennè r'vasse.
Enfin po l' dir' tot plat, et fini voss' boucan,
Quu tot camm' les fam'reie' ô l'ètérre tot vikant!
Déjà, l' plèç' est qwèraw', d'nez-m' ô p'tit côp du s' palle,
Et dimègne après vep', nos l' chôkrans-t-è l' potalle. —
L'Ideie esteut novelle, ô-z-y applaudihat;
Vos allez veie so l' côp si l' jeû lezî plaihat.

*
* *

Wisse irè-j' ramchner çou qu'i faut quu ji s' creie,
Po-z-esse ô pauc adreut à côter l' trôjudeie?
Li paw' mi dit tot bas : cass' ti penn', broûl' çouci,
Et lu corèg' mi chôke à l' fini maugré mi.
Li quiu faut-i hoûter? : « ti vas passer les roufes
» Si l' critiqu' vint à t'lér', hoût' lu pawe et lais-l' boufe.
» Dihez au pus' habeie, et rouveie ti rîmai. » —
» Côtineuw', respond l'aût', çi n'est nin si mau fait. »
C'est cici quu j' hoûtrè pusqui flatt' mi bajawe.

Leddumain, tot l' viège esteut avô les rawes,
Et par ô bai solo, qu'i fév' tot au matin,
Li gard' champett' pitiv' (1) tot-z-annôçant l' burlin (2).
Camme ô sét, l'ètermint si d'vév' fer à l' vesprêie.
O n'aveut pus veyou one ossi bell' journêie.
Les manèg' estît vûds, tot l' môde esteut so s' soû.
Hamm' et famm' si riint, i s' dihet tots bôjoû;

(1)
(2) Tremblement.

O bovév' camm' des trós à l' tavienn' dè vinôve.
On' niêie d'électeûrs dimanreut mon à tauve,
Qwand i magn'rît po rin, et beurît sè rin d'ner,
Quu les quéqu' vîs gohrai qui s'y sont respounés :.
C'est d' là qu'ô d'vév' pôrti, so l' tôrd di l'après nônes....

Quéquès heûr' à ratêde et ji sèrè foù pône !
Ji m' kuhôhen' l'esprit ([1]) à tuzer, i est bé timps
Quu ju poch' lu niket ([2]) po pòrler d' l'ètermint.
Les trokais ([3]) s'apôtiet : l'Ènôdé s' met à l' tiesse,
Ossi fîr qu'ô pètion ([4]) avou l'oûhai d'zo s' bresse.
Lu mayeûr èl suhév' reud camme ô pô piket,
Puis Tatenn', su vî pére, et tot' les gins d' l'endroit.
L' pôrcession dè coucou ([5]), si vigreus' qu'ô pout l' dire,

(1) Je me creuse l'esprit.

(2) Sauter le pas.

(3) Les groupes.

(4) Petit maître.

(5) *Fête du Coucou de Stembert.* Cette farce se joue le deuxième dimanche d'octobre, mais seulement de sept ans en sept ans : elle est trop sublime pour en donner plus souvent le spectacle. On l'appelle *Les grands jeux.* Quand, et à propos de quoi elle fut instituée, c'est ce dont il est impossible de découvrir la moindre trace. En voici la description :

Le second dimanche d'octobre de l'année septénaire, toute la jeunesse de la commune, décorée de rubans de diverses couleurs, se rassemble le matin, et commence la journée par des danses, par des rondeaux, en circonscrivant exactement le village de Stembert, et traversant, pour le circonscrire, tous les lieux par où la danse a passé de tout temps. S'il s'y trouve des obstacles, comme par exemple, des haies, on les coupe; s'il s'y trouvait des édifices, on les abattrait.

Les étrangers qui viennent voir la fête peuvent en être en prenant un ruban, et on engage même tous ceux qui y paraissent à en accepter un, pour lequel celui qui le reçoit donne une pièce de vingt sous, ou plus ou moins suivant sa générosité.

L'après midi, après les vêpres, paraît une charrette, sur laquelle est un homme affublé d'un sac que l'on appelle le *Coucou*. Près de lui est le dernier

A costé d' ciss' vo-cell' n'est quu du lu p'tit' bîre.
Tot s' passa camme i faut, seûl'mint noste Ênôdé
Criéve à bok' drovaw' : nos allans l'èterrer !....

Vos v' dotez di l'ognon, et dè l' waïd' dè l' cusenne,
Sè quu po m'alôgui ji boute ô fa du s'penes
Qu'ô lomm' des grossès ch'veies, bèchaw' tot camm' des clôs,
Quu les scrieus français nos siervet à môl'-vôt...
On n' nos pôye nin par lign' ; zell' el sont : c'est d' l'adresse.

Li grand vôrlet k'mécîve à dèjà fer di s' tiesse.
I brèiév' camme ô vai, c'esteut l'avant-bouson ([1]).
L'Enôdé, bé pus freud, vus el hèra pus lon.
O tappév', po fer l' foss', des paltêie' à l' pus belle,

marié du village, avec quelques jeunes hommes bien décorés de rubans et armés d'épées. Au signal qui est donné, la charrette part, trainée par plusieurs hommes qui la conduisent jusqu'au haut du village, près de la rampe d'un étang qui s'y trouve. Cette rampe est assez forte pour y faire glisser facilement la charrette, et l'art a encore ajouté à la facilité naturelle de la rampe.

La charrette donc arrive là, et les ordres étant donnés, les conducteurs la poussent de toutes leurs forces, et la font descendre avec la plus grande rapidité dans l'étang. Le pauvre Coucou, affublé dans son sac, ne voit rien ; mais à la rapidité de la descente de la charrette, il sent bien que le moment le plus critique pour lui est arrivé. Effectivement, dès qu'elle est descendue dans l'eau, on y jette le Coucou trois fois, et trois fois on l'en retire. Alors la farce est jouée ; on le ramène dans le village sur la charrette, et on lui paye la petite somme convenue, pour qu'il en soit le principal acteur. La jeunesse va ensuite continuer ses danses, tant dans les rues du village, que dans la maison qui lui sert de rassemblement.

...... La jeunesse de la communauté de Stembert, a été, de tout temps, tellement enthousiasmée de cette espèce de fête, qu'elle a soutenu des procès très-dispendieux pour en conserver la plus stricte observation, et elle s'y est toujours maintenue jusqu'à présent. Rarement, même dans les années de désastres, en a-t-on différé la célébration. »

Detrooz. *Histoire du Marquisat de Franchimont*, 1re partie, page 127.

([1]) L'empressé.

I ovrît camm' des *bèch' fièr* ([1]) dè hawai, dè l' truvelle;
S'ô clègn' d'oûie, ô grand trô su trovat tot vûdî
Pret à r'çûr' li foyan et lì fer fer s' prangî.
Li mayeûr, bai jôseu, volév' prêd' lu paralle,
Mais çoula parêta s'ô foyan ô pau drale.
— Kubé n' faureut-i nin di docteûrs, di méd'cins,
Po r'weri tos les cis qui pôrlet so des rins? —
L'Ènôdé l' discôsia, tot d'haut qu'ô rawôrdéve,
Quu l' nutte allév' vini, et qu' tot l' môde atêdéve.

Ji poreus bé mi k'dûre, et fini d'ô plein saut.
Mais loukans rafûler noss' biess' tapêie è trô.
Li térr' plovév' dussus; ô l' jettéve à wôlêies ([2]);
I n'ôt nin ôk è l' bânn' qui n' fih' lu fricassêie!
Si bé quu chaqu' pésév' l'aveûr foirt bé stoffé,
Qu'ô n'el vièreut môie pus, et qu'i esteut tot spaté.
Pauv' foyan! pauv' neûr' biesse! ôh' t-on môie polou creure,
Qu'ô v's ôh' tot camm' çoula flûchî po l' trô d'abeûre!...
J'a trôlé treus qwat' feie' è corant di m' rîmai
Qu'ô nôh' fait po s' vègî des hiraut' à voss' pai.
Vos v' là à sauweran ([3]). — Quu n' sos-j' camm' vos fou hisse,
Ji r'plôreu hache et mache et j' finireus mes d'vises.
Mais j' deus co quéquès lègn' po-z-akeuhî m' lèheu.
Tatenne et l'Ènôdé, s'accopulront tos dreut.
Li foyan s' raboutret: mais l'meyeu c'est di m' taire,
Lu grand vôrlet, sè mi, su tirret bé d'affaire.

*
* *

O s'at moqué, d'vin l' timps di tos les cis d' Vervî
Po l' gros chet qu'i ont, ô joû, fait voler so l' marchî;

([1]) Le pic-vert.
([2]) Comme un averse.
([3]) A l'abri.

O-z-at oiou rauhon, et mi mêm' j'ennè reie.
Mais l' foyan après tot mèrite ossu s' hahleie.
I n'est nin môlôhi dè rir' dè prumi v'nou ;
A Staibiet y at l' foyan, à Vervi y at l' marcou ;
Aut' pó quu n'at-i nin ? oh ! s'ô volév' tot scrire ,
O n' finireut jamais, ô-z-aureut trop à dire !
Çou qu'y at d' sûr, c'est qu'ô veut è l'oûie du s' près woisin
Lu moid' pitit fistou. È l' voss' quu n'a-t-i nin ?

LES PONES DI COUR

CHANSON D'CRAMIGNON,

PAR

THÉOPHILE BORMANS

5e CONCOURS. 1re MENTION HONORABLE.

AIR : Ha, ha, ha, dihéz'm' l'avez-v' veyou passer.

OU — Je m'en vais au marché pour y vendre du froment,
Je n'y fus pas sitôt qu'il y vint un marchand.
Ne r'aurai-je plus mon âge de quinze ans ?

So l' timps qu' ses vach' waidîne, on bai matin d'osté,
Bèbet' contév' ses pôn' âx âb', âx fleûrs dè pré.
« Ah ! poquoi, Colas, poquoi v's avu hoûté ? »

Bèbet' contév' ses pôn' âx âb', âx fleûrs dè pré.
È s' main Bèbet' tinéve on p'tit bouquet souwé ;
« Ah ! poquoi, Colas, poquoi v's avu hoûté ? »

È s' main Bèbet' tinéve on p'tit bouquet souwé ;
Tot l' loukant, pauve èfant ! ses bais oûie' ont ploré.
« Ah ! poquoi, Colas, poquoi v's avu hoûté ?

Tot l' loukant, pauve èfant ! ses bais oûie' ont ploré.
« Ah ! poquoi, dihév'-t-ell', Colas m'at-i trompé ?... »
« Ah ! poquoi, Colas, poquoi v's avu hoûté ? »

LES PÔNES DI COÛR.

CRAMIGNON.

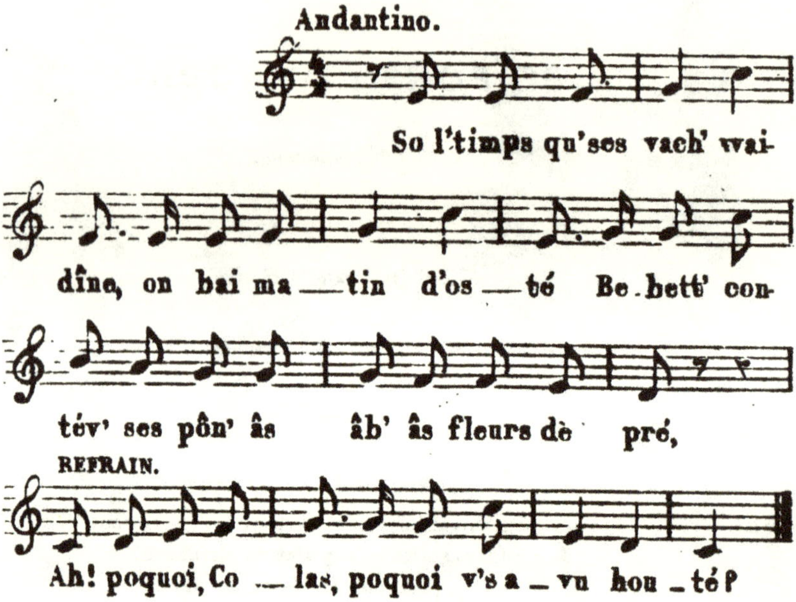

Ou sur l'air: Ha, ha, ha, dihém, l'avév' veiou passér.

« Ah ! poquoi, dihév'-t-ell', Colas m'at-i trompé?...
» Ji l'aimév' tant, l'ingrât', por lu j' m'âreus touwé !
» Ah ! poquoi, Colas, poquoi v's avu hoûté? »

« Ji l'aimév' tant, l'ingrât', por lu j' m'âreus touwé !
» Qwand 'l esteut adlez mi, ji m' sintév' tot' tronler.
» Ah ! poquoi, Colas, poquoi v's avu hoûté ? »

« Qwand 'l esteut adlez, mi, ji m' sintév' tot' tronler,
» Mi coûr battév' si foirt qu'on l'ètindév' toqu'ter.
» Ah ! poquoi, Colas, poquoi v's avu hoûté? »

» Mi coûr battév' si foirt qu'on l'ètindév' toqu'ter,
» Ji fév' tot po lî plair'..... J'aveus si bon d' l'aimer !
» Ah ! poquoi, Colas, poquoi v's avu hoûté? »

« Ji fèv' tot po lî plair'..... J'aveus si bon d' l'aimer !
» J'esteus trop aoureus', çoula n' polév' durer !...
» Ah ! poquoi, Colas, poquoi v's avu hoûté ? »

« J'esteus trop aoureus', çoula n' polév' durer !...
» A c'ste heûr' c'est tot fini, Colas m'a-st-abandné.
» Ah ! poquoi, Colas, poquoi v's avu hoûté? »

« A c'ste heûr' c'est tot fini, Colas m'a-st-abandné.
» Mi, ji n'el pous rouvî, s' sov'nanc' ni m' pout qwitter.
» Ah ! poquoi, Colas, poquoi v's avu hoûté ? »

« Mi, ji n'el pous rouvî, s' sov'nanc' ni m' pout qwitter.
» I m' sonl' todi l' veyî, todi l'oyî pârler.
» Ah ! poquoi, Colas, poquoi v's avu hoûté? »

« I m' sonl' todi l' veyî, todi l'oyî pârler.
» Ji n'a mâie pus noll' jôie, ji m'annôie dè viker.
» Ah ! poquoi, Colas, poquoi v's avu hoûté? »

« Ji n'a mâie pus noll' jôie, ji m'anndôie dè viker.
» Ji chantév' co quéqu'feie'... hoûie, ji n' pous pus chanter!
» Ah! poquoi, Colas, poquoi v's avu hoûté? »

« Ji chantév' co quéqu'feie'... hoûie, ji n' pous pus chanter!
» Ji riév' co quéqu'feies... ji n' fais pus qu' dè plorer!
» Ah! poquoi, Colas, poquoi v's avu hoûté? »

« Ji riév' co quéqu'feie'... ji n' fais pus qu' dè plorer!
» Adiè! pauv' vî bouquet, p'titès fleûrs qu'i m'at d'né!
» Ah! poquoi, Colas, poquoi v's avu hoûté? »

« Adiè! pauv' vî bouquet, p'titès fleûrs qu'i m'at d'né!
» Colas m'aiméve ossi qwand c'est qu'i v's at côpé.
» Ah! poquoi, Colas, poquoi v's avu hoûté? »

« Colas m'aiméve ossi qwand c'est qui v's a côpé.
» Hoûie i n' m'aim' pus... adiè!... ji n' vis vous pus wârder.
» Ah! poquoi, Colas, poquoi v's avu hoûté? »

« Hoûie i n' m'aim' pus.... adiè!... ji n' vis vous pus wârder. »
Et tot jètant ses fleûrs, elle at co rèpèté :
« Ah! poquoi, Colas, poquoi v's avu hoûté? »

Et tot jètant ses fleûrs, elle at co rèpèté :
So l' timps qu' ses vach' waidîne on bai matin d'osté :
« Ah! poquoi, Colas, poquoi v's avu hoûté? »

L'AIWE BÈNEIE DÈ CURÉ.

CRAMIGNON.

L'AIWE BENEYE DÈ CURÉ.

CRAMIGNON.

PAR

ANTOINE REMACLE.

5e CONCOURS. 2e MENTION HONORABLE.

So l'air : C'est l'woisen' d'addivant d'nos.

Li feumm' d'on mécanicien , }
Si plaindéve à ses woisins : } (bis).
Qwand si homm' rinteur po soper
Et qu'il est on pau k'pagn'té....
Si les feumm' cloyît leur beche, }
On freut tot fér bon manege. } (bis).

Qwand si homm' rinteur po soper }
Et qu'il est on pau k'pagnté, } (bis).
I trouv' tot-à-fait mâva
S'peie les assiett' et les plats ;
Si les feumm' cloyît leu beche, }
On freut tot fér bon manege. } (bis).

I trouv' tot-à-fait mâva
S'peie les assiett' et les plats. } (bis).
On l'at veyou pus d'in' fèie
Batt' si feumme à côps d'ekneye.
Si les feumm' cloyît leu beche,
On freut tot fér bon manege. } (bis.)

On l'at veyou pus d'in' fèie
Batt' si feumme à côps d'ekneye. } (bis).
C'esteut 'n saquoi d'annoyeux
Di lî veie les bress' tot bleus.
Si les feumm' cloyît leu beche,
On freut tot fér bon manege. } (bis).

C'esteut 'n saquoi d'annoyeux
Di lî veie les bress' tot bleus. } (bis).
Ni sepant qué saint r'clamer,
Li feumm' vat trover l'curé.
Si les feumm' cloyît leu beche,
On freut tot fér bon manege. } (bis).

Ni sepant qué saint r'clamer,
Li feumm' vat trover l'curé, } (bis).
Lî d'mander on bon conseie,
Po n'nin todi ess' moudreie.
Si les feumm' cloyît leu beche,
On freut tot fér bon manege. } (bis).

Lî d'mander on bon conseie,
Po n'nin todi ess' moudreie. } (bis).
Volà, dist-i l'vî brave homme,
Di l'aiw' beneie qui vint d'Rome.
Si les feumm' cloyît leu beche,
On freut tot fér bon manege. } (bis).

Volà, dist-i l'vì brave homme, } (bis).
Di l'aiw' beneie qui vint d' Rome }
Qwand voste homm' rinturret sô ,
Vos è beurez-t-on p'tit côp.
Si les feumm' cloyît leu beche , } (bis).
On freut tot fér bon manege. }

Qwand voste homm' rinturret sô, } (bis).
Vos è beurez-t-on p'tit côp, }
Et d'vin voss' bok' vos l' wâdrez
Tant qu'i seûie intré è lét.
Si les feumm' cloyît leu beche , } (bis).
On freut tot fér bon manege. }

Et d'vin voss' bok' vos l'wâdrez, } (bis).
Tant qui seûie intré è lét. }
Surtout ni l'avalez nin ,
Ca v's ârîz sûr li vûlmint.
Si les feumm' cloyît leu beche , } (bis).
On freut tot fér bon manege. }

Surtout ni l'avalez nin, } (bis).
Ca v's ârîz sûr li vulmint. }
Li feumm' comprindant l'raison,
Bin ratt' repoirta l'flacon.
Si les feumm' cloyît leu beche , } (bis).
On freut tot fér bon manege. }

Li feumm' comprindant l' raison, } (bis).
Bin ratt' repoirta l'flacon. }
Quéqu' joûs après l'avinteure
Eco k'pagn'té l'homm' rinteure.
Si les feumm' cloyît leu beche, } (bis).
On freut tot fér bon manege. }

Quéqu' joûs après l'avinteure, } (bis).
Eco k'pagn'té l'homm' rinteure. }
Li feumm' court à pus habeye,
Beure on gourjon dè l'boteye.
Si les feumm' cloyît leu beche, } (bis).
On freut tot fér bon manege. }

Li feumm' court à pus habeye, } (bis).
Beure on gourjon dè l'boteye. }
Puis aprestéie tot-à-fait,
Li pan, l'froumage et l'coutai.
Si les feumm' cloyît leu beche, } (bis).
Ou freut tot fér bon manege. }

Puis aprestéie tot-à-fait, } (bis).
Li pan, l'froumage et l'coutai, }
Prind dè l'bir' divin on pot,
Vûde à beur' sin dire on mot.
Si les feumm' cloyît leu beche , } (bis).
On freut tot fér bon manege. }

Prind dè l' bir' divin on pot, } (bis).
Vûde à beur' sin dire on mot. }
L'homm' si louk' tot èwaré
Di n'nin l'etind' barbotter.
Si les feumm' cloyît leu beche, } (bis).
On freut tot fér bon manege. }

L'homm' si louk' tot èwaré } (bis).
Di n'nin l'etind' barbotter. }
Sereut-ell', dist-i, moûwale
Ou bin fait-ell' li macrale ?
Si les feumm' cloyît leu beche, } (bis).
On freut tot fér bon manege. }

Sereut-ell', dist-i, mouwaîe, } (bis).
Ou bin fait-ell' li macrale?
Veyant qu'ell' ni parlev' nin,
I sopa bin pahuîmint.
Si les feumm' cloyît leu bèche, } (bis).
On freut tot fér bon manège.

Veyant qu'ell' ni parlev' nin, } (bis).
I sopa bin pahuîmint,
Qwand il avat tot magnî,
Sin rin dire alla s' coukî.
Si les feumm' cloyît leu bèche, } (bis).
On freut tot fér bon manège.

Qwand il avat tot magnî, } (bis).
Sin rin dire alla s' coukî.
I n' fourit nin so s' payasse,
Qu'i ronfla comme in' gross' basse.
Si les feumm' cloyît leu bèche, } (bis).
On freut tot fér bon manège.

I n' fourit nin so s' payasse, } (bis).
Qu'i ronfla comme in' gross' basse.
Adlez lu l' feumm' si couka,
Et l' bon Diu rimerciha.
Si les feumm' cloyît leu bèche, } (bis).
On freut tot fér bon manège.

Adlez lu l' feumm' si couka, } (bis).
Et l' bon Diu rimerciha
Di l'aiw' benèie dè curé,
Qui rind si homm' si bin âmé.
Si les feumm' cloyît leu bèche, } (bis).
On freut tot fér bon manège.

Di l'aiw' beneie dè curé, } (bis).
Qui rind si homm' si binamé.
Li leddimain â matin,
L'homm' si dispiett' tot contint.
Si les feumm' cloyît leu beche, } (bis).
On freut tot fér bon manege.

Li leddimain â matin, } (bis).
L'homm' si dispiett' tot contint,
Et veyant s' feumm' qu'esteut là,
A picette ell' rabressa.
Si les feumm' cloyît leu beche, } (bis).
On freut tot fér bon manege.

Et veyant s' feumm' qu'esteut là, } (bis).
A picette ell' rabressa.
Ji n' sos nin bin sûr, so m' foi,
Qui l'aiw' beneie fait 'n' saquoi,
Si les feumm' cloyît leu beche, } (bis).
On freut tot fer bon manege.

Ji n' sos nin bin sûr, so m' foi, } (bis).
Qui l'aiw' bencie fait 'n' saquoi,
Mais çou qu' ji v' pous dir', mes gins,
C'est qu' l'ovri mécanicien,
Si les feumm' cloyît leu beche, } (bis).
On freut tot fér bon manege.

Mais çou qu'ji pous v'dir', mes gins, } (bis).
C'est qu' l'ovri mécanicien,
Dispôie qui s'feumm' beut l'gourjon
Est ossi doux qu'on mouton.
Si les feumm' cloyît leu beche, } (bis).
On f'reut tot fér bon manege.

Dispôie qui s'feumm' beut l'gourjon, } (bis).
Est ossi doux qu'on mouton ;
Qwand si homm' rinteur' po soper
Et qu'il est on pau k'pagn'té,
Si les feumm' cloyit leu beche, } (bis).
On freut tot fér bon manege.

Qwand si homm' rinteur' po soper } (bis).
Et qu'il est on pau k'pagn'té,
È l'plec' di v'ni fer dè train,
Fiestêie si feumm' bin sovint.
Si les feumm' cloyit leu beche, } (bis).
On freut tot fér bon manege.

IIe PARTIE.

La Société, après avoir entendu la pièce que l'on va lire, en a ordonné l'impression. Elle nous semble en effet assez curieuse pour mériter cet honneur. Elle est d'ailleurs inédite, d'une excessive rareté et ne manque pas de mérite ; elle est surtout remarquable par une exubérance de verve caustique qui rappelle tout-à-fait *les Aiwes di Tongue* de Lambert de Rickman (1700).

Cette épître satirique m'avait été récitée en entier vers 1840 par un respectable vieillard, M. J..... qui l'avait apprise de la bouche de son père mort à un âge très-avancé, trente ans au moins auparavant. Plus tard, j'ai retrouvé une copie un peu plus complète, mais sans variantes notables, dans un petit cahier manuscrit contenant des chansons de la moitié du 18e siècle.

Je ne sais à qui attribuer la paternité de ce morceau qui rappelle, comme je l'ai dit plus haut, le style des *Aiwes di Tongue*.

Liége, 10 octobre 1859. F. B.

LES FEUMMES.

(VERS 1750)

Ji n' sé por mi qui s' vout marier
Après çou qu' ji v' va raconter :
J'esteus l'aut' joû d'vin 'n' kipagneie
Eà qu'on racontév' des merveies ;
On z-esteut so divers' matiéres,
On s' disputév' so l' caractére
Des mâlès feumm', en gènèrâl
C'esteut là l' disput' principâle.
On l' louméy' hotte, on l' louméy' hâre,
C'esteut on fameux tintamâr.
Onk el louméve in' lett' di cange
L'aute on diale ou bin in' arcange ;
I s'eschâfit si bin so l' biesse
Qu'i mâquît di s' haper po l' tiesse.
Enfin après tot disputé
So leus vertus, leus quâlité,
Ji v' va raconter l' décision
Qui fit là li roi Salomon :
« In' feumm', dist-i en abrégé,
C'est in' abîm' d'iniquité ;
In' barquett' qui vat à tos vints,
Li vèg' pehress' des ennocints ;
Ell' sont co pé qui l' boie rèveuse,
Ell' sont comm' li mér orageuse

Wiss' qu'i n' fait nin bon s'èbarquer
Sin naviron et sin fèré.
Adam el loumév' *virago*
I d'vév' putoit dir' *vorago*.
C'est in' vrêie sansowe à deux tièsses
Qu'a stu fôrmêie d'eun' di ses coisses.
O! qu'a-t-ell' fait là on grand fon
Qwand ell' bouta l' pomme è s' grognon;
Nos n'eûhlz nin tos tant souffert
S'ell' neûh' nin hoûté Lucifer.
Mais quoi! c'est taper s' tiesse à meûr
Ell' ni cang'ront jamais d' nateure.
Vout-on knohe in' feumm' sin raison,
Allans el trover d'vin s' mohon;
S'ell' n'est nin conteinn' di s' baron
Ell' li chåss'ret on rog' grognon.
Ell' fulminêie, ell' timpestêie,
Ell' houk' li dial' po li ch'minêie,
C'est qui d' pus ell' vis fret soffri,
Li purgatoire avant d' mori!

Après ciss' pitit' digression
Riprindans l' fil di noss' sermon :
Si J'han vout boûf, Mareie vout vache,
C'est l' tot di r'mett' li diale à bache.
C'est in' esprit d' contradiction,
On mådit satan d' confusion;
In' timpess' qui s' fait foû saison,
Qui n' tomm' jamais sin côps d' baston.
Avou zell' on n'a mâie nou r'pois,
Ci sont tos vrêies rabah' caquet;
Seûie-t-i dè l' nut', seûie-t-i dè joû,
On n'a mâie fait, sont des crisous
A l'esproûv' di tot' sort di feû

Des almatik, des feûs grieux,
Qui v' distill'rît bin tott' vos foices
Et v' frît sèchi comme on stocfesse;
Ji n' les sâreus mî r'comparer
Qu'à on vî for qui vout toumer
Wiss' qu'i gn'y a todi à stichî
Ou à r'maç'ner ou à r'plaquî,
Atoû, po d'vin, po d'vant, podrî,
Enfin i n' fât nin esse èrî.
Qui prind in' feumme, i prind s' prîhon
Tot comm' David, tot comm' Sam'son;
I s' mett' les fiers às pîds, às mains;
C'est là l' coût' jôie, adiè bon timps.
I n' si fât nin èmerveyî,
C'est in' plâie qu'on vout bin lèchî;
Li feum' c'est on meûb' nècessaire,
Co qu'ell' nos seûie sovint contraire,
Ca on n' sâreut s'ennè passer
Po des raisons d' commôdité.
Min çou qui v' deut pus èwarer,
C'est dè veyî qui l' liberté
Si va mette è l' captivité
Sin loukî 'n' gott' pus lon qui s' nez.
Veyans on pau ciss' jôn' friquette
Ell' m'a bin l'men' d'esse in' coquette
Ille a l' linw' qui vat à frigotte,
C'est in' blouette ou bin 'n' loum'rotte,
Qui v' monreut co bin às r'pintennes
Si vos l' sûvîz sin r'prinde halenne;
On ch'vâ d' trompette, on hututu
Qui n' s'èwar' nin baicôp po l' brut,
Et si j' l'examen' di pus près
C'est on pot qui n' tint nin brouet.
Enfin po v's el côper tot coûrt,

C'est baicôp di stocfess' sin boûrre.
Avou leus gess' et leus façons
Vos les prindrîz po bel et bon ,
Po des tonnais très-bin r'cèclés
Quoiqu'ell' âiess' li cou d'foncé.
Ji v' veus ces pondantès narennes,
Ces tennès lep', ces d'mèiès coines,
Et tos ces mintons à bechettes
Qui volet cont'fer les chafettes ;
Wârdez-v' bin d' les mette è colére,
Ci sont totès raç' di vipéres
Qu'i n' vis frît nin grâc' d'on moumint
S'ill' vis t'nît 'n' feie divin leus dints.
Qui dis-j', ji m' tromp', ell' frît co pus,
Ill' vis frît so mi âm' *rasibus* ;
Eximpe â ciss' vindress' di tripes
Qui hapa l'aut' joû onk po l' pipe
Po çou qu'el louméve arsenâl
Sèchai d' malic', botiqu' dè diale ;
Ji n' sé çou qu'enn' euhe arrivé
S'i n'euh' nin r'clamé Saint Popé ([1]).
Si boûss' deut l' vôie à Saint Frumin,
Ille aveut d'jà l' coirdai è l' main.
In' feum' qu'a des s' faitès rubriques,
N'est-ell' nin sujette à l' critique ;
Todi dispôsêie à caqu'ter
Et todi prete à s'èmonter ;
Jamâie nâheie dè fer campagne
As Pays-Bas ou è l'Espagne.
Veians on pau estant jôn' feie

([1]) On cite quelquefois le distique suivant :

Saint Popé, patron des pourceais,
Riwerihez mi feumm' si v' plait.

— Saint Pompée est honoré à Amai.

S'ell' monret co ciss' vicâreie;
S'ill' volet attraper l' jônai,
Ell' vis âront dix meie attraits.
Ci n'est qu' tot lâme et tot maton,
Totès rôs' et tots verts botons;
Rin d' pus affâbe et d' complaisant
Min haie! n'allans nin pus avant.
C'est on potai covièrt dizeûr,
C'est on marass' parsemé d' fleûrs;
Enfin c' sont des trap' âs soris,
Vos pinsez prinde et s'estez-v' pris.
Vos n' les ois'rîz jamais flairî,
Ell' volet pus haut qu' les airchîs;
S'ell' vis clign'tet, ell' vis trawet,
Ell' vis ont l'air di ces mohets
Qui s' tinet haut qwand veièt l' chet,
C'est po ottant mî fer l' plonket.
Ell' si pinset toumèies so l' térre
Foû de l' brâiett' dà Jupiter.

Li feumm' c'est l' paradis terresse
Des oûies di l'homme et di s' faiblesse.
L'infer di l'âm' di baicôp d' gins
Et l' purgatoir' di leu z-ârgint.
Les cis qu'enn' ont fait marchandeie
Y ont stu trompés pus d'in' feie.
I n'ont pus mèsâh' di chandelles
Po veyî clér divin leus hielles;
Il ont leus affair' si â nete
Qui n' si siervet pus d' savonette.
Vos les veyez avâ les vôies
Qu'ell' sont sainglèies jusqu'à l' coróie.
Ell' vis ont des certains cottrais

Qui v' kibouïet tot les mustais, ([1])
Ell' sont saingléies d'in' téll' manîre,
Enfin d'in' lârgeur à v' fer dire
Qu'ell' ni l'ont mettou enn' usage
Qui po rènairl Jâqu' Moustache.
Les prôpès caietress' et costîres
Ni polet pus pihî ni chîre
S'ell' n'ont les cott' piquêies di sôie,
Tirant tot comm' so l'oûhai d' prôie.
Enfin ell' ni savet 'quoi fer
Quoi songî, quoi s'imâginer
Po fer toumer divin leus leces
Li pauve aveuglêie jônesse.
On beureut bin 'n' bressêie di bîre,
Tot racontant tot' leus manîres.

Jônais, qu'ont voltî di s' marier,
Loukîz bin où-c' qui vos v' mettez !
Quî ois' co mette à ciss' lotreie
Wiss' qu'i gn'y a qu'on bou lot int' meye ?
S'i gn'y a onk qu'est bin toumé
Tos les aut' ont l' nez cassé.

([1]) Ceci se rapporte évidemment à la mode des paniers et donne une date à la pièce qui doit remonter à 1750 environ.

BIBLIOTHÈQUE

DE LA SOCIÉTÉ LIÉGEOISE DE LITTÉRATURE WALLONNE.

DONS ET ACQUISITIONS.

PROVINCE DE LIÉGE.

DIALECTE DE LIÉGE.

1° * Bulletin de la Société liégeoise de littérature wallonne. Deuxième année.

Liége, Carmanne, 1859, in-8 de 411 et 63 pp.

Ce volume contient : Statuts de la Société. — Tableau des membres. — Discours prononcés par MM. *Ch. Grandgagnage* et *F. Bailleux*. — *A. Le Roy*. Rapport. — *E. Remouchamps*. Li Saveti, comèdeie. — *A.-J. Alexandre*. Li Pechon d'avril, comèdèe. (Patois de Marche). — *J.-F. Xhoffer*. Les Biesses, comedeie. (Patois de Verviers). — *A. Stappers*. Rapport. — *M. Thiry*. Inne Copenne so l'mariege. — *A. Hock*. Les vis messeges. — *L. Van der Velden*. Li mâ Saint Martin. — *A. Delchef*. Houbert Goffin. — *F. Bailleux*. Vive Lige, chant patriotique. — *U. Capitaine*. Rapport sur les dons faits à la bibliothèque de la Société. — Moralité wallonne de la 1re moitié du XVIIe siècle. — Pasquille plaisante, 1675. — *A. Stappers*. Rapport sur *les Miséres do médecin* par M. Vermer. — *A. Vermer*. Les miséres do médecin. — *U. Capitaine*. Les premiers documents liégeois écrits en français. — *L. P.* (*LeRoy et Picard*). On d'meyè quâtron di tott sôr d'affaires. — *N. Defrecheux*. Ine Jabe di spots.

2° * Pièces couronnées par la Société Liégeoise de littérature Wallonne. *F. Bailleux*. Vive Lige. — *A. Hock*. Les vis messeges. — *L. Van der Velden*. Li Mâ Saint Martin. — *A. Delchef*. Houbert Goffin. Liége. Renard, 1859, in-18 de 31 pp. (Off. par l'éditeur).

Bailleux (François),

Avocat et conseiller provincial, secrétaire de la Société Liégeoise de Littérature Wallonne.

— * Discours. V. *Mélanges*, no 1.

— * Vive Lige. Chant patriotique. V. *Mélanges*, nos 1 et 2.

Barillié (François),

Ouvrier lampiste.

— * Cramignon dè fiess di Cheigneie, 1856. Air : Et lon la la, rians es, etc. 16 c.

Capitaine (Ulysse).

— * Rapport sur la bibliothèque de la Société Liégeoise de littérature wallonne.
Liége. Carmanne, 1859, in-8 de 47 pp. (Off. par l'auteur).

— * Les premiers documents liégeois écrits en français, 1233-1236.
Liége. Carmanne, 1859, in-8 de 7 pp. (id).

— V. *Mélanges* n° 1.

Cocq (Léonard).

— * Crédit est mâll-païe. 8 c.

— * L'avinteurr d'on jâguau d'crinoline. 6 c.

— * Les rond chapai. 8 c.

— * Li Saulaïe, 10 c.
Chansonnettes lithographiées, offertes par M. J. Dejardin.

Decharneux (N).

— * Li Novelle for di Lige. Air du Grenier. 3 c.
Imp. de Carmanne, 1859.

Defrecheux (Nicolas),

Boulanger.

— * Chansons wallonnes.

Liége. Renard, 1860, in-12 de 58 pp. (Off. par l'auteur).

Recueil des principales pièces de vers composées par l'auteur, savoir : Leyiz' m'plorer. — Li Charité. — Les orphilins. — Li Bire. — Li r'tour à pays. — On pindège di crama. — Les pauvès ames. — Comme on deut beure. — L'avez-v'veiou passer. — Tot seu. — Li Biergi d'Mousny. — Les R'wenes de chestai d'Saive. — Adiè. — Les Wallons dè pays d'Lige. — Li Chant des Ligeois. — Tot hossant — Qui d'vairè-je?

— * Li Novelle for di Lige. Air du grenier. 1859. 3 c. Imp. de Carmanne.

— Ine Jâbe di spots. V. *Mélanges* nº 1.

Dehin (J.-J.),

Maître chaudronnier.

— * Les adiets à vî Pont-d'z'Ages. Air : Te souviens-tu. 9 c. 1859.

Dejardin (J.)

— * Li Fleûr des Batll del Moûss', barcaroll' Ligwess' composaïe par on fin Piell', ptit fi da maiss' Girâ.

Liége, 1842, musique gravée, 3 pp. in-4 (Off. par l'auteur).

— Tonton, Craminion dédié aux Framboisys.

Delchef (André),

Armurier.

— Houbert Goffin. V. *Mélanges* nºs 1 et 2.

— * Michi d'Montgnay à tribunâl di simp police!

Autographie de Van Marcke, 1858. Musique.

— * Li fin dè monde explikay par Koko l' viwaress.

— * Li Râskignoû da Michi d'Mont'g'nâye.

Ces deux chansonnettes ont été composées pour le théâtre du Gymnase de Liége.

Delchef (Toussaint).

— * Li garchampette. 6 c. avec musique.

Autographie de X. Van Marcke, 1856.

Delgotalle,

Pharmacien, à Dalhem.

— * Couplets chantés le 30 décembre 1838 au banquet de la Société liégeoise de littérature wallonne. 12 c. (Tiré à part du journal *la Meuse*).

— * Les Wallons as Flamins. 7 c.

Couplets chantés en décembre 1839 au banquet de la Société Liégeoise de littérature wallonne.

Deltour (J.)

Marteleur, à Havegnée.

— * Paskeies dè carnaval di Fraipont, par J.-D., Beranger de Havegnée. Imp. de Carmanne. 1860, in-18 de 7 pp.

Petit recueil contenant : Li testament dè vi mignon. — As capitaine dè l'jonesse. — Response dè capitaine à l'jonesse.

Demeuse (D.).

— * Li blageur di Rocou. Pititte rivue del veye di Lich. Air : Te souviens-tu.

Demoulin (Joseph).

— * Tateinn' Rouwalle â Cassino d' Lize.

— * Li Viwarèsse.

— * Garitte Mantulet.

Chansonnettes autographiées par X. Van Marcke, (Off. par M.-J. Dejardin).

Depireux (Joseph).

— * Li Permichonnaire.

Lithog. de Delhaxhe.

Chansonnette composée pour le théâtre du Gymnase, avec musique de M. Ysay.

Donnay (Michel),

Ouvrier lamineur.

— * Paskeies et chansonnettes wallonnes.

Liége. Carmanne, 1860, in-18 de 18 pp. (Off. par l'imprimeur].

— * Les Lutteux. Air de : Margot. 6 c.

— * Les Marchands d' Paskeies d'â Carnaval. 3 c.

— * Les deux piott de 3me di ligne rihouki. Duo. Air des deux frères d'armes. 4 c.

— * Paskeie dédiée à l' Société des Artisans di Griv'gneie. 6 c.

— * Li vi Célibataire. Air : froide Russie. 3 c.

Pièces offertes à la Société par M. Carmanne, imprimeur.

Dumont (B.-E.),

Notaire, mort à Liége en 1841.

— Paskeie patriotique commençant ainsi : Ki lè z'état po l' Liberté.

Cette paskeye, que nous avons fait figurer l'année dernière parmi les pièces anonymes, a été composée par le notaire Dumont.

Erkens (Nicolas).

— * Les Solaies, 7 c. — Les Tcherrons, 8 c.

Lithog. de Delhaxhe.

Forir (Henri),

Professeur honoraire à l'Athénée royal de Liége, ancien président et membre honoraire de la Société Liégeoise de Littérature Wallonne.

— Recueil de charades, logogriphes et jeux de mots Wallons.

— Plusieurs sujets de chansons. 6 c.

Ces couplets furent adressés à un poëte qui demandait à l'auteur un sujet de chansons.

— Adiet po to ou no no r'veûran. Air du Vaudeville des deux Edmond. 5 c.

— Abatt deû gèie d'on kô d' warokai. So l'air : Au clair de la Lune. 6 c.

— * Les malè-lenw. So l'air dè Trônnâ. 8 c.

— * Novel sôr di Konzolâcion.

— Beûr è Magnî. So l'air : di l'ôpèrâ comik. 5 c.

— * Treu kouplet à rimpli. Air : Il pleut, il pleut, bergère. 3 c. Imp. de Carmanne. 1859.

— * Li Mariech ! Air : Mon père était pot. 7 c. Imp. de Carmanne, 1859.

— * On n' di nin to sou k'on pinse, on n' pinse nin to sou k'on di. Air del pip di toûbâk. 7 c. Imp. de Carmanne 1859.

— Li Sohai d'al Novel-An. 12 c.

L'auteur a cru devoir faire suivre cette paskeie d'une note étendue contre le tabac et les fumeurs.

— * On n'a pu rin à dir. Air dè kuré d' Pompone, 6 c.

— * Li Dial à k'fècé. Air : Au bruit d'une fade musique. 6 c.

Grandgagnage (Charles),

Membre de la Chambre des Représentants, président de la Société Liégeoise de Littérature Wallonne.

— * Vocabulaire des anciens noms de lieux de la Belgique orientale. Liége. Gnusé, 1859, in-8o de XXI et 241 pp. (Off. par l'auteur.)

— Discours. V. *Mélanges*, no 1.

Hardy (Sébastien).

— * L'Avinteure da Majene. Air : Te souviens-tu? Imp. de Carmanne, 1859.

Hasserz (Joseph),

Ancien ouvrier tailleur.

— * Chansons wallonnes.

Liége. Carmanne, 1860, in-12 de 30 pp. (2 exemplaires offerts par MM. Carmanne et J. Gothier.)

— * Couplets patriotiques belges, dédiés à M. et Mme Grandsart-Courtois, physiciens et prestidigitateurs, etc. (1859), 6 couplets wallons et 6 couplets français.

— * Le Zovri d' el Veie-Montagne di Lîg, à leu chef-directeur, M. L. Saint-Paul de Sinçay. Air : Po s' ko là, fré Touma, etc. 11 c. Imp. de Charron.

Hock (Auguste),

Fabricant-bijoutier.

— Li semedi de l' fiesse à Saint-Phoyen. Air : Valeureux Liégeois. Juillet 1840. 4 c.

— Petition d'on coti d'a l' Bov'reie. Air du départ du petit Savoyard (1859). 7 c.

— Li Favette. A. E. L..... Air : Ma Normandie. Juin 1859. 5 c.

— * Ine Dimande. 7 c.

Couplets chantés le 27 décembre 1859 au banquet anniversaire de la Société Liégeoise de littérature wallonne.

— Ine novelle cause. Air : Bon voyage, etc. 4 c.

Première pièce composée par un Liégeois en patois de Namur.

— * Banquet de la Sainte-Barbe, le 4 décembre 1859. A la *Société des artilleurs Liégeois*, hommage de M. A. Hock. Imp. de J. Waroux. 1859. 6 c.

— * Les Vis Messeges. V. *Mélanges*, n°s 1 et 2.

— * Pus hureux qu'on roi ! ou l'ovri de l' châsseie. Chanson wallonne. Paroles et musique d'A. Hock. Liége. Muraille, 1860, in-4°. Frontispice lithographié.

Ces différentes poésies ont été offertes par l'auteur.

Kirsch (Hyacinthe),

Avocat.

— * Bulletin de la Société Liégeoise de littérature wallonne. 2me année. *Compte-rendu.* Liége, de Thier et Lovinfosse, 1859. in-8° de 4 pp. (Off. par l'auteur.) Tiré à part du journal *la Meuse.*

Lempereur (Etienne),

Ouvrier armurier.

— * Ni plorez pus ! Response à *Leï-m' ploré !* da Defrecheux. Air Gastibelza. 4 c.

Imp. de Carmanne, 1857.

Le Roy (Alphonse),

Professeur à l'Université de Liége et à l'Ecole normale des humanités.

— * Rapport présenté à l'assemblée générale de la Société de littérature wallonne, le 28 décembre 1858, sur le concours n° 2.

Liége. Carmanne, 1859, in-8° de 39 pp. (Off. par l'auteur.)

— * Toast porté par M. A. Le Roy au banquet de la Société Liégeoise de littérature wallonne le 30 décembre 1858.

Liége. De Thier et Lovinfosse, 1859.

— * Mélanges, par L. P. (A. Le Roy et A. Picard).

Liége. Carmanne, 1859, in-8° de 16 pp. (Id.).

— V. *Mélanges* n° 1.

Micheels (J.-L.),

Lieutenant-colonel d'artillerie, vice-président de la Société Liégeoise de littérature wallonne.

— * L' vi pont d' sach'. Air : Gastibelza. 1859. 7 c. (Off. par l'auteur.)

— * Les Armuris. Air : Valeureux Liégeois. 8 c. 1859. (Id.)

— * Crâmignon so les plans qu'on tape à Lige. Air : Lon, la, la, po c' côp-là, etc. 12 c. 1859. (Id.)

— * Les novais usèges. Air : Femmes, voulez-vous éprouver. 8 c. 1860. (Id.)

Chanson chantée par l'auteur, en décembre 1859, au banquet de la Société wallonne.

— * So l' restauration d'inn facâde di 1787. Air : Mon père était pot. 1860. 5 c. (Id.)

Pièces de vers tirées à part du journal *la Meuse*.

Michel (Joseph).

— * Paskaie novelle au sujet des carnavals di Proion. 10 c.

— * Paskaie novelle au sujet des carnavals di Proion. Consolation da Cola. 8 c.

— * Paskaies novelles au sujet des carnavals di Proion. — Li jalozraie dè commerçants. 5 c. — Les Zamours da Cola. 6 c. — Les Amis réunis. 4 c.

Imp. de J. Waroux.

Morisseaux (C. N.).

— * Li Marieg d'inn bossowe ou l' fardai, comedeie en vers mesleie di tchant es 2 actes.

Liége. Charron, 1859, in-12 de 48 pp. (Off. par M. J. Gothier.)

Cette comédie a été représentée sur le Théâtre-Royal de Liége le 8 avril 1859.

Mouhin (J. B.),

Ouvrier imprimeur,

Né en 1752 à Liége, où il est mort le 15 mai 1842.

— Pasquaye composaye po l' prumi messe da M. Colas Lagasse.

Cette paskeye a été, par erreur, indiquée comme anonyme dans notre *Rapport* de 1859.

Panty (L.).

— * A pont d' Zâches. 5 c.
Imp. de Debœur, 1859.
— * Quèl Doleur! 5 c.
Imp. de Debœur, 1859.

Picard (Adelphe).

Juge au tribunal civil de Liége.

— V. *Mélanges*, n° 1.
— * Discours prononcé au nom du bureau de la Société Liégeoise de littérature wallonne dans la séance du 24 juin 1859, à l'occasion de la distribution des médailles aux lauréats des concours de 1858.
Liége. De Thier et Lovinfosse, 1859, in-12 de 18 pp. (Off. par l'auteur.)
— * Mélanges, par L. P. (V. art. A. Le Roy.)
— * Couplets chantés le 27 décembre 1859 au banquet de la Société Liégeoise de littérature wallonne.
Imp. de de Thier et Lovinfosse, 1860.

Remouchamps (E.).

— * Li Saveti. Comedeie. V. *Mélanges* n° 1.

Salm (Dieudonné).

— * Sov'nir des bais jous passés. Air du Dieu des bonnes gens. 4 c.
Imp. de Carmanne, 1858.
— * Bietmé d'Aleur et s'pov' didon. Chansonnette. Air : ça m'fait todi plaisir. 5 c.
Imp. de Carmanne. 1859. (Off. par l'imprimeur).
— * Désespoir d'ine dileïèe. Romance. Air de Gastibelza. 6 c.
Imp. de Carmanne. 1859. (Id.)
— * A côregeux conscrits di 1859. Chant patriotique. Air de la Brabançonne. 6 c.
Imp. de Carmanne. 1859.
— * Adièt â boirds dè l'Mouse. Air : t'en souviens-tu. 8 c.
Imp. de Carmanne. 1859.

Serulier (Olivier),

Appréciateur au Mont-de-Piété.

— * Les adiets dè vî Pont-d'z'ages, à J.-J. Dehin. 9 c.
Imp. de Carmanne. 1858.

Simonon (Charles-Nicolas).

— * Couplets chantés au retour de M. J. Cockerill, à Seraing, le 14 septembre 1834. Air : C'est le solitaire. 6 c.

Ces couplets ont été réimprimés dans le recueil de *Poésies en patois de Liége*, 1845, p. 157.

— * Poésies en patois de Liége, précédées d'une dissertation grammaticale sur ce patois.

Liége. Oudart 1845 in-8° papier rose (Off. par M. J. Dejardin.)

Stappers (Adolphe),

Homme de lettres.

— * Rapports. V. *Mélanges* n° 1.

— * Rapport présenté à la Société Liégeoise de littérature wallonne sur les 3e, 4e et 5e concours de 1858.

Imp. Carmanne, 1859, in-8° de 23 pp. (Off. par l'auteur.)

— * Rapport sur une chanson intitulée : les miseres do méd'cin, lu à la séance de la Société Liégeoise de littérature wallonne le 15 décembre 1858.

Imp. de Carmanne, 1859, in-8° de 11 pp. (Id.)

Stappers (Charles),

Candidat notaire.

— * Li Musicien d'vin l'imbarras. So l'air dè tra la la. 6 c.
Imp. de Carmanne, 1859.

Thiriart (Joseph),

Ancien-typographe.

— * Deux francs Ligeois. Dialogue en vers.
Imp. de Debœur, 1856.

— * Chanson d' tave. Air : histoire du Mendiant. 4 c.
Imp. de Debœur, 1859.

— * Li Joie, li Gott' et l'Amour. So l'air da Glicère. 5 c.
Imp. de Debœur, 1859.
— * Li Chin da Louise 5 c.
Imp. de Debœur, 1859.
— * Noé. Air : Ji vins coiri m' cougnou Noé. 10 c.

Thiry (Michel).

Chef de station de première classe.

— * Ine copenne so l'mariège. Mœurs populaires. Pièce couronnée par la Société.
Liége. Renard. 1859, in-18 de 22 pp. (Off. par l'éditeur)
— * V. *Mélanges* n° 1.
— * Caprices wallons, par ***.
Liége. Carmanne. 1859, in-18 de 52 pp.
Recueil contenant : Li perron. — Inn affaire à Lige. — Li novelle station et les novelles vôies di fier 1858. — Li r'tour à Lige. (Boutade), 1858. — Dè l'manôie po voss' pèce. — Li bon joweu âx vis jeux d'Lige. — A m'camarade Lecocq, à Alosse 1859. — Rigrets.

Van der Velden (Léopold).

— * Li mâ Saint Martin. V. *Mélanges*, n°s 1 et 2.

Wacken (Edouard).

Homme de lettres.

— * Poëtes wallons de Liége.
Feuilleton de l'*Echo du Parlement* du 14 janvier 1860.

DIALECTE DE LA HESBAYE.

Genoteau,

Vicaire à Hannut à la fin du XVIIIe siècle.

— Relation en vers wallons des tribulations éprouvées par l'auteur sous la république française. (Off. par M. S. Duval.)

DIALECTE DE VERVIERS.

Anonymes.

— * Légende wallonne. On conte de nos d'vantrins. 16 c.
— * Lu Coirbâ et lu R'nard. Fave.
— * Charade-logogriphe.

Poésies en patois de Malmédy, attribuées à Mlle L..... Elles ont paru en 1851 dans le Journal de Malmédy de H. Scius.

— * Carnaval de 1860. Paskaies à deux v'wet.
Verviers. Crouquet.

Xhoffer (J.-F.).

— * Lu Borguignaude, par J. F. X.
Verviers. Remacle. 1858. In-8 de 4 pp.
— * Les hièsses, comedeie en deux akes. V. *Mélanges* n° 1.

PROVINCE DE HAINAUT.

DIALECTE DE MONS ET DE TOURNAI.

Ghislain (J.-B.).

— * Carnaval de 1859. Humble requete del Signor Porpora, à Mossieur Greos-Batisse es' boucher pour avoir l'char à chonq greos sous.
Tournai. de Glarches. 1859. in-16 de 8 pp.

Leray (Adolphe).

— * Les chonq Clotiers. Chant populaire tournaisien.
Tournai. Lecomte. 1859. In-4. 14 c. avec musique.

Letellier,

Curé de Bernissart.

— * Armonaque dé Mons. 1841 et 1854.
Mons. Masquillier eie Lamir. 2 vol. in-18. (Off. par M. A. de Reume).

— * Armonaque dé Mons. 1857 et 1858.
Mons. Masquillier eie Lamir. 2 vol. in-18. (Off. par M. L. de Villers).

PROVINCE DE LUXEMBOURG

DIALECTE DE LA FAMENE LUXEMBOURGEOISE.

Alexandre (A.-J.),
Professeur à l'Ecole moyenne de Gosselies.

— * Li Pechon d'Avril, comèdeie es cinq actes. V. *Mélanges* nº 1.

PROVINCE DE NAMUR.

DIALECTE DE LA FAMENE NAMUROISE.

Vermer (Auguste),
Docteur en médecine, à Beauraing.

— * Les miséres do médecin. V. *Mélanges* nº 1.

DIALECTE DE NAMUR.

Chavée (H.)

— * Français et Wallon. Parallèle lingustique. Paris. Truchy 1857, in-12 de VI et 223 pp. (Off. par l'auteur).

Demanet (A.)

— * Oppidum Atuaticorum. (Poème en patois de Namur).
Namur. Wesmael. in-8.
Tiré à part des *Annales de la Société archéologique de Namur*

Wérotte (Charles).

— * Ch'oix di ch'ansons wallonnes et ôtres poésies. 3me édition.
Namur. Lambert. 1860. In-8 de XXIX et 242 pp. (Off. par l'auteur).

PATOIS DE LA FRANCE, DE LA SUISSE, ETC.

MÉLANGES.

Baletta (G.) Cudisch de oraziuns per la Cumina glieut.
Cuera, 1844. In-12.

Burguy (G. F.). Grammaire de la langue d'oïl ou grammaire des dialectes français aux XIIe et XIIIe siècles.
Berlin, 1853. 3 vol. in-8°.

Busschots (G.). La littérature romane au XII° siècle.
Louvain, 1856. In-8°. (Offert par M. U. Capitaine.)

Carisch (O.). Taschen-Wörterbuch der rhaetoromanischen sprache in Graubünden, etc.
Chur, 1848. In-12.

Carisch (O.). Grammatische formenlehre der deutschen und rhaetoromanischen sprache, etc.
Chur, 1852. In-12.

Champollion-Figeac. Nouvelles recherches sur les patois ou idiômes vulgaires de la France et en particulier ceux de l'Isère.
Paris, 1809. In-12.

Cordier (F. S.). Dissertation sur la langue française, les patois et plus particulièrement le patois de la Meuse.
Bar-le-Duc, 1843. In-8°.

De Coussemaker (E.). Quelques recherches sur le dialecte flamand de France. — Proverbes et locutions proverbiales chez les Flamands de France, par l'abbé Carnel.
Dunkerque. 1859. In-8°. (Off. par M. de Coussemaker.)

Develey (E.). Observations sur le langage du pays de Vaud.
Lausanne, 1824. In-8°.

Desrousseaux (A.). Chansons et pasquilles Lilloises. Tome III.
Lille, 1857. In-12. (Off. par l'auteur.)

Desrousseaux (A.). Mes Etrennes. Almanach chantant pour 1859 avec airs notés.
Lille, 1859. In-12. — Même vol. pour 1860. (Off. par l'auteur.)

Dubois (L.). Glossaire du patois normand, augmenté et publié par J. Travers.
Caen, 1856. In-8°.

Ébert (A.). Jahrbuch fur romanische und englische Literatur unter besonderer mitwirkung von F. Wolf herausgegeben von A. Ébert.
Berlin, 1859. In-8°. Tome Ier et première livraison du tome II. (Off. par M. A. Ébert.)

Escaillier (E. A.). Remarques sur le patois, suivies d'un vocabulaire latin-français inédit du XIVe siècle.
Douai, 1856. In-8o.

Fuchs (A.). Uber die sogenannten unregelmässigen zeitwörter in den romanischen sprachen.
Berlin, 1840. In-8°.

Gieret. Cuortas devoziuns.
Nosa Dunaum, 1840. In-32.

Jaclot. Les Passe-Temps lorrains ou récréations villageoises.
Metz, 1854. In-8o.

Jaubert (comte) Glossaire du centre de la France.
Paris, 1856. 2 vol. in-8o et supplément. (Off. par l'auteur.)

Odde (C.). Les joyeuses recherches de la langue Tolosaine. Deuxième édition.
Paris, 1847. In-8°.

Ollivier (J.). Essai sur l'origine et la formation des dialectes vulgaires du Dauphiné.
Valence, 1836. In-8o.

Oudin (A.). Curiositez françoises pour supplément aux Dictionnaires.
Paris, 1640. In-12. (Off. par M. U. Capitaine.)

Raspieler (F.). Les paniers. Poëme patois précédé d'une étude littéraire sur le patois de Bâle.
Porrentruy, 1849. In-8.

Wolff. Altfranzoesische volkslieder. Gesammelt, mit sprach-und sacherklärenden anmerkungen versehn.
Leipzig, 1831, In-12.

(*Anonyme*.) Histoire véritable de Vernier. Dialogue patois-messin et français.
Metz, 1844. In-8.

(*Anonyme*.) Flippe Mitonno ou la famille ridicule, comédie Messine en vers patois.
Metz, 1848. In-12.

(*Anonyme.*) Le Lorrain peint par lui-même, almanach pour l'année 1853 curious et emuzant.
Metz, 1853, in-12. Même ouvrage pour 1854.

(*Anonyme.*) Chan-Heurlin ou les fiancailles de Fanchon, poëme en patois-messin.
Metz, 1857. In-8.

(*Anonyme.*) Bibliothèque romane de la Suisse. Les Bucoliques de Virgile.
Lausanne, 1855. In-12.

(*Anonyme.*) Petit vocabulaire français, allemand et russe, contenant les mot les plus usités pour s'entendre avec les Russes et les Allemands.
Liége, 1814. In-8.

Alexandre (A.-J.). Mon livre blanc ou recueil de chansons.
Marche, sans date. In-8. (Off. par l'auteur).

Le même. La Russie, poëme.
Marche, sans date. In-8. (Id.).

Le même. Hymne d'Homère à Apollon.
Marche, sans date. In-8. (Id.).

Baze (J.-D.). Les conférences de la Société d'Emulation. XIIe épitre.
Liége, 1859. In-12. (Off. par l'auteur).

Dejardin (J.). Recherches historiques sur la Commune de Cheratte.
Liége, 1855. In-8. (Off. par l'auteur)

Gauthy (E.). Influence de l'enseignement sur la prospérité industrielle et commerciale.
Bruxelles, 1860. In-8. (Off. par l'auteur).

De Noue (A.). Etudes historiques sur l'ancien pays de Stavelot et de Malmédy.
Liége, 1848. In-8. (Off. par l'auteur).

Pollet. La vie de Saint-Maurand, patron de la ville de Douai.
Douai, 1859. In-12

Stappers (A.). Grétry, poëme.
Liége, 1860. In-12. (Off. par l'auteur).

ENVOIS DES MINISTRES DE L'INTÉRIEUR ET DE LA JUSTICE.

— Chronique de Philippe Mouskes, publiée par le Bon de Reiffenberg.
Bruxelles, 1836-1845. 2 vol. in-4° et supplém.

— Documents relatifs aux troubles du pays de Liége, publiés par P. F. X. de Ram.
Bruxelles, 1844. In-4o.

— Monuments pour servir à l'histoire des provinces de Namur, de Hainaut et de Luxembourg, publiés par le Bon de Reiffenberg et Borgnet.
Bruxelles, 1846-1854. 4 vol. In-4o.

— Procès-verbaux des séances de la Commission royale pour la publication des anciennes lois et ordonnances de la Belgique.
Bruxelles, 1847-59. Tomes 1, 2 et livraison 1, 2 et 3 du tome 3.

— Liste chronologique des édits et ordonnances des Pays-Bas autrichiens de 1700 à 1794 (par M. Gachard).
Bruxelles, 1851-1858. 3 vol. in-8°.

Liste chronologique des édits et ordonnances de la principauté de Stavelot et de Malmedy de 650 à 1793 (par M. M. L. Polain).
Bruxelles, 1852. In-8o.

— Liste chronologique des édits et ordonnances de la principauté de Liége de 1684 à 1794 (par M. M. L. Polain).
Bruxelles, 1851. In-8°.

ENVOIS DES SOCIÉTÉS SAVANTES.

— Annales de la Société archéologique de Namur.
1857-1859. Tome V et les deux premières livraisons du tome VI.

— Rapport sur la situation de la Société archéologique de Namur en 1858, par M. E. Del Marmol.
Namur, 1858. In-8o. — Même rapport pour 1859.

— Mémoires de la Société historique et littéraire de Tournai.
1853-1859. 6 vol. in-8°.

— Bulletins de la Société historique et littéraire de Tournai.
1849-1860. 6 vol. in.8°.

— Annales de la Société pour la conservation des monuments historiques dans la province de Luxembourg.
1847-1856. 6 livraisons.

— Annales du Cercle archéologique de Mons.
Tome 1 et 2. 1858-1860. 2 vol. in-8o.

— Bulletin de la Société scientifique et littéraire du Limbourg. 1859-1860. 1re et 2me livraison du tome IV.

— Bulletin de l'Institut archéologique liégeois. 1858. 2me livraison du tome III.

— Annuaires de la Société libre d'Emulation de Liége pour 1859 et 1860. 2 vol. in-18.

— Procès-verbal de la séance publique tenue par la Société d'Emulation le 12 mars 1854. In-8°.

— Rapport sur les travaux de la Société d'Emulation présenté en 1858 par U. Capitaine. In-8°.

— Bulletin de la Société des Antiquaires de Picardie. 1859. 3me et 4me livraison. 1860. 1re liv.

UNE MALADIE CHRONIQUE

DE LA LANGUE WALLONNE.

Je suis médecin linguiste. Je fais tout ce qui concerne mon état. J'étudie avec rage et l'anatomie et la physiologie et la pathologie de la parole. J'adore par-dessus tout cette dernière branche de mon art. Sans la moindre prétention à guérir les parleurs (la thérapeutique est si peu de chose pour les médecins du XIXe siècle !), je mets tous mes soins à faire le diagnostic et l'étiologie des infirmités du langage.

Tout ce qui naît, meurt. Après avoir vécu plein de force et pur de forme, après avoir atteint l'entier développement des énergies internes constitutives de son essence, le pauvre être commence à s'altérer peu-à-peu dans sa constitution, et le voilà qui dépérit encore et encore.

Or, les langues sont des organismes vivants dont la pensée est l'âme et, dans cet organisme, chaque syllabe est un organe créé, soit par une idée de substance ou d'action (pronom ou verbe), soit par le besoin de peindre un rapport. Dans cette lutte contre la mort, qui est un des caractères de la vie, l'idée tient bon, le plus souvent du moins ; la syllabe, elle, s'affaisse, se ratatine, perd ses dents ou ses cheveux et devient parfois méconnaissable, quand elle n'est pas décomposée, absorbée ou tuée par ses voisines. Oui, tuée, car dans ces appareils syllabiques qu'on nomme *mots composés* ou *dérivés*, certaines syllabes gagnent des hypertrophies d'accentuation tellement monstrueuses que leurs pauvres associés s'effacent et tombent. C'est désolant, mais c'est ainsi !

Comme je suis wallon, tout ce qu'il y a de plus wallon, j'ai toujours eu un faible pour l'étude des maux qu'a soufferts ma langue maternelle. Parmi ces maux, il en est un sur lequel j'ai beaucoup médité, beaucoup pleuré. C'est un quiproquo nerveux chronique et, ce qui pire est, de nature contagieuse.

Diagnostic. Les syllabes terminales *be*, *de*, *gue*, *ge* (dje) et *ve*, *ze* (ou *se* précédé d'une voyelle), *ge* (*je*) perdent d'abord leur *e* final ; puis, leur consonne, après s'être unie à la syllabe accentuée qui la précède immédiatement, se transforme en sa forte correspondante, de manière à donner *p'* pour *be*, *t'* pour *de*, *k'* pour *gue*, *f'* pour *ve*, etc.

Ainsi *jamBe* (djambe) et *báBe* deviennent *jamP'* et *báP'* en remplaçant l'explosive douce des lèvres (Be) par l'explosive dure des mêmes organes (Pe).

Voilà pour les détonations labiales.

Ainsi *paráDe* et *r'méDe* sont changés en *paráT'* et en *r'méT'* par la substitution de la dure T à sa douce correspondante D.

Voilà pour la paire des explosions dento-linguales (D.T.)

Ainsi *droGue* et *boul'doGue* deviennent *droK'* et *boul'doK'*, en substituant la forte *Ke* à la faible *Gue*.

Voilà pour la paire des explosives palato-linguales (Gue-Ke).

Ainsi *roGe* (rodje) et *viseGe* (visèdje), deviennent *roCH'* (rotche) et *visèCH'* (visètche) par le changement de l'explosive chuintante douce (dje) en sa consonne dure de même couple.

Voilà pour les deux explosives palato-dento-linguales (*dje-tche*).

Ainsi *on coréVe*, *on frugîVe* deviennent *on coréF'*, *on frugîF'* avec la soufflante-sifflante F en remplacement de la soufflante-bourdonnante V ; toujours la consonne forte et dure pour la consonne faible et molle.

Voilà pour la paire des soufflantes labiales (Ve-Fe).

Ainsi *doZe* devient *doÇ'* (doss) avec la sifflante S dure pour la bourdonnante Z. Le même mal afflige la bourdonnante S douce dans les terminaisons en *ase*, *ise*, *ose*, etc. Un franc wallon, parlant français, offre un bouquet de *roÇ'* à *LouiÇ'* en wallonnisant, sans se douter qu'il transporte dans une langue sœur les lois rigoureuses de son propre parler : les mêmes mots prononcés *roZe* (rose) et *LouiZe* (Louise), s'ils ne passent pas à ses oreilles pour absolument identiques en leurs sons et bruits, lui sembleront à coup-sûr désagréables et *affectés*.

Voilà pour la paire des soufflantes dento-linguales (Ze-Se).

Enfin, quant à la bourdonnante Ge (je) remplacée par le sifflant CHe (sche), demandez à tout vrai liégeois, à tout vrai namurois s'il est français, et il vous répondra qu'il est *belCH'* (belsch').

Voilà pour la paire des soufflantes palato-dento-linguales (je-sche).

J'ai décrit la maladie. Vous savez si elle est chronique. Quant à la contagion provenant du passage des syllabes françaises à travers une bouche wallonne, je crois l'avoir suffisamment indiquée. Dans tous les cas où il n'a pas été fait de traitement prophylactique, la forme française est impitoyablement soumise au mal de l'endurcissement et de l'induration que je signale. Hélas! Hélas! que de temps, que de remèdes et que de soins il m'a fallu, à moi namurois de Namur, pour arriver à ne plus prononcer, lorsque je parlais français, une *rôpe* pour une *robe*, une *bante* pour une *bande*, une *fique* pour une *figue*, une *olife* pour une *olive*, *onse* (onç') pour *onze*, *prodiche* pour *prodige*, etc., etc., etc.!!!

Étiologie. — La loi de la polarité électro-magnétique est une des grandes lois de la création. La terre a ses deux pôles et chaque pôle a son sexe. L'aiguille aimantée, elle aussi, a ses deux pôles et son pôle mâle ne se dirige jamais vers le pôle mâle de la terre. Étudiez au point de vue de leurs attractions et de leurs répulsions les deux cerveaux, les deux cervelets, les deux faisceaux de ners rachidiens, en un mot les deux moitiés nerveuses symétriques de notre corps et vous y reconnaîtrez sans peine la loi de polarité.

Or, la fonction psycho-physiologique de la parole est soumise à cette grande loi.

Les sept voyelles principales (oû, ô, œu, â, ê, î, û) ont les deux pôles ou les deux sexes, le sexe féminin étant représenté par ce que nous nommons improprement voyelle *longue* et le sexe masculin par sa *brève* correspondante.

En dehors des neutres *r*, *l*, *m*, *n*, *w*, *y*. *h*, toutes les consonnes sont soumises à cette même loi de sexualité. Toutes procèdent par paire ou par couple. Le wallon possède, comme l'italien, comme le sanskrit, quatre couples d'explosives : Be-Pe, De-Te, Gue-Que, G'e-CH'e (dje-tche). Il possède en outre trois paires de soufflantes Ve-Fe, Ze-Se, Je-CHe (sche). Toutes les consonnes féminines (B, D, V, J, etc.) font entendre un doux murmure vocal durant le premier temps de la fonction qui les produit. Les consonnes masculines, au contraire, ne condensent que du souffle et leur bruit, plus sec et plus fort, n'est précédé d'aucun bourdonnement (P, T, F, S, etc.).

Tant que les consonnes féminines vécurent indépendantes, véritables têtes de syllabes finales, elles furent respectées dans la faiblesse de leur nature molle et délicate. Mais dès qu'elles cessèrent d'appartenir à une syllabe distincte, dès qu'elles furent séparées de leur voyelle et absorbées dans l'unité de la syllabe précédente, syllabe de force, de mise en relief, d'insistance, d'accent, en un mot, elles se transformèrent en consonnes de force et devinrent masculines. Leur malheur fut consommé. Pauvres consonnes féminines des syllabes finales BE, DE, GUE, VE, etc., perdues hélas ! pour toujours ! Et dire qu'il n'y a que moi pour pleurer sur elles ! ! !

H. CHAVÉE.

L'ÈFANT MALADE.

(DIALECTE DE BEAURAING.)

AIR : *D'où viens-tu, beau nuage?*

REFRAIN.

Bon Diè! choûtoz m' priére
Vos qu'ès compatichant,
C'est si dèr por on' mére
Do veie mori s't èfant.

Elle astet si ros'lante,
Si douce et si riante;
Les gins l' trouvint charmante
Et m' cœûr battet d' plaigi;
Mais comm' vo-l'-là cangie,
Mi pauv' pitit' Marie,
C'est on' fleûr qu'est flanie,
On' fleûr qui vut sèchi.
Bon Diè, etc.

Ji m' rafiais do l' veie
Div'nu on' bell' jòn' feie;
J'astais trop fiér' di leie,
Li bon Diè m'a puni;
Mais s'i faut qui j'èl piède,
A mori ji sus prette;
Rin n' mèrit' qu'on l' rigrette
Quand l' bonheur est paurti.
Bon Diè, etc.

Chaqu' joû ses camarades
Dispus qu'elle est malade
Accouret au pus rade
S'infôrmè s'ell' va bin.
Les pauv' pitit' comméres!
Ell' ni s'apinset wére
Qu' put-ète à l' cimintiére
Ell' l'iront poirtè d'moin.
Bon Diè, etc.

Saint' vierge qui nos aime,
V's avoz stî mér' vos-même,
V's avîz on' pòine extrême
Do veie mori voss' fi.
Voss' priére est si bonne
Qu' jamais l' ciél n'abandonne
L' cia qui v' prind po s' patronne,
Reine do paradis!
L' bon Diè choûtret m' priére.,
I s'rèt compatichant,
Si v' prioz po l' pauv' mére
Qui vèt mori s't èfant.

Ah! grand Diè! ji respire!
Ji vins do l' veie sourire;
Si blanc visag' di cire
Si ranime et rougit.
Non, ji n' sus nin trompée,
Mi d'mande est exaucée,
Vola m' feie qu'est sauvée.
Merci, Vierge, merci.
V's avoz choûté s' priére
Bon Diè compatichant.
Ah! qu' c'est doux por on' mére
Do r'trouvè si-t-èfant.

A. VERMER,
membre correspondant.

IMITATION DE L'ESPAGNOL.

ESSAI D'ORTHOGRAPHE WALLONNE.

De vieg' li bell' beurnette
Allant pouhi d' l'aiwe a ri
At pierdou ses orillettes
Fait' di vraie or di ducat :
Mi galant m' les aveut d'né
Ces deux belles orillettes
Divant de quitté l' viege.
Quan i r'vinret, que li diret-je?

Ten, dis-t-i, v'la deux loquets.
T' les pindrets a tes oreies.
Atots ell' ti les serrets
As messeg' des amoureux.
Ell' esti si bell'! ell' esti
Doreie comm' deux neuhs hayettes.
Qu' diret-i quan i r'vinret?
Qui tot' les femm' si raviset.

I diret : t' n'as nen volou
Que l' loquet serrihe trop bin
Et que ji les a pierdou
A mitan des jeux dell' fiesse.
Et portant l' fiess' est passeie
Et l' dans' ni m'at nen veiou.
Ji l' rattens, et lu diret
Qui tott' les femm' si raviset.

I diret qu' rivnant de marchî
Judi, ji prens l' bress' d'inn aut' ;
Qui m' plait di n'el pu vei
Dimenge all' poett' di l'eglise.
Portant a messe, â marchî
Ji vas todi, mais tott' seule,
Tott' seul' por lu, et diret
Que tott' les femm' si raviset.

Ji lî diret que lu m' plait
Mi avou s' bleu sarrau d' teulé ,
Que l' jôn' monsieu dè chestai
Avou ses bais habits d' drap.
Et qu'enn' bag' di plomb d' lu
M' va mi qu'on diamant d'inn' aute.
I n' mi creuret, et diret
Que tott' les femm' si raviset.

Ji diret que si m' rouveie
Ji l' vieret todi volti,
Et qu'a dreut d' mi ell' coulaie
Nou galant n' vinret s'assir.
Et que cour' veie et viege,
Qui n'e sai' de tots les gosses,
Dell' breun', dell' blonde, i vieret
Si tott' les femm' si raviset.

L.
membre correspondant.

LÈ DEU MOF.

KONT.

Nin lon di s' mohon, on bon payizan
Esteut à l' chèrow è rtournéf si chan.
S'èsteut è nôvinp; i féf dèjà freu,
È l' manch' di si èrér èkwèdléf sè deu.
« I fèt in mâl bîh, » dist-i, à s' vârlè;
« J'a rouvî mè mof, vas lè kwir, valè. »
Sisial, to kontin, kour èvôy so l' kô :
« Mutwè, sa pinst-i, frè-j' d'in pir deu kô. »
Li dam d'èl mohon, insi ki l' sièrvant,
Esti tot deu jôn, potlêy è rozlant.
Li vârlè, k'esteut on bè fwèr jônè,
Po no deu kimér boléf divin s'pè.
« Dièw wât ! » lzi dist-i, « ji vin po in sakwè
Ki l' mès m'a kmandę : advinrif bin kwè? »
Li dam rèsponda : « sou k'vo vnè fé sial?
Ki pôreu l' savu amon k'd'ès li dial.
— È bin, di l' vârlè, l' mès m'at avoyi
Po ki tot lè deu ji v' vins abrèsi.
— Vo bourdè, di l' dam, è vo pièrdé l'tiès;
Vo n' mi fré mây kreur ki l' mès seuy si bièś.
— Gran lwen, di l' bâsel, po on parey mèsèch
On s' pou pasé d'vo è l' mès s'ennè chèch.
— Portan, di l' vârlè, mè deu bin-amèy,
Sou kji v'z a vnou dir è sou k'è d'pu vrèy;
Si vo 'nnè doté, viné, mousan foû,
Vo kreuré mi l' mès kwan v' l'ârét oyou. »

To lè treu èsonn ènè von so l' pwèt,
È l' souwé vârlè, d'in vwè klér è fwèt :
« Èdon, mès, brèt-i, ki s'è tot lè deu?
— Pa surmin, bâbô, » li respon l' froufeu
Ki n' pins k'a sè mof è ki lè ratin.
« Oyéf, » di l' vârlè, ki sin pièt nou tin
Hapan lè deu kmér, a si âh lè choufta
Sin k'noulu sèp dir wis ki s'arèsta.
Po sou kè dè mof, li mès lèz euri,
Èko minm ôtchwè..... to l' mont l'a kompri.

B.

N. B. 1. L'orthographe employée dans ce conte est basée sur les langues latine, espagnole et italienne, qui, très-généralement, ne représentent une articulation que par un signe et où toutes les consonnes sont distinctes dans la prononciation. Ex. : *si vis pacem, para bellum.— El que se hace de miel se le tomen las moscas. — Andiamo a pranzare in società.*

(*Note de l'auteur*).

N. B. 2. L'auteur surmonte d'un tréma (¨) l'*n* qui ne se rattache pas à la voyelle précédente, de manière à former une syllabe nazale. N'ayant pas à sa disposition ce signe typographique, notre imprimeur s'est contenté d'employer le caractère *italique* pour les *n* qui doivent se prononcer à part.

(*Note de la Commission de rédaction*).

MÉLANGES.

I fât tottes sôrs di gins po fer on monde : c'est pourquoi les auteurs des *Mélanges* publiés l'année dernière n'ont pas voulu rester seuls. Ils se flattent peut-être ; mais ils ne sauraient dissimuler leur satisfaction. On n'est pas resté sourd à leur appel, et le public ne dira certes pas que la société qui leur arrive est plus nombreuse que choisie. *Arrêtons-nous ici* (style d'opéra-comique), et craignons qu'en réponse à notre patois, on ne nous jette à la face le vieil adage latin : *Asinus asinum*... Daignez nous épargner le reste !

Ann' Mareie,
Volez-v' beûre on d'meie ?
V'là l' boteie
Qu'est apponteie !

Ce qui signifie que nos collaborateurs vont entrer en matière.

L. P.

PREMIER ENVOI.

A LA COMMISSION DES MÉLANGES.

S'il m'était donné de conter aussi agréablement que Schéhérazade et son digne interprête, Monsieur Galland, j'évoquerais mes souvenirs d'enfance, et vous auriez une brillante esquisse des us et coutumes de mon quartier à cette époque. Mais la plus jolie fille du monde... Je ne suis pas une jolie fille ; pourtant je dois faire comme si je l'étais.

On me dira peut-être : *A marihâ s' clâ*. Aux magiciens de l'Orient d'émailler de mille couleurs les créations merveilleuses de leur fantaisie ; un fabricant bijoutier ne peut émailler que ses produits.

Mais voici ma justification.

Vous disiez il y a un an : *Mettez nappe sur table*. Eh bien, soit ! Je vais vous servir un plat de ma façon. Veuillez en raccourcir la sauce, si vous la trouvez trop longue.

FÊTE PAROISSIALE DE SAINT-PHOLIEN.

DE 1820 A 18....

Cette paroisse, un peu éloignée du centre de la ville, dont elle est séparée par la Meuse, avait mieux conservé que d'autres ses anciennes traditions.

La semaine qui précédait la fête paroissiale se passait en préparatifs de tous genres, réparations à la maison, badigeonnages. On *hurait* la vaisselle d'étain jusqu'à la rendre brillante comme de l'argent ; à la fin, *li couhenne riluhéve comme on clâ d' keuve*. Le vendredi et le samedi, la plupart des enfants n'allaient même pas à l'école, *po broyi souke et canelle*.

Pendant que la maman préparait le riz au lait et *l' caurin ds caches, on côpéve les cowes ds cèlihes*.

Les bourgeois qui n'avaient point de four, allaient *faire cuire* leurs 15 ou 20 tartes *amon Brokâ, è Pèheurowe*.

Le *chaudron aux jambons* circulait d'une maison à l'autre ; les bouquets, les *mais*, la musique aux joyeux préludes animaient tout le quartier.

C'est l' fiesse et tot l' monde vout fiester.

C'était un délire général, un brouhaha des plus amusants.

Ci n'est l'sem'di qu'in' vinowe, ine allèie,
Et tot' en'same on cour' po s'apontî.
Là c'est l'houquet qui s'trebouh' so n'potêie ;
C'est on disdu qu'annonc' qu'on va fiestî !
Cial li jott' broule, aut' pâ li riz hatihe !
N'est-c' nin n'affair'? c'est, so l'timps qu'on batihe
Qu'on rapponteie les planch' po fer l'âté.
Houtez ! l'gross' caisse à s'tour va timpester
Oh ! houtez donc ! à tot côp c'est n'aute air !
Quéll' vikâreie ! qui c'tapage est vigreux,
Chantans comm' zel !.... C'est li *roi Dagobert*,
Et *tremp' ton pain* ; *où peut on être mieux?*

Ann' Marcie,
Volez-v beure on d'meie? etc., etc.

Av' màie veïou in' saquoi d'si joïeux ?

Voici ce qu'en 1842 je chantais à mes bons vieux parents, sur l'air *Valeureux Liégeois*.

II SEM'DI DÈ L' FIESSE A S^{t}.-PHOYEN.

Tra deri dera,
Tra deri dera,
Et boume et boum' chiqu' chique !
Qué brut ! qué fraca !
C'est comme â màka,
Oh ! quéll' joyeus' musique !

1

Oh ! quélle arège à Saint-Phoyen !
Déjà po l' sem'di les fabriques
Arrestet machine et molin
Po cori veie tot' ces musiques.
Tra deri dera, etc.

2

So l'.vî pont d's Ach'on n' pout passer ,
Tot Lig' vout prind' pârt à concert ;
On est binâh' dè veie tirer ,
Mais èco pus dè houter l'air :
Tra deri dera, etc.

3

So l'aiw' ci n'est qui tos batais
Qui s' porminet li maie so l' tiesse ,
Et s' rèpètèt-i po l' pus bai
Eco cint feies noste air di fiesse :
Tra deri dera, etc.

4

Qué plaisir po les paroissiens !
Oh ! c'est bin ainsi qu'on v' les gâte ;
Tot' li nute i n' doirmet nin
Avou l'abondanc' des aubâdes.
Tra deri dera, etc.

5

Li vî tenneu dè l' jôie si r'sint ,
Rabress' Bajenne ou bin s' Bèbette ,
Qwire à r'monter s' vî instrumint ,
Mais n' tir' nou son di s' clarinette.
Tra deri dera, etc.

6

Tot' les d'moisell' di Saint-Phoyen ,
Çi sem'di-là , so leûs chambrettes ,

Rilavet tos leûs p'tits ingins ,
A son des tambours, des trompettes.
Tra deri dera, etc.

7

Les jôn' mariés, qui n' doirmet nin,
Divet fer l' fiesse à leû manire ;
Çou qu'i fet, po passer leû timps ,
Oh ! ji n'ois'reûs mâie vis el dire.
Tra deri dera, etc.

8

Tot' les bâcell' nos l'ont bin dit
Ossi bin à l' veye qu'â viège :
Qui rin n' pass' li fiesse âs kow'ris.
Viv' les aubâd' et les tirèges !

Tra deri dera ,
Tra deri dera ,
Et boume et boum' chiqu' chique ,
Qué brut ! qué fraca !
C'est comme à maka ,
Oh ! quéll' joyeus' musique!

Au refrain , chaque invité devait imiter , des gestes et de la voix , un instrument différent. J'ai entendu depuis lors des symphonies de Beethoven...

Le samedi soir, veille de la fête, on fesait la première brèche dans la provision de *dorées*. Il y en avait pour toute la semaine , et pourtant il fallait s'en donner à peu près pour une année.

Il n'entrait pas dans les habitudes bourgeoises d'alors de se passer tous les jours le luxe de la pâtisserie.

On v's âreût vit' noummé broufteu !
On âreût dit : I n'iront nin long ces gins-là !
C'est qu'i volet pèter pus haut qui l' cou !
S'i-z-avît des oûs i frit des hâgnes !
C'est des grands vantrins sin cowettes !
Lèiz-lès fer, ça n' dur'ret nin.

Ce qui n'empêchait pas de très-bien faire les choses, chaque fois que Mathieu Laensberg en donnait la permission.

Puisque me voilà au chapitre des friandises, je ferai peut-être bien de rappeler qu'on ne connaissait guère, il y a quarante ans, que la pâtisserie préparée par la ménagère ou par le boulanger. Je ne parle pas des *personnages* qui avaient des cuisinières; dans mon vieux quartier, on ne connaissait rien de pareil. A cette époque, la maison Rosler vendait de petites tartelettes à six liards. Ces six liards sont devenus dix centimes; en revanche, il y a plus de pâtissier que jamais.

Retournons à la fête et, au risque de nous donner une indigestion, attaquons le dîner.

Bouyon, bouli, crompîres et recennes. Ine aune di sâcisse âtou dè l' jotte. Deux treus bais polets à doze patârs. Grossès pèces di rosti, dindon salé, fârci, sin truffes! Jambon; linwe di boûf. On gros d'vai fârci riloukant l'anweie tournêie; grevesses. Li crème à blanc vin passéve èl' plece di glece. Puis, floyon, ronde-tâte, dorêies, neur' et blankes, etc., etc.

Le repas commençait à une heure pour finir à dix. Ce n'était pas trop pour un tel menu.

So tot c' timps là, on aveut groumî.
Li vî bourgogn' l'èpoirtéve so l' champagne.

Car, en ce temps là, le champagne, comme les huîtres, était à peu près un mythe pour la bourgeoisie.

Vous ne comprenez pas un si robuste appétit; sachez donc que nous sommes au dimanche que les gros Messieurs et les jeunes gens les plus huppés de la paroisse viennent de faire le tour d'usage, processionnellement, un flambeau à la main, — et que cet exercice creuse autant l'estomac qu'il fortifie la piété.

Veniez-vous à passer sous les fenêtres, ouvertes, le plus souvent, d'une maison où l'on *faisait la fête*, vous entendiez des éclats de rire, des conversations étourdissantes, et par dessus tout, une voix grave et même un peu solennelle disant :

Guillemine, ma fille, prenez votre guitare et chantez : *portrait charmant*, ou bien : *il pleut, il pleut bergère!*

Ajoutez le parfum des fleurs effeuillées dans les rues, les danses, les *crâminions* des grands et des petits, des *pâquais* et des *pâquettes* (¹), et vous aurez encore une idée incomplète de la fête saint-Pholien.

« Les p'tits valets et les p'titès bâcelles
» Tot noû r'moussls et turtos bin floch'tants.
» Comme on s'trumév' des mousseur' clér' et belles !
» Qu'on esteut reud, li dimègn' tot rotant.
» Ei pavé r'lût ! c'est l' ramon qu'a fait 'n' foice,
» Pus rin c' joû là n'aveut l'odeûr di hoisse..... »

C'était partout, dans les rues, branches, feuilles, pots de fleurs et chandelles. On n'avait pas l'habitude de mettre aux fenêtres de petits saints en plâtre, pour voir passer les grands saints du cortége religieux.

I v' falléve veie po l' procession
Les bouquets d' fleûrs so les finiesses;
Puis, so li drî, avou n' vrêie dévôtion,
Estît les bell' roslantès tiesses

(¹) On désigne sous ce nom les enfants qui ont fait leur première communion dans l'année.

Des jônès feyes, priant so leu chap'let;
Pus bell' cint feies qui l' pus bai friss' bouquet?

La croix était portée par une espèce de Quasimodo, qui fut, pendant l'espace de 40 à 50 ans, le sonneur et le croque-mort de la paroisse. Les bandes de gamins qui ne manquent jamais d'escorter les régiments marchant à la parade, les processions et les cortéges de toute espèce, l'embarrassaient quelquefois dans sa marche. Un jour, sa fureur étant arrivée au paroxysme, il apostropha les petits importuns en ces termes : *si vos 'n'allez nin, vos canayes, ji v' sipeye li gueuye à côps d'bon Diu!*

Vis sov'nez-v' dè sonneu
Nommé l' houlé Baptisse ;
Qwand i poirtév' li creux,
Si jaiv' n'esteut mâie trisse,
I rotév' tot glorieux.
Vis sov'nez-v' di Baptisse?

On sonne à jôie!.. oh! qu' c'est vigreux!
Les clok' fet tronler noss' veye tour!
C'est noss' Baptiss', li maiss' sonneu,
Annonçant qui Diew vat fer s' tour.

Quî poit' li creux, sin discangî,
Et quî s' pinse on grand personnège?
C'est co Baptiss', qu'est si chergî,
Qu'il' est en'sam', drenant d'zo s' chège.

Sor lu, les rôs' comm' des pâvions,
Volet d' fouyetêies divant s' bannîre.
Po l' doux tapis des processions,
On r'coûv' di fleûrs les freudès pîres.

Divin les pôn' ou d'vin l' gayeté,
Po ramessî, ou s'on baptise,
Ou qu'on v' mareie, vite apprestez
Deux bonn' dringuell'!.. eun' po Baptisse.

As poit', oîz-v' brair' li houlé
Après l' transs qui sonn' voss' mâlheûr?
A l'èterr'mint v'név'-t-i hoûler,
Tot t'nant so s' bresse on p'tit drap neûr!

Vis sov'nez-v' dè sonneu
Nommé l' houlé Baptisse?
Qwand i poirtév' li creux,
Si jaiv' n'esteut mâie trisse,
I rotév' tot glorieux.
Vis sov'nez-v' di Baptisse?

Ne quittons pas la cérémonie sans dire qu'à cette époque, la procession avait conservé, outre ses trois *musiques*...., le dernier des timbaliers en culotte courte et en bas de soie,

Li vî Crahay, avou ses timbales!

N'oubliez pas le bruit des cloches sonnant à toute volée, et dites-moi si nous avions quelque chose à envier à la musique chinoise.

Le drapeau national n'était pas de saison comme à présent; les couleurs hollandaises n'étaient pas les nôtres. C'était moins bariolé; les fleurs se mêlaient simplement à la verdure des *mais* et des lauriers, et chaque éclaircie laissait entrevoir de frais visages de jeunes filles.

Dir' po l' joû d'hoûie, tot' ces fleûrs sont fanèies!
Comm' ça nn'è va, grand Diu, tot' les annèies!
Mais qwand on pins' qui j' jâss' di là trinte ans,
Qui leus bouteur' ont des r'jets bin vikants!
Çou qui gn'y a d' sûr, ça stu des bonnès méres;
Et j'el ois' dir', c'est co des bell' grand'méres!...

Les pus bell', ell' l'estît !
C'esteût l' mèm', po l'ovrège.
Ell' savît leû mestî
Po bin miner l' manège.

Ji sé qu'on a pârlé
Des gins dè Tenneu-rowe,
Qu'il estît agadlés
Di hâr' qui féve li mowe.

On les tapéve à haut,
Sin les rat'ni à l' coûsse;
On n' veyév' qui dèfauts
E quartî d'Ju-d'la-Moûse !

Pac'qui di noss vî timps
I rit'nît les manires,
Et qu'on n' suvév' nin bin
Tos les novais plaisirs.

Mais ji veûs co, portant,
Di ces joleiès fleurs;
Ell' sont co là, wârdant
Et hantant leu bonheur.

Dans quelques rues, on enfilait, en guise de chapelets monstres ou de couronnes, des œufs en bois peint, rouges, bleus et blancs; l'admiration des passants ne se lassait pas, en les voyant suspendus au-dessus de leurs têtes. Les quêteurs, apostés près des autels, répétaient à de courts intervalles : *En l'honneur de la très-sainte Vierge !*

Un méchant écho répondait : *Po l'âté dè gozi !*

Un dernier mot à propos *dè Saint-Esprit*. Un pigeon blanc était fixé sur deux petites roulettes retenues par deux cordes parallèles, séparées l'une de l'autre de deux à trois pouces. Elles partaient de la toiture de quelque maison « à triple étage » pour venir se relier au trône d'un *saint*, dont les porteurs faisaient halte pour rendre possible l'opération. Le pigeon, lancé du haut de la lucarne, glissait comme sur un plan incliné de chemin de fer, les ailes éployées. C'était le Saint-Esprit descendant du ciel, porteur d'un ex-voto. Il fallait voir et entendre la foule éclater en applaudissements!

Vivât! Vivât! Vivât!

Adiè, quârtî, wis' qui j'a tant corou,
Wis' qui les jeux m'ont si sovint rit'nou;
Adiè caress', douc' jôie dè prumîr age!
Adiè!... pus rin n' m'attir' so voss' rivage;
Les çis qu' j'aimév', nè l's a-j' nin tos pierdous!

Puisque nous venons d'y passer, je vais vous faire un petit tableau de la rue des Tanneurs, en ce temps-là.

La grosse tannerie, jadis si renommée, voyait approcher l'heure de sa décadence. Plusieurs tanneurs, appelés *gros tanneurs*, parce qu'ils ne travaillaient que *le cuir de semelle*, n'avaient conservé de leur bonne industrie d'autres signes distinctifs que le tablier jaune et la longue pipe, indispensables attributs de tout notable du quartier, heureux de se promener en long et en large devant sa maison.

Il y avait bien encore deux ou trois corroyeurs en pleine activité. Mais laissons la statistique.

Les herbes croissaient entre les pavés. Les arbres du rivage étendaient leurs branches à leur aise. Le calme régnait partout, dans les affaires et sur la voie publique. Bref, la rue des Tanneurs était en tout point, *on grand vinâve di viège.*

On était réveillé de bon matin par le chant du coq, ou par les cris : *Dielle! Dielle!*

C'étaient trois ou quatre pauvres botresses chargées de terre glaise, et parcourant la ville pour chercher l'ouvrage d'une journée, — la manipulation des *hockets*. Ensuite, la marchande de légumes pliant sous son fardeau, et criant à tue-tête :

« Del sural', savòie, dė cierfou !
La pratique : — Av-v' oiou?
A k'bin m' lairez-v' voss' fa d'ann'dìves? »
La marchande à part. — Dial' t'èlîve!
Ai ! binaméie, j'a tot vindou.
Ni volez-v' nin 'n' bans' di crompîres
C'est-on fi d'aur! on vrêie jenn' d'oû :
Et nin chîr.
Po sept patârs, nin 'n' aidant mon.
La pratique. — Taihiz-v', allez, c' n'est nin po l' bon?
C'est po rire;
Vos préhîz trop', ça n'est nin bin.
Po n' blanmûse?
— Nenni, Madam', nenni vormint.
D'nez-m' six patârs... tinez c'est l' chûse!
Ji n' wâgn' rin. »

Les trois quarts des habitations étaient occupées par toute espèce d'animaux. Dans une des meilleures maisons de la rue, il y avait deux chèvres.

On-z-alléf avou Thiodôre miner les gattes so l' Dos, ou so l' Paradis dęs ch'vâs.

Les façades étaient garnies de cages d'oiseaux. Des chiens presque partout : on signalait entr' autres un vieux caniche qui avait suivi son maître à la guerre, le chevalier H... Plus loin sortaient des soupiraux 40 à 50 poules, cherchant leur butin dans la rue. Certain bourgeois n'avait pas moins de cinq à six chats, qui grimpaient impunément sur les épaules des dames de la maison.

Vers le soir, vous entendiez toutes sortes d'interpellations, se croisant comme à la campagne :

— Tatenne, fez rentrer les poyes !

— Colas, li bleu-bihe est-i riv'nou?

— Serez l' hapâ po les chets.

— Lambert, gn'a m' poye bassette qu'a co fait si oû?— Est-i vrêie, Jôseph?

— Mame, wârdez-m' les fouyes di salâde po mes robettes.

— Adon c'esteut Idâ qui v'néve so lès couves rihoukî ses frés po soper.

Dans les soirées d'été, l'on venait *copiner* sur le seuil de la porte; l'on parlait ménage, tenderie, pigeons, *mohet*; ou bien encore le vieux soldat racontait ses campagnes et ses blessures, événements si présents encore à la mémoire de nos pères.

Enfin, un troupier émérite, presque toujours ivre, répétait à chaque instant, d'une voix qui faisait penser involontairement au cri de la chouette :

Pauv' moh', qui n' ti sâvév' tu!

Depuis lors, Messieurs, que de changements! plus de chèvres, plus de poules; et les œufs de bois, grâce à l'industrie, sont devenus des œufs d'or.

Janvier 1860. A. HOCK.

DEUXIÈME ENVOI.

KIPKAP.

Ce mot s'employant dans le pays wallon, comme à Gand, pour désigner toute espèce de hachis; nous l'employons à notre tour pour notre capilotade étymologique. Si l'on trouve qu'elle contient parfois des choses usées ou qui paraissent l'être (ce qui revient souvent au même) nous n'en serons pas humiliés, pourvu que nous ayons mis en appétit, en donnant le goût. Il y a tant de vieux mots, tant de vieux usages, tant de vieux préjugés qui sont en train de s'en aller. Il ne faut pas trop attendre à en faire la physiologie; on pourrait se trouver loin de compte. Donc, qu'il soit au plus tôt convoqué le ban avec l'arrière-ban des wallonophiles, des wallonomanes, des archéologues, des philologues, des linguistes, des flaneurs et des glaneurs de toute espèce. Les derniers comme les premiers venus trouveront toujours bon accueil et bonne tâche.

—

I. Baligand.

Baligand, qui dans le wallon de Liége signifie *vagabond* et dans celui de l'ancien Hainaut (*rouchi*, *lingua rustica*) *lourdaud*, semble se prêter difficilement aux lois ordinaires de l'étymologie. Comme le remarque M. Ch. Grandgagnage, on n'a guère le droit de songer à une dérivation romane de *baler*, *baloier*. Aura-t-on plus de chance avec le haut-allemand du moyen-âge *peltekan*, pélerin, vagabond (1)? On peut en douter. Dans tous les cas, il importe d'observer que le mot dont on cherche la signification primitive a bien l'air d'un emprunt isolé. Il n'a pas fait souche, et on ne lui connait pas d'autre dérivé que *baligander*, mener une vie de vagabond, ou tout au moins de flaneur.

En l'absence d'affinités étymologiques, voyons si quelque chanson de geste ou quelque roman autrefois populaire n'a pas pu fournir ce mot. A diverses époques, on a vu des noms propres littéraires circuler et se maintenir comme désignations d'espèces. Qui ne se souvient ici de Thersite, de Renard, de Fier-à-Bras, de Sacripant, de Céladon, d'Harpagon, de Tartuffe, d'Artaban, de Rodin, de don Quichotte, de Joseph Prudhomme, etc., etc. ?

Baligand (ou Beligant) est un nom très-connu des vieux romanciers de la langue d'oil, de la Bibliothèque Bleue; on le rencontre en-

(1) Si l'on admet avec M. Grandgagnage le mot *palle* (sorte de vêtement à l'usage des pélerins) comme source étymologique, on peut encore en rapprocher *pallonarius*, *pautonnier*, *palloquet*, etc. (cf. Ducange).

core dans certaines familles du Hainaut et de la Flandre wallonne ([1]). Déjà dans la chronique latine attribuée à Turpin, on lit un chapitre intitulé *De passione Rolandi*, *et morte Marsirii et fuga Belligandi*. Dans le poème d'*Agolant*, Balafre et Baligant, Sarrasins d'Espagne, enlèvent la fameuse épée Durandal. Le plus souvent on célèbre la fuite, la vie errante du grossier Baligand. Dans la Table des *Conquestes de Charlemaine* on trouve la rubrique : *Comment le bon Charlemaine retourna pour combatre Baligant qui le pensoit souprendre à son advantaige et desconfir en la vallée de Rainchevaulx*. Rien de plus véritablement populaire que cette sanglante aventure, dans la Belgique romane comme dans la Belgique thyoise. On peut très-bien admettre que dans les *libri romane vel teuthonice scripti* dont s'occupa en 1202 Guido, légat du pape en mission à Liége, il devait y avoir quelques narrations chevaleresques dans le genre de celles qui furent depuis arrangées pour l'ancienne Bibliothèque Bleue de Desoer, et pour les rédactions qui se débitent encore aujourd'hui en français au palais de Liége, comme en flamand au Marché-du-Vendredi de Gand.

La censure de l'évêque d'Anvers du 16 avril 1621 cite un grand nombre de romans carlovingiens dont raffolaient les populations flamandes. Soit en vers, soit en prose, tout le monde en Belgique avait la mémoire pleine des grands coups d'épée des Paladins et des Sarrasins. Le rebec ou la viole des trouvères et des jongleurs rappelait la lyre dont Achille lui-même s'accompagnait « pour chanter la gloire des guerriers. »

D'Édimbourg à Constantinople, on a chanté ou, si l'on veut, psalmodié, sur la foi de Turpin et des Chroniques de St-Denis, tout ce que Charlemagne avait fait de miraculeux par delà les Pyrénées.

Mais si les Croisades ont porté chez tous les peuples chrétiens les noms de Charlemagne, de Roland, d'Olivier, de Baligand, etc., c'est surtout dans notre vieille Austrasie que les faits et gestes des amis et des ennemis du champion de la chrétienté ont pu s'emparer puis-

([1]) On pourrait même citer les *Baligot* et d'autres analogues.

samment des imaginations de la foule. Aujourd'hui encore, chez les Flamands comme chez les Wallons, plus d'une dénomination locale, plus d'un détail de fête traditionnelle atteste l'immense popularité des romans de chevalerie.

Ce n'était pas un mince personnage que ce *Baligand*, roi de Sarragosse. *Précieuse*, son enseigne redoutée, était fièrement portée dans la bataille par Ambroise d'Oluferne, comme l'assure la chanson de Roland. Dans le Guérin de Montglave, édité l'an dernier par la nouvelle bibliothèque bleue (sous la direction d'Alfred Delvau) (¹) il est plutôt question de Marsile que de son frère Baligand ; mais on aimait à varier les détails, tout comme le firent les nombreux poètes qui se sont occupés des Atrides. Les noms mêmes se transforment plus ou moins à la longue, et pour celui qui nous occupe on hésite parfois à y reconnaître le redoutable musulman dont le trouvère tournaisien Mouskés disait : *De sa loi preu et gent.* C'est Baligand surtout qui doit payer la défaite de Roncevaux ; mais, pour nous faire apprécier toutes les difficultés de la revanche, la légende raconte que le soleil s'arrête deux jours sans *muer ses coulors*, pour mieux guider les chrétiens. *Les Chroniques anciennes* de Tournai nous expliquent bien comment le nom de Baligand, associé à celui du traître Ganelon, devait acquérir une popularité infamante. Dans *Ogier d'Ardenne*, l'amiral de Cordoue Bélians qui, avec ses payens, arrive jusqu'en Hainaut, baligande ou brigande en vrai mécréant.

En voyant comme les poètes dispensaient bonne ou fatale renommée, on comprend la gravité de leur avis :

Gardez male chançon ne soit de nous chantée.

(¹) Il faut croire qu'en France on reprend goût à ces histoires, puisqu'en avril 1860, le journal parisien *La Presse* donnait en une série de feuilletons *La Mort de Roland*, fantaisie épique par Assolant. On trouve aussi, dans le *Vaderlandsch Museum* qui se publie à Gand, de curieux fragments de la chanson de Roland (*Roelants lied*).

11. Li pâcolet.

On sait que le moyen-âge ne pouvait se décider à expliquer naturellement ([1]) mainte chose à cent lieues en deçà des merveilles scientifiques et industrielles de notre époque. Le moyen-âge vit encore çà et là dans les campagnes et jusque dans nos villes. A Liége et à Gand, il nous souvient d'avoir entendu parler très-sérieusement de mauvais œil, de sorcellerie et autres engins inventés par la peur qui, comme dit Montesquieu, a inventé tant de choses. Souvent aussi le préjugé ne se maintient plus que dans les mots, comme lorsqu'en France, dans la bourgeoisie éclairée, on dit : *C'est le cheval de Pacolet*, pour désigner un homme qui court la poste. Evidemment, on rappelle ici en plaisantant le cheval de bois enchanté sur lequel Valentin, compagnon d'Ourson et neveu du roi Pepin, voyageait par les airs. D'où viendrait ce nom de *Pacolet*? On l'a regardé comme un diminutif de Pégase, autre cheval ensorcelé ; mais il faudrait bien être sorcier pour en dire le dernier mot. Ou faut-il le rapprocher des formes : *Paque*, *Paquot*, *Paquet*, *Henriet*, *Huguet*, *Symonnet?*.....

Le cheval de *fust* (*fustis*) de Croppart, roi de Hongrie, dans le roman de Cléomadès (œuvre d'un trouvère brabançon du 13e siècle) est une merveilleuse machine pareille au *Chevillard* du haut duquel Sancho apercevait la terre comme un grain de moutarde et les hommes comme des noisettes. On connaît encore le cheval de bois sur lequel Pierre de Provence enleva la belle Maguelonne de Naples. Et que dire de Bayard, ce quadrupède colossal qui tous les ans figure encore à la kermesse de Termonde? Est-ce un emprunt aux contes orientaux? Est-ce un souvenir de la Germanie payenne qui accordait un cheval à presque tous les dieux, et qui aimait à interpréter prophétiquement les hennissements des coursiers sacrés? ([2]).

([1]) Nos ancêtres du moyen-âge, plus crédules encore que pieux, ne pouvaient se passer de surnaturel; il leur fallait à tout prix des miracles, et si Dieu n'en faisait pas, il se trouvait toujours quelqu'un pour en inventer. V. Dozy, *Recherches sur l'Espagne*, I, 201. (1860).

([2]) Cf. *Les légendes sur Virgile, le Magicien et le Manteau-véhicule du*

Il est remarquable qu'à Liége le *pâcolet*, dans l'expression populaire, ne fait presque plus penser à un cheval de bois ou d'autre matière. Il ne s'agit plus que d'un talisman en général. On a connu, dans un de nos faubourgs, une vieille femme dont le pâkolet était une espèce de scarabée mystérieusement enfermé dans une boîte, et mystérieusement consulté, principalement pour la conquête de trésors. Il n'est rien d'obstiné comme ce qui n'a pas de raison d'être. Le scarabée jouait, on le sait, un grand rôle dans l'Egypte ancienne... (cf. Edgar Poe, *le Scarabée d'or*).

Si le pâcolet ne ressemble plus guère aux chevaux dont parlent les contes orientaux, les romans chevaleresques et les horripilantes aventures racontées par les historiens de la magie noire, en revanche il sert à des fins plus pratiques. Il vous transforme en *sourcier*, comme on dit en certains départemements français pour désigner ceux qui croient avoir la baguette de Moïse. Si vous avez le pâcolet, vous découvrirez non-seulement de l'eau, mais de la marne, et vous saurez tout ce qui concerne l'art mystérieux de *tourner la baguette*. On sait qu'avec ce qu'on appelle improprement *la verge d'Aaron* (sorte de bâton fourchu de coudrier, d'aune, de hêtre ou de pommier) on peut par la vertu divinatoire de certains mouvements, découvrir des sources, des métaux et des trésors enfouis. Ainsi faisait, en plein XVIIe siècle, le fameux Jacques Aymar. Le caducée de Mercure, les baguettes magiques de Médée et de Circé, et le bâton attribué à St-Colomban appartiennent à un arsenal cosmopolite et qui, quoi qu'on en dise, n'est pas encore près d'être épuisé.

Jean Bodin, l'auteur de la *Démonomanie*, assure que le premier magicien fut l'illustre Zoroastre de Bactriane. Quelle nombreuse lignée que la sienne, si l'on y comprend les devineurs de cartes consultant la muraille et parfois brûlés au bon vieux temps! Mais ce roman carlovingien d'*Ourson et Valentin*, dont le cheval de bois devient un talisman universel, n'a-t-il pas bien ensorcelé nos bons

docteur Faust. On songe aussi, involontairement, au tapis du prince Hussein, dans les *Mille et une nuits*.

aïeux au point de leur faire chercher midi à quatorze heures? Et néanmoins, qu'est-ce que tout cela à côté de la rapidité, de l'instantanéité électrographique?

M. de Reiffenberg, dans ses *Additions* au 2e volume de son Philippe Mouskès, persiste à confondre Pacolet avec son cheval merveilleux, tout en citant ces vers de Clément Marot qui auraient dû l'avertir :

> Brief, nous vouldrions.....
> ..... qu'eusses or' le cheval Pégasus,
> Qui te portast vollant par les provinces :
> Ou qu'à présent à ton vouloir tu tinsses
> Par le licol par queue ou par collet
> Le bon cheval du gentil Pacollet.
>
> 5e épitre (cf. la 45e).

Walter-Scott, dans ses notes sur *Christie's will*, cite l'*Histoire de Valentin et Orson*, Rouen 1631, dans laquelle figure, en compagnie d'Adramain, Pacolet l'enchanteur qui, par ses incantations, suscite toute espèce de merveilles.

M. Benfey, dans la traduction du *Pantcha-tantra* (contes moraux bouddhistes) qu'il vient de donner, démontre que rien n'est plus fréquent dans les légendes monacales que l'apparition d'un cheval magique ou de tout autre moyen de traverser les airs. Voir aussi *Mille et une Nuits*, II, 1. — Von der Hagen, *Gesammtabenteuer*. — *Don Quijote*, II, 40. — Parfois, dans l'Inde, l'éléphant de bois remplace le cheval. Chez les Mongols bouddhistes, on fait voler magiquement jusqu'à des trônes, des armoires, etc., etc. Il y a des gens qui, fatigués de ce qu'ils appellent la monotonie moderne, admirent cette variété qu'ils trouvent ingénieuse. Nous croyons que c'est plutôt la superstition qui se montre, à toutes les latitudes historiques ou géographiques, aussi monotone que stérile.

III. Halmette? Hamlette?

On entend l'un et l'autre, dans la bouche du peuple, pour désigner celui qui est né coiffé, qui est le fils aîné de la fortune, *fortunæ filius*; le fils de la poule blanche, un enfant du dimanche, *Sonntagskind*, comme dit quelquefois l'allemand. Les deux mots ne paraissent différer entr'eux que par la métathèse ou transposition d'une lettre, chose peu rare quand la langue fourche et qu'il y a *lapsus linguæ*.

Ce qui nous fait penser que *halmette* est le mot primitif en liégeois, c'est que ce patois roman si imprégné de germanismes aura pu, assez naturellement, prendre la locution favorite des flamands et des allemands. Ceux-ci disent : « Il est né casqué, il est né avec le heaume. » Or, on sait que *au* en français moderne dérive ordinairement de *l* latin ou wallon. Ce n'est même pas par hasard que cela se fait. La permutation fréquente, universelle de ces deux sons s'explique par une sorte d'affinité élective : telle lettre s'harmonise avec telle autre lettre au point de se confondre avec elle. La consonne *l*, qui est liquide, c'est-à-dire peu solide, peu résistante, quand on l'articulait d'une façon un peu épaisse, en repliant la langue contre le palais, produisait successivement les sons *ol owl*, *o*, *ow*. C'est la raison de tant de pluriels français en *aux*, et de la transformation du wallon *spalle* en *espaule*.

On ne sera donc pas surpris de voir le mot français *heaume* devenir *helm* en flamand et en allemand, *halme*, *healme*, en vieux français, *helmos* en grec moderne (¹), *elm* en provençal ou langue d'oc, *yelmo* en espagnol, *helmus* en latin du moyen-âge, *helme* en polonais, etc.etc., *Halmette* peut très-bien figurer ici comme diminutif et il ne doit pas être interdit de rappeler en passant *l'armet* de Membrin, attendu que *l* et *r* sont deux liquides dont l'affinité est intime et la permutation constante. Voir, par exemple, *cîr* liégeois dérivé du latin *cœlum* (produisant aussi *cœruleus* pour *cœluleus*).

(¹) Il n'y a pas plus d'aspiration que dans les mots correspondants. Nous n'avons mis *h* que pour rappeler l'esprit rude réduit à l'état de signe orthographique.

Mais, en fin de compte, pourquoi a-t-on casqué ou coiffé l'enfant prédestiné au succès, sinon au bonheur? On va voir que coiffe et casque proviennent d'un même fait naturel, superstitieusement interprété.

Coiffe est le nom vulgaire de l'amnios, quand cette membrane recouvre la tête de l'enfant, au moment de la naissance. « Il a la coiffe! » s'écrie la sage-femme ; et, comme rien ne vient pour rien, l'imagination va son train. Dans cet ordre d'idées, l'allemand emploie *haube*, le flamand *huif, kuif* ; et, par le liégeois *houvirète*, le rouchi *huvète*, l'ancien français *huve*, le bas-latin *huva*, *huca*, le français d'aujourd'hui *huppe*, *houppe*, les rapports étymologiques avec *coiffe*, *coiffette*, seront aisément et légitimement établis ([1]). Il y a mieux encore : *coiffe* et *huvette* se disant au temps jadis pour désigner un chapeau des gens de guerre, on rejoint ainsi, comme en arrière le mystérieux mot *halmette*.

Sans doute, on peut songer au liégeois *hamelette* dérivant d'*amulette*, ou bien de l'anglo-saxon *hama* (tégument, gousse) et M. Grandgagnage, qui sait tant de choses, ne l'a pas oublié. Mais d'une part l'expression liégeoise *halmette* semble d'un usage très-ancien, et d'ailleurs il y a dans les locutions belges, en général, plus de chances pour une dérivation germanique que pour une importation sémitique. Sans doute, il ne faut pas nier l'influence de l'hébreu ni même de l'arabe vulgaire; mais quoi de comparable à la pression exercée par les patois thyois sur les patois wallons et réciproquement ?

Revenons-en donc, jusqu'à plus ample informé, à *halmette*, signifiant casque.

Le casque dont il s'agit ici ne doit pas être confondu avec le *souhaitant chapeau* de l'heureux Fortunatus, héros du cycle breton, aussi célèbre en flamand qu'en français. Le savant Jacob Grimm,

([1]) Comparez aussi le grec moderne *cuffia*, *suffia*, le breton *koéf*, le valaque-roumain *coifu*. En malay même on trouve *kupia* pour cape ou coiffe, mais ce peut n'être qu'une corruption de mot hollandais.

dans sa mythologie allemande, a fait voir combien la superstition de la *coiffe* ou du *heaume* avait un caractère spécial et tranché. Parfois on détachait soigneusement la magique membrane, pour la coudre dans un linge et en faire une espèce de scapulaire. On croyait que les enfants ainsi munis avaient le privilége d'apercevoir les fantômes les plus subtils ([1]). Pour l'islandais, la membrane renfermait l'esprit protecteur et une parcelle de l'âme de l'enfant. Donc, malheur à la sage-femme, si elle s'avise de jeter ou de brûler le précieux tégument! Pour le bonheur du nouveau-né, qu'elle enterre bien vite le talisman sous le seuil de la porte que la mère doit franchir. L'islandais a même le mot *hamn* ou *hamr* pour désigner le génie caché dans le talisman.

Ailleurs on mêlait, comme il se vit plus d'une fois au moyen-âge, des idées payennes avec des idées chrétiennes, et l'on rattachait une histoire de la *Chemise St-Georges* à toutes les prédictions flatteuses qu'on s'obstinait à déduire de la présence de la coiffe. Il y avait aussi une amniomancie comme il y avait une nécromancie, une chiromancie et une foule d'autres *mancies* ou spécialités de pronostication.

Au reste, la superstition s'attache de préférence aux horoscopes et à certains détails des premiers jours de la vie. En Lorraine, encore aujourd'hui, au fond des hameaux reculés, un enfant mâle qui n'a pas connu son père, a la vertu de fondre des loupes, en les touchant pendant trois matinées de suite, étant à jeûn et récitant quelques prières. Le cinquième des enfants mâles venus au monde et de suite, guérit les maux de rate par le simple attouchement répété pendant

(1) On dit des trésors enfouis, qu'un monstre noir est accroupi au-dessus, et que dans les nuits de fête apparut à la surface du sol qui récèle le trésor une petite flamme bleue : les *enfants du dimanche* ont le privilége de voir cette flamme, et quand ils font preuve de fermeté et de calme, le trésor leur appartient. — La légende de la *galle d'or*, populaire au pays de Liége, se rattache aux mêmes traditions. — V. Berthold Auerbach, *La fille aux pieds nus*, trad. L. Wocquier. — Cf. aussi certain passage du *Pardon de Ploërmel*.

trois matinées consécutives, en proférant quelques mots. Consultez la *Philosophie du Cotillon* de Chemnitz et vous verrez combien les enfants peuvent opérer de prodiges. Que si l'on veut consulter la philosophie du cotillon, ou, si mieux aimez, celle de la quenouille au vieux pays de Liége, on recueillera également bien des bizarreries plus ou moins démonétisées, mais qui dans tous les cas aideront à fixer des étymologies. Avis aux Correspondants de la Société. Pour retrouver la vieille physionomie d'un peuple, les expressions les plus singulières sont souvent des indications lumineuses.

J. STECHER.

TROISIÈME ENVOI.

Tous les Liégeois sont hommes;
Tous les hommes sont faillibles;
Donc tous les Liégeois.....
(Logique de Port-Royal).

Huy, le 1er avril 1860.

MESSIEURS,

Ne vous vantez pas trop. On battait monnaie à Huy quand la ville de Liége était encore dans les *futurs contingents*. Lisez Mélart, et consultez les savants numismates que vous comptez parmi vos confrères. Ce qui vient par St-Quirin s'en va par St-Pholien. En voulez-vous la preuve? Ecoutez nos petits enfants :

A môie, à môie, à St-Quirin,
Qui batt' di l'aur et di l'ârgint!
L'a bin battou, l'a bin molou,
Mam'zelle (N.) tournez voss' cou!

(Ici, on se tourne le dos et on se salue profondément en sens inverse, ce qui donne lieu à de fâcheuses rencontres).

Long ta, deri ton, la laine,
Long ta, deri ton, la la!

Vous avez émis, Messieurs, une conjecture ingénieuse; mais, comme vous voyez, toute médaille a son revers ([1]).

Agréez, etc. RONDIA, PONTIA et BASSINIA (de Huy).

QUATRIÈME ENVOI.

On discutait dernièrement sur l'origine de l'expression proverbiale : *aux oiseaux*. Les uns disaient qu'il n'y fallait voir qu'une allusion à une ancienne coiffure, *aux ailes de pigeons,* type de l'élégance à une certaine époque; d'autres attribuant un sens tout poétique à cette locution, prétendaient qu'une robe de la *bonne faiseuse* devait aller à une demoiselle comme la liberté *aux oiseaux*; d'autres enfin, laissant subsister le point d'interrogation, citaient la célèbre inscription d'une enseigne de barbier :

Ici l'on rase à la papa et l'on coupe les cheveux aux oiseaux.

Un de nos correspondants, qui a longtemps médité sur ce problème, nous adresse une lettre ainsi conçue :

« Puisque les Français ont pris l'onguent *miton, mitaine,* du latin :
» *mixtum, mixtanum*, il n'y a rien d'exorbitant à admettre que le
» Liégeois, qui francise volontiers, *par à peu près*, certaines expres-
» sions wallonnes (traduisant par exemple, *i fait ridant*, glissant,
» par il fait *tiroir*), ait rendu : aller *à souhait*, à cause de sa ressem-
» blance phonique avec celle *ås oûhais*, par : aller *aux oiseaux*!

(*Signé*) Le caporal GOLZAU.

[1]) V. le *Bulletin de* 1859. *Mélanges*, p. 50.

CINQUIÈME ENVOI.

Jodoigne, le 27 mai 1860.

Messieurs,

Je reçois à l'instant la chanson du pauvre *Harbouia* (ou *Halbouya*), si populaire chez vous. On a eu bien raison de la publier, paroles et musique. *Harbouia* en l'image du pauvre peuple, de ce pauvre Job qu'on plaint sérieusement ou non, et qui finit toujours par guérir de ses innombrables maux, juste au moment où ses médecins désespèrent de le sauver. Nous avons aussi notre *Harbouia*, bien connu à Jodoigne et à Perwez :

Calemosia
A mà ses pis,
Ses pis par ci, ses pis par là,
Oh! l' pauv' Calemosia!

Agréez, etc. Jean de NIVELLES.

AUTRES COMMUNICATIONS.

1. On dit, à Liége, aux gens qui ont de trop nombreuses relations :

Vos avez v'nou à mond' divin in' jâbe di straim :
Tos les fistous sont vos parints!

2. Quelqu'un affiche-t-il plus de luxe que sa fortune ne semble le comporter, on s'écrie :

Gn'a pus dès pauves !

3. Qu'est-ce que la *rawette?* C'est le *treizième* exemplaire donné aux libraires; c'est le supplément d'aunage qu'on n'ose refuser au

chaland; c'est le centime additionnel que le public prélève; c'est l'apparente générosité du marchand; c'est le *bon poids*; c'est ce qui fait que la douzaine est de 13, et le quarteron de 26. — Mais l'étymologie? Quelque correspondant nous l'apprendra l'année prochaine. En attendant, on nous écrit de Beaumont (Hainaut) que la *rawette* s'accorde aussi dans cette contrée, mais qu'on l'y appelle *lâwette* (languette?). — Permutation de liquides? — *Languette* donnée en surplus?

Quoi qu'il en soit, on lit dans le *Dictionnaire de l'Académie française* : « *Et* HAÏE *au bout*, et quelque chose par dessus (*prov. et fig.*). — *Son emploi lui vaut par an mille francs et haïe au bout.* Cette locution a vieilli. »

4. *Il n'est pas digne de dénouer les cordons de ses souliers*, dit l'Evangile ([1]).

Il ne lui vient pas à la cheville du pied, dit Jacques Bonhomme.

Er reicht ihm das Wasser nicht, dit l'allemand.

I n' li rappoit' nin d' laiwe, dit le liégeois.

5. *Çou qu'on n' sét nin n' grive nin* (Herve).

6. *Aller aux champs* ne signifie pas toujours *aller vaquer aux occupations de la campagne*, en wallon du moins, et surtout à Montegnée, village habité, comme on sait, par des messagères qui se dispersent, chaque semaine, à vingt lieues à la ronde. Nous sommes dispensés, après l'auteur d'Alfred Nicolas, de faire le portrait des *botresses*, mais il est assez curieux de constater qu'on dit d'elles, quand elles se rendent dans les *villes*, la hotte au dos : *elles vont dx champs.*

7. Supplément aux nombreux recueils intitulés : *Ce qu'on a dit des femmes; le bien, le mal qu'on dit des femmes, etc.*

([1]) ... Que tel nu solait deschaucier. Qui maintenant me fait la moe (*Dit de Pierre la Broche, qui dispute à Fortune par devant Reson.*)

In' feum' c'est in' jâs'renne;
Deux feum' c'est in' divise (1);
Treus feum' c'est on caquêt;
Qwat' feum' c'est l' dial' tot fait!

8. Les Liégeois diraient de Chicaneau ou d'un Normand :

Il a tot' sôr di *quiriteûres*!

Quæritur d'où cela vient?

9. Une femme un peu matérielle, lymphatique, *dôrlaine*, *cânôie*, *jacquelenne*, est qualifiée dans le pays de Liége, où le sexe faible est quelquefois le sexe fort : *Ine chimthe pleinte di châr*. Dans un autre sens, Béroalde de Verville disait déjà (§ VIII du *Moyen de parvenir*) : « J'aurois pleine chemise de chair pour cinq sols. »

10. *Faul*, en allemand, signifie paresseux et pourri. A Verviers, une femme paresseuse est *ine pureie*. On dit à Liége, d'un fainéant ou d'un ouvrier mou et lambin :

Il a delle pourreie châr dizo les bresses.

Vous pouvez lire dans la *Copenne so l' mariè*

On n' m'a mâie riproché del' pourrei- ...âr âx bresses.

11. On dit d'un orateur dont on ... partage pas les doctrines et dont on n'admire pas le débit :

C'est on d... ...ur âx jennès vesses.

Il paraît que c'... un vague souvenir des docteurs *Génevois* qui tentèrent, sa... ...ccès, de populariser à Liége les doctrines de Calvin. Le peup'... ...tère ainsi, d'habitude, les mots qu'il ne comprend pas ... rapporte qu'en 1793, lorsqu'on avait inauguré à l'église ... André, de Liége, le culte de l'*Être suprêm*... un paysan des envi-

(1) Variante : *ine dispute*.

rons, qui était venu assister, le dimanche, à cette nouvelle *messe*, s'en retourna indigné, et alla se plaindre dans son village, des blasphémateurs révolutionnaires, qui osaient appeler *li bon Diu, laide siprewe*!

12. *Adéser*, attacher, *adhérer*, dit le complément du dictionnaire de l'Académie. Mais ce vieux mot a bien certainement, comme M. Ch. Grandgagnage l'a déjà indiqué dans son Glossaire, le sens de notre verbe wallon *aduser*, toucher, effleurer. Voici, à preuve, quelques vers du *Dit de la Rose*. L'amant compare sa maîtresse à la plus belle, à la plus agréable des fleurs; il se demande ensuite comment il osera l'approcher malgré les médisants, qui sont les épines dont elle est entourée :

Si me prendrai garde à la rose,
Qui d'espinetes est enclose.
Sovent avient que ciel qui l'a
Désirée à avoir piéca
Ne l'ose si tost ADÉSER,
Quar il se doute à espiner...

(*Hist. litt. de la France*, t. XXIII, p. 284).

13. *Dimègne*, dimanche, *dies dominica*. En vieux français, *picard*, *depmaine*; témoin cette inscription d'une porte d'Arras (XIIIe siècle) :

Avint cette c[illegible]e certaine,
El mois de juil u[illegible] *depmaine*;
V jors devant aoust e[illegible]nt,
Et droit XXXVI ans devant,

(*Ibid.*, p. 434).

14. *Viaire*, en wallon, visage. Vieux français :

Vous avez le viaire angélique.

(*Farce des Brus*).

15. *Accreùre*, dans le sens de *faire crédit* :

Je ne les eusse point *accrues* !
(*Pathelin, scène VIII*).

Je renie Dieu, se j'*acrois*
De l'année drap ! quel malade !
(*Ibid., sc. XI*).

16. *Qui poche out' dè leup poche out' dèl' cowe*. (Liége) !

17. *Ine heure long* (pendant une heure), tournure germanique usitée à Liége : *Eine stunde lang*.

18. *Considérant qu'i n' fât nin mette tos ses oûs d'vin l' même banstai*, et attendu que les renseignements et les détails nous fait encore défaut ;

Nous avons arrêté et arrêtons :

Art. 1. Les articles projetés : 1° Sur *les cris des rues de Liége* ; 2° sur les *dictons* en usage aux différentes époques de l'année; 3° sur les différents marchés du quai de *la Batte*, le dimanche (*riche mine à exploiter*) ; 4° sur les *petites écoles* de Liége au commencement de ce siècle ; enfin 5° sur les *jeux des enfants*, sont ajournés *jusqu'à l'annêie qui vint*.

Art. 2. Nos collaborateurs sont instamment priés de penser dès à présent à recueillir des indications propres à y être insérées. Pour ne citer que l'article des *jeux*, il comprendra entr'autres les amusements suivants :

A l' pijole et *âx pouces* (jeux de barres, *bârres, pourreies*, etc.)
Cham cham, ouhai po tot.
Ax mâies (*samter, à pèter, à l' rôlire, bon stock*), etc.
A pus foir chivâ.
A l' caïe.
A l' calotte (passer les baguettes, les tapes).
A l' bisawe, â tournai, â campinaire (toupies).
A l' crâwe.
Ax tahais.

A peie ou tiesse (pile ou face).
A l' deie.
A cèk (cerceau).
Les dragons (cerfs volants, *pommes*, *peures*, *fer des madames*).
Ax bèches (*à l' cannabuse*).
A cachette (*à cachi*).
A sòdârt.
Li bouhale.
Ax courubets (*coupèrou*, cumulets).
Ax houyots (boulets de neige).
Li molin avou 'n' crompire.
Raws (*heraus*) *da Beaufils* (*carrousel*).

Si les enfants épuisent ce catalogue et se réjouissent de mille autres manières encore, les jeunes gens :

Tapet à l'âwe (on lit quelquefois dans les journaux : *jeter un jambon à l'oie*).
Jowèt âx beyes.
Fet batte les coqs et *les tessons.*
Vont à l' batte âx pinsons, *âx candris*, *âx chèrdins*, etc.
Div'net colèbeus.
Jowèt âx cwârjeus, *à piquet*, *à cinq ròies*, *âx coïons*, *à l'poïe*, *spiche et mache*; les Luxembourgeois disent *der meusch*; *à qui pied' wâgne*; *à mariège*).
Pèhet à l' vège, etc.
Que ne font-ils pas ? — On vous en dira quelque chose l'année prochaine.

Pour relation conforme,
L. P.

A MÈCIEU LÈ MANBOR DEL GRANTT KONFRAIRÈIE WALONTE DI LICH.

MÈCIEU,

Li ci kè plöï dizo lè sett creû (1) è d'mèie del vïèss, si pou bin dîr a lu mainm : ji so kû, j'a inn mâl maladèie so l' coir, è si j' vik co, c'è d' rawett. Tote sôr di mèhin è l' rinplihè d' laim-è-pâie; il è naw, roûviss è halkross; i rott aràie-kou, halé ou croufieû. Sin pârlé dè-z-èplâss ki cach, del gott, dè rômatiss, del koûtress-d'alenn, dè bazé ronpeur, il a âd-dizeûr dè marchî lè mâ ki lî d' lanburnè (2) l' tiess; i n'a pu k'ine pôf caboss kè tofair avâ lè kwâr; è, mâgré ki n' seûie ni boign ni aveûl, i n' veû nin pu lon ki s' narenn : i d'vin biess finâlmin, è po rèmîdré-rainn (3), de mâheûlaiè gin on l' mèchansté dè ratinte li vintt-ûte di décinb po l' buskinté.

Outt di soula, si rèflèchih ki pér è mér, fré è soûr, kuzin è kuzeunn, to sè kamèrâtt anfin son-t-èvôie è l' wâtt di Diu, è k'il è d'manou to fin mierseû (4) di s' lignech, sin-z-avu inn âm po li konfiî sè pônn è sè hisdeûr, seûî sûr ki tûze bin lon, è ki n' sâreû s'èpaichî di s' lârmennté to s' dihan avou lè-z-oûie plin d' lâm : ki vin-t-on fé so ciss tér di mizér è d' doleûr!

I n' fâ nin portan si lèt abatt par dè-z-îdèie oci akâblantt, on kwîr a s' distriî; i gna plusieûr sôr di pass-tin, soula d'pin dè goss. Mi, kwan j' vou chècî cè neurè pinsaie la foû di m' cervai, ji m'aviss télfèie dè soflé on p'ti chô mècèch è l'orèie d'inn jône turlurett, ki m'âreû l'air dè preûtî (5). Awet min, el si r'toûne sor mi avou n' jaiv di mokrèie, el mi-lom vî droumgâr (6) è vî loss (7), si mète-t-el li pôss so l' bèchett di s' narenn, è avou s' min to-t-â lâch, el fai jowté sè deû to bahlan kom inn sote. Vola sou ki m' fai disterminé, j'açotih è m' pai, è to prian l' Bondiu è l' binamaie Notru-Dam di Hâ (8) ki ji n' vass nin fini mè joû â Lolâ ([9]), ji sohaitt li vîëss â cin dial ki l'ènaire!

C'è pôr kwan i m' fâ gripé on tiair ki j' so d' flantt; li pétrenn mi falih, ji hansèie, ji toss kom inn vèie harott di jvâ. Rin ki l' hôtt Sâvnîr ([10]) m'èwar dèja; si j' m'l avinturaie po alé a on sierviss a Sintt-Kreû, è to d'on kô m' hierchî juska Sin-Sèvrin po dîr bonjoû a noss binamé Dèhin ([11]), i fâ k' ji m' ripoiss a mitan-vôïe, to fan l' si dè loukî lè botik; sin koi li coreg mi mâkreû è ji n' poreû pu haïe.

Tan k'a Pièreûss ([12]), i n' mî fâ pu songî, on-z-âreû mèzâh d'inn tâkène po m'avu è ho; è c'è bin damach, ka ci rutt kroupet la mi r'mémoraie dè doûzè sovnanss. Par exinp, j'âreû dè mâ dè roûvî Sintt-Bablène, ki s' chapel esteû-t-al copett; on l'aléf priî po l' mâ d'orèie, è on bâhîf sè r'lik po n'aidan ([13]). Apré soula, lè soûrdô öî-t-i pu klér? Cè sou k' ji n' sâreû mâie vi-z-açûré. To l' mainm, c'esteû-t-ine porminâte è n' pitite fôr plintt di joïeûsté, wiss k'aplovév inn flouh di gin di tote lè tîr. C'esteû surtou n' vraie bizâh po lè jônè fèie, ki, â piket dè joû, enn n'alî a kabass avou leû majopin ([14]), ki lè tapî l' kou-z-â hô so l' wazon po l' z-l fé..... dè vêr kotrai. Si contintéf-t-on d' soula? j'esteû tro-z-èfan po r'marké ôttchoi.

C'èsteû co on joû d'boneûr po lè pâkai è lè pâkett, com po lè ci è lè ciss k'avî löî leû bindai ([15]); il akorî to vigreû po v'ni magnî on krameû d' lèçai. Mi, ji fév ci pèlurineg la oci avou m' granpér, ki m'l aminév di Kronmoûss, kwan il esteû kontin d' mi (sou k'esteû-t-acé râr). No pacî â Châgn, è Morai-Vâ, podrî l' Bayâ, pui no prindî po lè Taw; è apré s'avu kâzî d' rèné po acâdé ciss sakri streûte rouwal del Chainn, no no trovî so l' plateûr avou n' hiett di p'titê haguett kom mi. Adon, si vítt k'on s'aveû r'pahou avou dè waf, dè krèné è dè-z-oû, on s' kihoûtrihév divin lè-z-ieb è on fév li foûlèî to èçonl.

Asteûr ki l'okâzion s' prézinte, ji n' vou nin v' kwité, Mècieû, sin fé mincion d'inn sakoi ki n'è nin k'nohou d' to l' monte. C'è la k'estan coûkî to lon stindou divin on corti, è l'oûie al tair, j'a-t-annmiré pu d'inn fèie l'èwaraie hôteûr dè clokî d' Sin-Lambiet, avou sè toûr â sâvion ([16]) è s' cokrai k'esteû-t-â lèvai d' li Stadel. Baikô d' gin nè l' volet nin creûr ; min si v' z-è reskontré ki dotess ko d' soula , dihé l' z-i , sif plai , ki gna co a Lîch on tèmon vikan ki l'a vèiou d' sè prôp-z-oûïe, è c' tèmon la, c'è mi.

I m' displai di n' poleûr vi forni nou ransegnmin so l'églîss di Sin-Hinri, k'esteû-t-è mainm vinâf; vo troûvré moutoi dè-z-ôtt vî ki v' poron sâtisfé , por mi ji n' mi sovin pu d' rin ; ji sé seûlmin ki ciss chapel la è roûvièie dépôie lontin è k'enn nè d'meûr pu ni stok n brok.

Po nin fé piett dè tin a dè ginti kamèrâtt com vo-z-ôtt, ji finih cial li bagadel ki j' m'a-t-ahardi di v' sicrîr divin l' lingag di no tâie è d' no ratâie. Lèîm espéré ki l' râristé del prôss lîjoiss lî sièvret d' paspôr po avu l'intraie d'inn kipagnèie dè pu-z-èlètraie di noss paï̈. Desmètan, ki Diew vi donn li grâss dè porsûr li grantt intriprîss ki v' z-avé k'mincî si corègeûsmin, è k'a dèja poirté dè si bai fru.

H. Forir.

Sklècin, komeunn d'Oûgraie, li doze di julett 1860.

NOTES.

(1) Le mot *creû* a ici la signification de *période décennale*. — (2) Détraquer. — (3) Pour comble de détresse. — (4) Absolument seul, délaissé. — (5) Se dit proprement des pigeons qui manifestent leur appétence amoureuse par un roucoulement particulier. — (6) C'est le mot flamand *droemgaerd*, vieillard, avec cette différence que le mot wallon implique une idée libidineuse. — (7) Mot plus graveleux que le précédent, et qui approche de l'obscénité. — (8) Beaucoup de peuplades de la Belgique ont en vénération la vierge miraculeuse de Hal. — (9) Hôpital des fous à Liége. — (10) Rue montante partant de la place du théâtre. — (11) Poëte wallon de Liége ; ses œuvres ont acquis une vogue méritée. — (12) Autre rue montante, très-escarpée et aboutissant à la citadelle. — (13) Ancien liard de Liége et valant à peu près un centime et demi. — (14) Amoureux, amant : ce mot est peu connu, surtout dans notre ville : je l'ai entendu employer mainte fois, il y a quelque soixante ans. — (15) *Lôt s' bindai* : se faire confirmer. Cette expression wallonne est encore usitée dans les campagnes ; elle vient de ce qu'à l'époque dont je parle plus haut, l'évêque ou son suffragant liait un bandeau sur le front de chaque enfant qui se présentait à l'église pour recevoir le sacrement de confirmation. Un parrain et une marraine assistaient comme témoins et fesaient à leur filleul le

cadeau d'obligation, lequel consistait toujours, pour les garçons, en une paire de boucles de souliers et une de jarretières, le tout en argent (les pantalons n'étaient pas encore en usage) : pour les filles, c'était une paire de boucles d'oreilles en or. Cette coutume est tombée en désuétude, et la cérémonie a été notablement simplifiée. — (16) Ces tours ont donné leur nom à deux rues qui aboutissent à la place Saint-Lambert.

N. B. Ai-je besoin d'avertir que ces notes explicatives ne sont pas adressées à mes chers compatriotes ; elles ne sont destinées qu'aux personnes étrangères dont cette babiole pourrait attirer la bienveillante attention.

H. F.

DE LA CARTE DU PAYS WALLON.

MESSIEURS,

Les premiers renseignements transmis par MM. les correspondants de la Société sur les limites géographiques du wallon confirment tout ce que nous pensions de l'importance de cette matière. Bien que les communications dont il s'agit ne soient encore ni très-nombreuses ni surtout très-complètes, elles fournissent déjà des faits dignes d'intéresser non-seulement l'historien des idiomes romans, mais encore celui de nos vieilles provinces, qui, comme on sait, offraient presque toutes une association politique de Wallons et de Flamands.

C'est en effet, le caractère en quelque sorte distinctif des pays belges dès les temps les plus reculés, de ne régler jamais ni les intérêts ni les rapports nationaux d'après une démarcation de race ou de langage. On dirait que dès avant Charlemagne on a eu, près de la Meuse comme près de l'Escaut, le pressentiment de notre nationalité d'aujourd'hui.

L'étude la plus superficielle de la *géographie des langues* (1) en Belgique fait voir combien les parentés de race et de langage s'effaçaient aisément devant les affinités politiques. Dans nos contrées qui ne peuvent en aucune façon former ce qu'on reproche à la Belgique d'être exclusivement : « *une expression géographique*, » c'est généralement

(1) Cf. Coquebert Montbret, *Mélanges sur les langues, dialectes et patois*; renfermant entr'autres, une collection de versions de la parabole de l'enfant prodigue en cent idiomes ou patois différents, presque tous de France; précédés d'un travail sur la géographie de la langue française Paris 1824. — (*Société des antiquaires de France*).

le besoin de la liberté, l'amour de l'indépendance qui déterminait les amitiés et les antagonismes. Et il faut bien qu'il en ait été ainsi, puisque les limites de nos patois et de nos idiomes ne pourraient coïncider avec des divisions politiques ou administratives que si l'on remontait jusqu'à des époques qui appartiennent à la conjecture plus qu'à l'histoire. Mais dès qu'on arrive aux faits positifs, aux prodromes sérieux de notre civilisation, on aperçoit de Visé à Dunkerque, de l'est à l'ouest, une limite plus ou moins onduleuse, plus ou moins flottante des langues thioises et wallonnes, coupant presque à angle droit toutes nos lignes *interprovinciales*, qui, généralement vont du nord au sud.

On pense bien que ces populations wallonnes et flamandes constamment mêlées, constamment unies pour défendre solidairement les mêmes libertés, ont dû échanger entr'elles beaucoup de locutions et beaucoup de vocables. Il est à croire aussi que, par l'action de causes multiples, la frontière linguistique a pu rouler ou avancer d'autant plus facilement qu'elle n'était presque jamais une frontière politique.

Voilà pourquoi, Messieurs, les correspondants de la Société liégeoise de littérature wallonne, en répondant à son appel avec ce zèle patriotique si unanime dans nos provinces depuis 1815, ont pu intéresser à la fois l'histoire de la nationalité belge et celle de la langue romane.

Dans le pays de Liége surtout, l'enchevêtrement des dialectes germaniques et romans offre une série d'études qui peuvent être des plus fécondes. Cette province qui renferme aujourd'hui dans ses arrondissements une bonne partie de ce Limbourg flamand-wallon, que les ducs de Brabant, depuis Woeringen, aimaient à appeler leurs *quatre pays* d'Outre-Meuse, comprenait jadis, sous les noms de Hesbaye, de Campine et de Looz, un nombre considérable de communes flamandes. On n'a pas oublié que des vingt-trois villes qui avaient voix et séance à l'*État-Tiers* de la principauté épiscopale, il n'y en avait que *onze* (y compris la *cité* prépondérante de Liége) qui fûssent wallonnes. On n'a pas oublié davantage que dès le XIIIe siècle le pays de Liége fut défendu contre les incursions des chevaliers brabançons par une ligue de châteaux-forts placés en pays flamand, tels que Hougarde, Saint-Trond, Herck, Hasselt, Tongres, etc. Et qui ne sait que dans les plus rudes batailles livrées jadis pour l'indépendance ou pour la neutralité du territoire liégeois, on vit plus d'une fois les Flamands réclamer et obtenir l'honneur de former l'avant-garde des Wallons?

Il suffit, vous le voyez, Messieurs, de jeter un fugitif coup-d'œil sur notre histoire nationale pour comprendre aussitôt le haut intérêt que mérite parmi nous toute indication un peu sérieuse concernant les localités où l'on peut dire que finit le flamand, que commence le wallon, ou bien que les deux langues se parlent concuremment.

Cette fois, la plus curieuse et la plus étendue des notices nous est venue de M. J.-L.-J. Nicolaï, d'Aubel. L'honorable conseiller provincial semble avoir compris toute l'importance d'une étude linguistique sur la localité, véritable intersection de patois, théâtre trop peu connu de leurs actions et réactions réciproques.

Après avoir donné un tableau détaillé des hameaux de la commune d'Aubel, portant une dénomination wallonne et formant la lisière où finissait *anciennement* le wallon, M. Nicolaï insiste avec raison sur la physionomie linguistique des noms géographiques (1). Il arrive ainsi à constater un fait important, déjà signalé au seizième siècle pour la Flandre par l'historien Jacob Meyer. On trouve et on prouve que la ligne wallonne s'est avancée du sud au nord au préjudice de la ligne flamande, rien qu'en constatant que dans une certaine zône à l'extrémité du territoire d'Aubel et sur des points qui portent tous des noms thiois, on ne rencontre plus aujourd'hui que des patois wallons. Pour achever sa démonstration, M. Nicolaï prend le soin de fournir les significations des noms flamands, et cette partie de sa

(1) Leibnitz (*De originibus gentium*), après avoir constaté que tous les noms propres ont d'abord été *appellatifs* c'est-à-dire, significatifs, conclut qu'autant nous voyons de noms géographiques dont la signification ne nous est pas connue, autant nous pouvons assurer que nous avons perdu de mots dans l'ancienne langue du pays.

tâche n'était pas la moins difficile. On se plaît à reconnaître qu'il s'en est très-heureusement tiré.

Il est fâcheux qu'au service de son zèle et de son intelligence, le consciencieux correspondant n'ait eu que le vieux cadastre de 1740 et n'ait pas pu consulter des archives spéciales, des protocoles de notaires ou quelques autres documents indispensables pour déterminer l'orthographe la plus ancienne, la dénomination la plus authentique, et, par là même, la traduction la plus exacte de tous les termes géographiques qui étaient en question. Quoi qu'il en soit, la carte d'Aubel, jointe à ces intéressantes recherches, permettra de les développer encore jusqu'à en faire une monographie complète, digne d'être souvent consultée par tous ceux qui s'occupent des origines ethnographiques de notre pays.

Nous avons obtenu également de précieuses indications de M. Renard, vicaire à Genval. Elles intéressent spécialement la partie nord-ouest de l'antique Hasbanie, notre territoire carlovingien par excellence, et fournissent un essai de statistique sur le Brabant-Wallon. L'importance des faits signalés et des questions qu'elles aident à poser et à résoudre engagera sans doute la Société à recourir avec de nouvelles instances aux lumières et à l'activité de notre correspondant brabançon. D'après ce qu'il nous communique, on devine tout ce qu'il pourrait encore nous communiquer, et combien peu nous devons craindre d'être indiscrets. M. Renard doit aimer à s'occuper de ce pays qu'il connait si bien ; il doit prendre plaisir à l'expliquer à ceux qui ne peuvent pas si bien le connaître.

Une autre partie de la carte linguistique, non moins intéressante, a déjà été esquissée pour les travaux de la Société. Nous voulons parler de ce qui concerne les nombreuses localités où le wallon rencontre l'allemand plutôt que le flamand.

Grâce à l'obligeante intervention de M. Arsène de Noue, de Malmédy, MM. Toussaint[1], de la même ville, et Alphonse Bellefontaine, de Weismes, ont pour ainsi dire inauguré cette étude par un tracé sommaire des limites des patois qui se rencontrent dans cette Wallonnie prussienne. Espérons qu'ils ne voudront pas s'arrêter en si beau chemin et qu'ils ne se contenteront pas de nous avoir mis en appétit de révélations copieuses. Ce pays de Malmédy, dans sa situation exceptionnelle, doit présenter aux amis des antiquités wallonnes bien des sujets d'étude encore inexplorés. Il semble qu'en Prusse comme dans le Luxembourg, l'élément tudesque a plutôt gagné que perdu. C'est ce qu'il importe de vérifier.

M. Alexandre, de Gosselies, de cette terre mixte ressortissant pour une partie au duché de Brabant et pour une partie au marquisat de Namur, a trop éparpillé ses indications pour qu'elles soient aussi profitables qu'elles mériteraient de l'être. Le canton qu'habite le studieux correspondant doit permettre d'étudier au vif les influences réciproques des patois flamands et wallons. Ici encore on ne doit pas craindre de mettre en relief toutes ces différences qui intéressent l'archéologue sans alarmer le politique. Puisque dans tout notre passé belge, si plein d'horribles guerres, on n'en peut pas citer une seule qui ait armé Flamands contre Wallons au nom d'une différence de langage, il est permis de croire qu'aujourd'hui, en pleine philosophie chrétienne, on peut constater l'augmentation ou la diminution du territoire des idiomes wallons ou flamands, sans exciter de susceptibilités sérieuses.

Le même intérêt, et, j'ajoute, la même liberté d'appréciation peuvent être revendiqués par ceux qui, comme nos honorables correspondants Dasnoy et autres, étudient à travers l'histoire le mouvement de la frontière wallonne dans les cantons du Luxembourg, pour ce que le moyen-âge appela jusqu'à l'aurore de 89, le *quartier wallon* et le *quartier allemand*.

Partout, dans ces investigations, on se heurte à un problème d'histoire, jamais à un problème de politique. Et cette faveur de la situation, produite par un passé tout fraternel et libéral, fera, nous l'espérons, oublier l'ennui des minuties et l'écueil des contradictions qui peuvent se rencontrer dans une constatation dont le premier mérite doit être l'exactitude. Nous espérons aussi que l'excellent exemple donné par MM. Nicolaï, Renard, Toussaint, Bellefontaine et Alexandre stimuleront ceux de MM. nos correspondants qui tardent ou qui hésitent encore à nous envoyer les fruits de leurs observations.

CHRONIQUE.

Indépendamment du compte-rendu annuel des travanx de la Société, on trouvera désormais, dans notre Bulletin, la mention des propositions les plus importantes adoptées dans le cours de la période à laquelle correspond chaque volume de cette publication. Nous avons cru utile d'y joindre les noms des membres des diverses commissions spéciales, de rappeler quelques faits intéressants, et de conserver même le souvenir des principales pièces de circonstance qui se sont produites dans nos réunions. Enfin, quant aux travaux dont la mise au jour est forcément retardée, nos collaborateurs éloignés seront, pensons-nous, bien aise de savoir que ce qui est différé n'est pas perdu.

ANNÉE 1859.

Dans la séance du 15 janvier, sur la proposition de M. Le Roy, il a été décidé que la Société s'occuperait de la rédaction de glossaires technologiques wallons, destinés principalement à la classe ouvrière.

Ont été spécialement chargés de recueillir des matériaux :

MM. Bailleux, pour le *batelage et l'exploitation des carrières;*
Bovy, pour la *médecine;*
Capitaine, pour la *savonnerie* et la *fabrication du tabac;*
Collette (V.), pour l'*armurerie;*
Defrecheux, pour la *boulangerie;*
Dehin, pour la *chaudronnerie;*

MM. Delchef (A.), pour les *vêtements* et pour l'*armurerie*;
Grandgagnage (Ch.), pour l'*agriculture* et pour la *chasse* ;
Hock (Aug.), pour l'*orfèvrerie* et pour la *tannerie ;*
Le Roy (Alph.), pour les *écoles ;*
Martial (Ep.), pour la *liturgie*;
Mathelot, pour les *bâtisses* et la *menuiserie*;
Micheels (L.), pour l'*armurerie ;*
Remouchamps, pour la *meunerie* et pour la *cordonnerie* ;
Stappers, pour la *mécanique* et pour la *fonderie.*

Ultérieurement, se sont fait inscrire.

MM. Lélotte et Henri Masson, de Verviers, pour la *draperie*;
et M. Edouard Morren, de Liége, pour la *botanique.*

M. Mathelot-Debruge a soumis à l'approbation de la Société un glossaire des termes *d'architecture et de construction.* Une commission, composée de MM. Adolphe Dejardin, capitaine du génie, et Michel Thiry, chef de la station de Liége, a été chargée d'apprécier ce travail. Elle n'a pas encore déposé son rapport.

MM. Lelotte et Masson ont rédigé, chacun de leur côté, un glossaire verviétois des termes de *draperie* (y compris les opérations préparatoires à la fabrication). Ont été nommés commissaires : MM. Donckier-Jamme, membre de la députation permanente, et Emile Jamme, commissaire d'arrondissement. Leur rapport n'est pas encore parvenu à la Société.

— Dans la séance du 15 février, il a été décidé que chaque année, tout ou partie de l'excédant des recettes sur les dépenses serait consacré à l'achat d'ouvrages de linguistique et de philologie, destinés à enrichir la bibliothèque de la Société.

— Dans la séance du 15 avril, sur la proposition de M. Ep. Martial, il a été décidé que la Société ferait traduire, dans tous les dialectes wallons de la Belgique, la parabole de l'Enfant prodigue, d'après la version de Le Maistre de Sacy, pour faire suite à l'ouvrage de Schnakenburg. Une circulaire a été adressée à toutes les personnes compétentes.

Voici cette circulaire :

LA SOCIÉTÉ,

Vu la proposition faite par M. Ep. Martial dans la séance de ce jour ;

Attendu que la comparaison des différents dialectes de la langue wallonne est de nature à éclairer l'origine des mots et des formes grammaticales qui constituent cette langue ;

Que la langue wallonne étant une branche de la langue d'oïl, il est utile de rattacher étroitement les travaux qui l'ont pour objet spécial à ceux qui ont été déjà entrepris sur celle-ci, ou sur l'ensemble de la langue romane de France ;

Attendu, enfin, que la parabole de l'Enfant prodigue a déjà été traduite dans la plupart des dialectes ou patois français (1) ;

Décide :

La parabole de l'Enfant prodigue sera traduite dans les divers patois wallons de Belgique.

La traduction en dialecte liégeois sera faite par les soins du bureau de la Société et servira de spécimen.

Pour les autres dialectes, il sera fait appel, par lettres-circulaires, au bon vouloir des membres correspondants de la Société domiciliés en Belgique, et de toutes autres personnes au choix du Bureau.

Le texte français de la parabole sera imprimé à la suite de la lettre-circulaire, ainsi que le spécimen en patois de Liége.

En conséquence, MM. les Correspondants sont invités :

1° A faire de la parabole susdite une traduction aussi littérale et aussi correcte que possible dans le dialecte wallon des localités qu'ils habitent respectivement, en s'attachant à n'employer que des locutions et des mots purement wallons ;

2° A en faire faire également une traduction littérale et correcte

(1) Voyez Mémoires publiés par la Société royale des antiquaires de France, tome VI, et Tableau synoptique et comparatif des idiomes populaires ou patois de la France, par J.-F. Schnakenburg. Berlin 1840, in-8.

dans les divers dialectes wallons de leur voisinage qui différeraient de celui du lieu de leur domicile ;

3° A envoyer ces traductions, avec les adresses des auteurs, au secrétaire de la Société, *et ce, avant le 1er novembre prochain.*

La Société fera imprimer à ses frais toutes les traductions qui lui paraîtront offrir un intérêt philologique.

Trois exemplaires du recueil complet de ces traductions seront adressés gratuitement à chacun des coopérateurs, dont le travail aura été imprimé.

Il est loisible au Bureau d'étendre cette disposition à d'autres personnes et d'augmenter le nombre des exemplaires à distribuer.

La Société remercie d'avance tous ceux qui voudront bien la seconder dans l'accomplissement de cette tâche.

Arrêté en séance du 15 avril 1859.

Cette première démarche amena un résultat notable, mais toutefois assez incomplet pour nécessiter une seconde circulaire ainsi conçue :

Liége, le 25 février 1860.

MONSIEUR,

La Société liégeoise de littérature wallonne, désirant compléter l'œuvre de Schnakenburg, avait, par la circulaire du 15 avril 1859 ci-jointe, demandé à ses membres correspondants et à d'autres personnes compétentes, une traduction de la *Parabole de l'Enfant prodigue*, dans les divers patois du pays. Elle n'a eu qu'à se louer de l'empressement avec lequel on a répondu à son appel. *Trente-cinq versions en trente-deux dialectes différents* lui ont été adressés.

Toutefois certaines localités dont il serait important d'étudier le langage, ont fait complétement défaut. C'est pour suppléer à cette lacune que nous croyons pouvoir compter sur votre obligeance et vous prier instamment de traduire ou de faire traduire le morceau dont il s'agit dans le patois parlé au lieu que vous habitez ou dont vous êtes originaire.

Veuillez agréer d'avance, Monsieur, l'expression de la reconnaissance de la Société pour les soins que vous aurez bien voulu donner à ce travail, etc.

De nombreuses traductions ont cette fois encore été adressées à la Société. Voici les noms des auteurs qui ont bien voulu répondre à la Société, avec l'indication des lieux d'origine des traductions :

Province de Liége.

Liége. . . . . MM. Bailleux, F.
Huy. . . . . Siquet, J.
Ouffet. . . . . Warlomont, L.
Hannut. . . . . Duval Sylvain.
Waremme. . . . . Ghaye Michel, et Fraipont, J.-G.-H.
Verviers. . . . . Xhoffer et Renier, membres correspondants.
Limbourg. . . . . Thisquen, Gustave. Id.
Aubel. . . . . Poumay et Léop. Schoonbrodt.
Spa. . . . . Lezaack, avocat.
Stavelot. . . . . Letixhon, Grégoire.

Prusse, partie de l'ancien département de l'Ourthe.

Malmédy. . . . . De Noue, Arsène, membre correspondant.
Sourbrodt. . . . . Toussaint, J.-G.
Longfaye et Xhoffraix. . . . Jean-François Servais.
Weismes. . . . . Alph. Bellefontaine.

Province de Namur.

Namur. . . . . MM. Ch. Wérotte, Ph. Lagrange, Jules Borgnet et Brabant. Les 3 1ers membres correspdts.

Havelange.	MM. Louis Borlée.
Spontin, près Ciney. . . .	Wauthier, Henri.
Ciney.	Hauzeur, juge de paix.
Dinant.	Pierlot, avocat, et Henry, industriel.
Beauraing.	A. Vermer, membre corresp.
Les Dions.	Laforet, abbé.
Rochefort.	Henri Crepin.
Heures lez-Rochefort. . . .	Gengoux.
Fosses.	Kairis.
Id.	Maréchal et Bodart.
Walcourt.	Cousin, vicaire à Namur.
Gembloux.	Wilmet.

Province du Brabant.

Braine-l'Alleud et Waterloo. .	MM. Renard, vicaire à Genval, membre correspondant.
Nivelles.	Warte.

Province du Luxembourg.

Hotton et environs.	MM. Moitelle, Saint-Viteux, D. et C. l'Hermitte, Posson, Scius.
Marche.	Alexandre, Geubel, membres corresp^dts^ et Gravrand.
Limerlé (près Houffalize). . .	Boset, docteur.
Bastogne.	Mathurin, Hyppolite.
Saint-Hubert.	Warlomont, Ch., membre correspondant et membre de plusieurs Sociétés savantes.
Neufchâteau.	Dasnoy, membre corresp^dt^.
Bouillon.	Fineuse, Émile.
Florenville.	Burnotte, docteur.
Virton.	Maus, Ch.
Sommethonne.	Lorrain.

Ethe, Châtillon.	MM. Lorrain.
Dampicourt, Limes.	Id.
Bellefontaine.	Id.
Virton.	Id.

Province du Hainaut.

Enghien-Bassilly.	MM. Fr. Gerard, avocat.
Peruwelz (Hainaut).	Bouniol, receveur de l'enregistrement.
Quevaucamps.	Emile Dehaye.
Tournai.	Joseph Ritte.
Antoing.	Descamps.
Leuze.	Durœulx greffier, et Dubois huissier.
Frasnes-lez-Buissenal. . . .	Mme Des....
Id.	Emile Delannoy.
Lessines.	Lesneucq, négociant.
Dour.	Gustave Bertinchant.
Pâturages.	Alex. Vuillot, de l'Ecole des mines.
Mons.	De Villers, conservateur des archives, membre de plusieurs Sociétés savantes.
Ath.	Oscar Englebert.
Chièvres.	Jules Stalens.
Soignies.	Auguste Bouillard.
Houdeng.	Lhoest, employé au chemin de fer du Nord.
Gosselies.	Alexandre, membre corresp.
Beaumont.	Id.

France.

Lille.	MM. Desrousseaux, auteur des chansons lilloises, memb. cor.
Douai.	MM. Dechristé, idem.

A la date du mois de juillet 1860, la Société avait donc reçu 69 traductions; plusieurs sont encore promises. Quelques-unes sont accompagnées de notes fort intéressantes. Il est à espérer que le vœu de la Société sera dignement rempli. La Commission spéciale chargée du triage et de la publication de ces travaux est composée de MM. Ch. GRANDGAGNAGE, président de la Société; ALVIN, préfet des études de l'Athénée; BAILLEUX, secrétaire de la Société; HENROTTE, chanoine de la cathédrale de Liége; Ep. MARTIAL, avocat, et Ad. PICARD, juge à Liége. — Elle a tenu sa première séance le 10 août 1860.

— Dans la séance du 16 mai, sur la proposition de M. Le Roy, il a été décidé que des *Mélanges* (étymologies, traditions populaires, etc.) seraient insérés, désormais, dans chaque volume du *Bulletin*. Nos lecteurs savent depuis longtemps quelle suite a été donnée à cette décision.

— Dans la séance du 24 juin, consacrée à la distribution des récompenses obtenues par les lauréats du concours de 1858, lecture a été donnée d'une lettre de M. Ch. Grandgagnage, par laquelle notre honorable président met à la disposition de la Société une somme de 300 francs, pour un prix à décerner à l'auteur d'une *Grammaire élémentaire de la langue wallonne*. — Dans cette même séance, il a été donné lecture d'une lettre de M. le Ministre de l'Intérieur, portant à notre connaissance qu'un arrêté royal du 3 mai a alloué à la Société un subside de 300 francs, afin de l'aider à continuer ses travaux. — Des remercîments ont été votés à MM. Ch. Grandgagnage et Ch. Rogier.

— Sur la proposition de MM. Le Roy et Picard, et considérant que ses fonctions de représentant ne permettent plus à M. Ch. Grandgagnage d'assister régulièrement aux séances de la Société, il a été décidé qu'un *vice-président* serait élu après les vacances de septembre. M. L. MICHEELS, lieutenant-colonel d'artillerie, a été choisi en cette qualité le 15 décembre, époque où le mandat des autres membres du bureau a été renouvelé.

— Dans la même séance du 15 novembre, il a été procédé au choix des jurys chargés d'examiner les travaux des concours de

1859. Aucune réponse n'étant parvenue à la Société pour le concours n° 1, il y a eu lieu de composer seulement deux jurys, l'un pour apprécier les pièces de théâtre, l'autre ayant mission d'examiner toutes les autres productions poétiques. Les rapports de ces deux Commissions figurent dans le présent volume.

Les sujets de concours de 1860 ont été choisis dans la séance suivante (15 décembre). En voici le programme :

Premier concours.

Un Mémoire sur l'histoire de la langue et de la littérature wallonne, avec la bibliographie de tous les ouvrages ou brochures qu'on peut attribuer aux différents dialectes wallons usités en Belgique.

Prix : Une médaille d'or de la valeur de cinq cents francs (quatre cents francs donnés par M. Charles Grandgagnage, Président de la Société, et cent francs alloués par celle-ci.)

Dans le cas où aucun des mémoires envoyés ne serait jugé digne du prix, le fondateur du concours désire qu'il soit accordé, à titre d'encouragement, un accessit de deux cent-cinquante francs au meilleur des mémoires présentés; ou, s'il n'y en a qu'un, à ce travail unique, pourvu qu'il offre un certain intérêt. (Les 250 fr. de cet accessit sont fournis, 200 fr. par M. le Président, 50 fr. par la Société).

Deuxième concours.

M. Charles Grandgagnage, fondateur de ce concours, demande une grammaire élémentaire du patois Liégeois. Les conditions principalement requises sont : que l'orthographe adoptée soit à la fois rationnelle et conforme, autant que possible, à la tradition et à l'analogie des langues romanes littéraires; qu'il soit donné une attention spéciale à la conjugaison, particulièrement à celles des verbes irréguliers; enfin qu'il y ait un chapitre consacré aux idiotismes grammaticaux, c'est-à-dire aux constructions de phrases propres à l'idiome wallon.

Prix : Une médaille d'or de la valeur de trois cents francs.

Troisième concours.

La collection la plus complète possible des proverbes, adages, etc., (*spots*), usités en Wallon. La Société tient surtout à recueillir les dictons particuliers à cet idiome. Les concurrents auront soin d'en donner une traduction française et d'y joindre, s'il y a lieu, des indications historiques.

Prix : Une médaille de vermeil.

Quatrième concours.

Une pièce de théâtre en vers.

Prix : Une médaille d'or de la valeur de deux cents francs.

Cinquième concours.

Une pièce de cent vers, au moins, présentant la peinture d'un type wallon (par exemple, la *boteresse*, le houilleur, la *cotîresse*, le batelier, le portefaix, l'amateur de pinsons, de pigeons, etc.)

Prix : Une médaille de vermeil.

Sixième concours.

Une vingtaine d'épigrammes ne dépassant pas dans leur ensemble une étendue de deux cents vers.

Il est bien entendu que les concurrents devront s'abstenir de toute allusion personnelle. La Société tient beaucoup à ce que chacune de ces petites pièces ait une certaine portée morale.

Prix : Une médaille de vermeil.

Septième concours.

Un crâmignon.

Prix : Une médaille de vermeil.

Traduction de l'Evangile saint Mathieu dans les divers patois de l'Europe.

M. Ulysse Capitaine, dans la séance du 15 mars 1860, a donné lecture de la lettre ci-après que lui avait adressée M. Arthur Dinaux, correspondant de l'Institut de France et membre de la Société.

Montataire (Oise), 15 février 1860.

MONSIEUR ET CHER CONFRÈRE,

J'ai assisté récemment à Paris à des conférences de linguistique dans lesquelles il a été longuement question de la *Société liégeoise de littérature wallonne*. Le prince *Louis-Lucien Bonaparte*, cousin-germain de l'empereur, et M. *Burgaud des Marets*, éditeur et commentateur de Rabelais, tous deux linguistes très-distingués, ont écouté avec le plus grand intérêt ce que j'ai pu leur dire sur l'organisation et les travaux de votre intéressante et nationale Association.

Le prince, qui a fait une étude constante et toute particulière des patois de l'Europe, regarde le dialecte liégeois comme le premier ou du moins comme devant être mis en tête de tous les patois de la langue d'oïl ; à ce titre, comme tel, il voudrait publier un document de ce langage, se rapportant à une grande entreprise de linguistique qui l'occupe en ce moment.

Il fait donc imprimer, dans tous les idiômes vulgaires de l'Europe, l'Évangile de Saint Mathieu, non pas d'après des textes de langues mortes, mais bien d'après la version française de M. *Lemaistre de Sacy*, qu'il considère comme la plus claire et la moins sujette à la controverse. S. A. a besoin d'aide pour faire une telle publication en patois liégeois, qui est celui qu'elle a choisi parmi ceux des diverses provinces wallonnes de la Belgique et du Nord de la France. Le prince m'a donc chargé, en ma qualité de membre correspondant de votre Société, de m'informer, si vous, Monsieur, ou tout autre membre de votre Association, ou même une Commission prise dans son sein, voudrait bien traduire en patois liégeois cet Evangile de St-Mathieu d'après Lemaistre de Sacy, aussi littéralement que possible, sans gêner toutefois le génie et les règles de l'idiôme vulgaire.

Il est entendu que le prince, tout en faisant les frais de la publication, mettra sur le titre le nom ou les noms des traducteurs.

Le prince Louis-Lucien Bonaparte, qui ne s'occupe nullement de politique et reste entièrement livré à ses études scientifiques, est en ce moment à Londres où il attendra la réponse que vous voudrez bien me donner.

Agréez, etc.

A. DINAUX,

La Société a accepté avec empressement la proposition qui lui était faite. Deux commissions ont été nommées séance tenante. La première, chargée de la traduction, est composée de MM. Defrecheux, Hock et Bailleux, secrétaire de la Société. M. Thiry, désigné d'abord pour entrer dans cette commission, n'a pu accepter ce mandat à raison de ses nombreuses occupations. Font partie de la seconde commission dite de révision, MM. A. Le Roy, professeur à l'Université; E. Martial, avocat, et N. Henrotte, chanoine.

Déjà la première commission a terminé à peu près les trois quarts de sa tâche et envoyé successivement à la commission de révision les chapitres traduits.

BANQUET ANNIVERSAIRE

DE LA FONDATION DE LA SOCIÉTÉ.

En décembre 1858, quelques membres de la Société ont songé à fêter, dans un banquet, le deuxième anniversaire de la fondation de la Société. L'idée était bonne et fut bien accueillie. On se réunit à l'hôtel du Grand Cerf, sous la présidence de M. Charles Grandgagnage. En 1859, le troisième anniversaire a été célébré de la même façon. D'année en année le nombre des convives s'est accru et en 1860 (nous anticipons un peu sur la chronique de l'année prochaine), il était de près de quatre-vingt-dix. En 1859 et en 1860, MM. Auguste Hock, Hyacinthe Kirch et Isidore Kupfferschlager ont déployé, dans l'organisation de la fête, un zèle et une intelligence qui leur ont valu les félicitations de tous.

Ces réunions ont été très-gaies et très-cordiales. Chacun y oubliait ses tracas ou ses affaires pour s'abandonner sans réserve à la gaité wallonne. Aussi peut-on affirmer que chaque convive a conservé de ces fêtes un charmant souvenir. Des poésies inédites, dans différents dialectes wallons , ont chaque année mérité de chaleureux bravos.

M. Hock a eu une heureuse inspiration; il a fait suivre la dernière circulaire d'invitation de quelques vers wallons contenant une spirituelle description du festin qui attendait les souscripteurs. M. Buckens, professeur à l'Académie de peinture, a bien voulu , à l'occasion des deux premiers banquets, nous prêter le secours de son spirituel crayon. De ces menus, il a fait des œuvres d'art. M. Buckens n'a pu en 1860, par suite de ses occupations , continuer la série de ses dessins. La commission s'est adressée à M. Jules Renard. Il était im-

possible d'avoir la main plus heureuse : en quelques jours, M. Renard a dessiné une des scènes les plus originales et les plus joyeuses des mœurs wallonnes; son *crâmignon* est parfait d'esprit et de verve.

Ajoutons enfin pour terminer que le texte du menus avait été chaque fois, grâce à quelques uns de nos membres les plus actifs traduit en wallon d'un style aussi spirituel que pittoresque.

TABLE DES MATIÈRES.

PREMIÈRE PARTIE.

DEUXIÈME PARTIE.

CPSIA information can be obtained
at www.ICGtesting.com
Printed in the USA
LVHW100604210323
742065LV00002B/148

9 783382 701734